MEG ROSOFF

Wahrscheinlich Liebe

GOLDMANN
Lesen erleben

MEG ROSOFF

Wahrscheinlich Liebe

Roman

Deutsch
von Brigitte Jakobeit

GOLDMANN

Die Originalausgabe erschien 2016 unter dem Titel
»Jonathan Unleashed« bei Bloomsbury Publishing, London.

Dieses Buch ist auch als E-Book erhältlich.

MIX
Papier aus verantwortungsvollen Quellen
FSC® C083411

Verlagsgruppe Random House FSC® N001967

1. Auflage

Umschlaggestaltung: UNO Werbeagentur München,
unter Verwendung des Designs von David Mann
Umschlagfoto: © Alice Tait
Redaktion: Marie-Luise Bezzenberger
Satz: DTP Service Apel, Hannover
Druck und Bindung: CPI books GmbH, Leck
Printed in Germany
ISBN: 978-3-442-20518-9
www.goldmann-verlag.de

Besuchen Sie den Goldmann Verlag im Netz

Für Gloria

1

Eines Tages kam Jonathan von der Arbeit nach Hause und merkte, dass die Hunde über ihn redeten.

Es waren nicht mal seine Hunde.

»Nur ein paar Monate, höchstens sechs. Du kannst weiterleben wie bisher, mach dir keine Sorgen«, hatte sein Bruder gesagt. »Du gehst vor der Arbeit mit ihnen raus und dann noch mal am Abend, wenn du zurückkommst. Es sind tolle Hunde, sie demolieren dir nicht die Wohnung. Ehrlich, du wirst sie mögen.«

James hatte (typischerweise, muss man sagen) die Sache heruntergespielt. Er hatte nicht ein Wort über das komplizierte Wesen seiner Hunde verloren, hatte ihn weder darauf vorbereitet, wie anstrengend und seelisch aufreibend es war, für andere Lebewesen zu sorgen, noch darauf hingewiesen, dass Jonathan von nun an keinen unbeobachteten Schritt mehr tun konnte.

Natürlich wollte Jonathan die Hunde glücklich sehen, doch wie sich herausstellte, gehörte dazu mehr als Spaziergänge und Kauknochen.

Sissy tapste zu ihm, setzte sich vor seine Füße und schaute ihn sehnsüchtig an, als suchte sie in seinem Gesicht den Schlüssel für ihre Zukunft. Sie stieß ein leises, flehentliches Winseln aus, das alles hätte bedeuten können – ich bin hungrig, ich brauche mehr Liebe, wir langweilen uns den ganzen Tag, bitte übergib uns die Zügel deines Lebens, dann bringen wir dich wieder auf Vordermann.

Jonathan überlegte. Die Zügel seines Lebens? Hatte sein Leben überhaupt Zügel? Und wenn ja, war es klug, sie einem Hund zu übergeben?

Er zeigte auf Sissys Bett.

»Leg dich hin«, sagte er. »Und hör auf, mich mit unmöglichen philosophischen Optionen zu verwirren.« Mittlerweile stand sie mit dem Rücken zu ihm, ebenso wie Dante; die beiden steckten ihre Köpfe zusammen. Ach was, hätte er früher gesagt. Jetzt jedoch sah er sie an und blinzelte besorgt. Hatten sie vor, sein Leben zu übernehmen? Und wenn ja, in welcher Form?

Zugegeben, es war schön, wenn er nach einem harten Tag in der Werbeagentur zurückkam und begeistert empfangen wurde. Inzwischen ersetzten lange Spaziergänge die Stunden im Fitnessstudio, und die Fähigkeit der Hunde zu schlafen beruhigte ihn, nahm der Arbeit die Schärfe. Es waren schöne Hunde – auf der Straße wurde er oft angehalten und für seinen guten Geschmack in Sachen Haustieren bewundert. Anfangs hatte er abgewehrt und darauf verwiesen, dass sie seinem Bruder in Dubai gehörten, aber nach einer Weile sagte er nur noch: »Danke«, und: »Ihr Hund ist auch hübsch«, auch wenn es gar nicht stimmte.

In letzter Zeit jedoch hatte sich etwas in seiner Beziehung zu den Hunden verändert. Er spürte, dass ihnen sein Lebensstil missfiel.

Was durchaus in Ordnung war. Ihm missfiel er auch.

Jonathan blickte auf und sah seine Kritiker wartend an der Tür stehen. Zeit, sie auszuführen. Wenigstens hatte er einen Park in der Nähe. Die meisten Hundehalter in New York mussten meilenweit gehen, bis sie einen fanden, oder sie mussten jemanden engagieren, der ihre Hunde in den Central Park brachte. Für James war das ein entscheidender Faktor gewesen.

»Du hast einen Hundeauslauf direkt vor der Tür. Wie gut ist *das* denn?«

Ja, wie gut war das eigentlich?, überlegte Jonathan, obwohl es mittlerweile zu spät war, um etwas zu ändern. Er schlug den Jackenkragen hoch, marschierte im Regen die drei Blocks zum Tompkins Square Park, hakte die Leinen los, und schon rannten die beiden fröhlich davon, beschnüffelten andere Hunde und schnappten sich weggeworfene Essensreste. Jonathan presste sich Schutz suchend an einen Baum.

Er dachte an die Arbeit, während die Hunde mit ihren Freunden spielten, bis er merkte, dass sie nicht mehr herumtobten, sondern dastanden und ihn feucht anstarrten. James hat immer einen Ball für uns geworfen, sagten ihre Mienen. Er hat Verstecken gespielt und uns anderen Hunden vorgestellt.

Jonathan starrte zurück. Was denn? Musste man Hunde einander vorstellen? Was war mit Hintern beschnüffeln? »Geht los und beschnuppert andere Hintern«, sagte er und winkte in Richtung der wuselnden Meute. »Kümmert euch selbst um soziale Kontakte. Steht auf euren eigenen vier Pfoten.«

Ein älterer Mann mit einem Husky und einem großen blauen Golfschirm drehte sich um und sah ihn an. »Genau«, sagte er. »Als ich jung war, haben wir uns allein beschäftigt.«

Der Regen ließ nach. Sissy trottete zu einem fremden Hund hinüber, einem Winzling, der aus dem Gulag für kleine Hunde hereingewandert war. Ein flauschiges rötlich braunes Ding wie aus der Spielzeugfabrik. Neben der Pustekugel stand ein Weimaraner mit leidgeprüftem Gesicht; er trug einen wattierten Regenanzug mit rosa-grünem Paisleymuster, passenden Stiefeln und Kapuze.

Warum glaubten die Leute, dass Hunde das tragen wollten? Die Besitzerin des Weimaraners schaute ihn böse an, und er fragte sich, ob er wieder laut gedacht hatte.

»Schöner Hund«, sagte er lächelnd, aber die Frau wandte sich ab.

Er fing Sissys Blick auf. Was für ein Leben war das für einen Hund? Vielleicht hassten Sissy und Dante New York mit seinem Faible für Marken, Geld und Fellpflege. Vielleicht würden sie lieber auf einer Farm leben, wo sie rennen, spielen und sich nützlich machen konnten. Aber eigentlich passten sich die Hunde, Katzen, Ratten, Eichhörnchen, Vögel und Menschen dem Leben in New York recht gut an. Sie spazierten durch die Straßen, aßen tolles Essen, es ging ihnen gut. Oder nicht? Sein eigenes Leben war auch nicht übel. Noch nicht lange aus der Kunsthochschule, ein junger Werbetexter bei Comrade, eine eigene Wohnung und eine durchaus beeindruckende Freundin mit dem Namen Julie Cormorant. Die Hunde sollten ihn bewundern.

»Los, kommt«, rief er. Sissy kam angehüpft, und Dante verabschiedete sich ausführlich von dem rötlichen Flaumball, ehe er sich umdrehte und langsam zu seinem rechtmäßigen Vormund trottete. Als Jonathan sich bückte, um Sissy anzuleinen, sah ihn die Spanielhündin voller tiefempfundenem Mitleid an. Dante hob sein Bein in die ungefähre Richtung von Jonathans Fuß.

»Hey!«, knurrte Jonathan, und nach kurzem Zögern machten sie sich auf den Rückweg zu seiner Wohnung im zweiten Stock. Einen halben Block davor fing es wieder an zu schütten, und sie kamen klitschnass an.

2

In den ersten fünf Wochen in New York schlief Jonathan auf der Couch seines besten Freundes.

»Willst du mich auf den Arm nehmen?«, hatte Max gesagt und ein sauberes Laken über die blauen Kordpolster geworfen. »Ich wäre tödlich beleidigt, wenn du im Four Seasons absteigen würdest.«

»Ich mach's irgendwann wieder gut.«

Max klopfte ihm auf die Schulter. »Non necessario, amigo. Mi casa es tu casa.«

»Muchas castanets, Kumpel.«

Max wohnte in Bed Stuy in einer Zweizimmerwohnung, die er sich meistens mit irgendeiner umwerfenden Freundin teilte. Jonathan hatte nichts gegen die Couch, sie war sehr bequem, und für ihn als Neuling in New York war Max der ideale Führer, denn er kannte jede Bar zwischen Harlem und Canarsie und war außerdem wild entschlossen, ihm einen Job bei Comrade zu besorgen, wo er selbst arbeitete.

»Vorstellungsgespräch morgen um halb elf«, sagte er. »Mit Ed ist alles geregelt. Ich hab meine unterschwellige Tour gefahren und bei jeder Gelegenheit deinen Namen fallen lassen. Für ihn ist es fast schon Gottes Wille, dass er dich einstellt.«

»Meinst du wirklich? Brauch ich nicht irgendwelche speziellen Fähigkeiten?«

»Ach was.« Max drehte das Käsesandwich um, das er gerade briet. »Schwieriger wird sein, Ed davon zu überzeugen, dass du ein Genie bist, das völlig unfähig ist, Ärger zu machen. Was wir tun, kann jeder. Das Marketing bläst es nur ein bisschen auf, damit es aussieht wie eine Zeitreise.«

Jonathan hatte sich darauf eingestellt, sich wochenlang auf Stellenanzeigen im Netz zu melden, Bewerbungsgespräche für Jobs zu führen, die es gar nicht gab, und Praktika bei Start-ups anzunehmen, deren einzigartiger Wettbewerbsvorteil darin bestand, dass sie nichts zahlten. Ein bisschen Method Acting war vermutlich leichter.

Am nächsten Morgen zog er sein bestes Hemd und seine am wenigsten ausgeblichenen Jeans an, stieg mit Max in die U-Bahn, und sie fuhren nach Tribeca.

Das Bewerbungsgespräch war kurz. »Hey, Johnny!« Eds begeisterte Begrüßung wuchs sich zu einer liebevollen Umarmung aus, obwohl es eigentlich Ben war, sein jüngerer Bruder, mit dem Max und Jonathan in der Schule befreundet waren. »Wie ist es dir ergangen? Schön, dich zu sehen. Max sagt, du wärst eine Bereicherung für uns. Stimmt das?«

Jonathan, noch immer auf Nettigkeiten bedacht, war etwas verdattert. »Na ja«, setzte er an und betrachtete nervös die ungefähr zwanzig Angestellten, die ihn in dem Großraumbüro beäugten. Er beugte sich zu Ed und flüsterte: »Du meinst hier?«

»Klar. Ziehen wir die Show hier ab.« Ed grinste wie ein

Irrer. Max stand hinter seinem Chef und nickte Jonathan aufmunternd zu.

Jonathan räusperte sich. »Na ja, ähm, ich kann sehr gut Probleme lösen. Ich war immer ein guter Teamarbeiter ...« Schon nach wenigen Sekunden merkte er, dass Ed nicht mehr zuhörte, und Max fuhr sich mit dem Finger über die Kehle.

Okay, dachte er. Er senkte die Stimme eine halbe Oktave und setzte erneut an. »Ich packe ein Problem an der Kehle und drücke zu, dann greif ich dem Scheißding in den Rachen, mach mich über die Weichteile her und reiß ihm die Lunge raus.« Damit schien er Eds Aufmerksamkeit wiederzugewinnen, doch um ehrlich zu sein, es war nicht seine Sprache. Einer seiner Zimmerkollegen im ersten Semester, Sprössling eines Rotwild mordenden Waffenclans in Kentucky, hatte fast ausschließlich in Tötungsmetaphern geredet.

Ed nickte.

»Ich glaube, ich kann viel von dir lernen, Ed. Du warst immer mein Vorbild.«

Ed war ein paar Jahre älter als Jonathan und Max. Sie hatten Ed beide nie besonders gemocht, und niemand, der klaren Verstandes war, bewunderte ihn.

»Ich will meinen Namen nicht in Leuchtbuchstaben sehen und das große Geld scheffeln«, sagte Jonathan entschieden. »Wichtig ist, dass man den Brustkorb öffnet, sich die Eier schnappt und das Wesentliche herausholt. Dafür brenne ich.« Das alles kam von Max, nur das mit dem Brustkorb nicht; sie hatten es am Abend vorher geübt. Jonathan wusste kaum, was er sagte.

Allmählich verzweifelte er ein wenig. »Ed, Hand aufs Herz, es gibt in New York keinen Job, den ich lieber hätte.« Er folgte Eds Blick zu einem dunkelhaarigen Mädchen in einem engen Kleid, das ihnen mit einer Akte winkte.

»Toll, gut, schön«, sagte Ed, der schon vergessen hatte, was Jonathan sagte oder warum.

»Ähm, gibst du mir bald Bescheid?« Jonathan wollte nicht aufdringlich wirken, aber er war sich nicht sicher, ob er noch einen Monat auf Max' Couch verbringen wollte. Ed antwortete nicht. Er hatte sich schon umgedreht und folgte fasziniert dem dunkelhaarigen Mädchen zu seinem Büro.

Max erschien neben ihm. »Im ganzen Haus ist kein Auge trocken geblieben, mein Freund. Ich würde sagen, du hast einen Volltreffer gelandet.«

»Meinst du?«

Max zuckte die Schultern. »Nennen wir es weibliche Intuition. Lass uns zur Personalabteilung gehen, die sollen einen Vertrag aufsetzen. Wir schlagen zu, solange die Kerze noch brennt. Morgen weiß Ed nicht mehr, wer du bist.«

3

In den nächsten zwei Wochen suchte Jonathan wie verrückt nach einer erschwinglichen Wohnung. Nach mehreren erfolglosen Tagen in Brooklyn antwortete er auf eine Anzeige für eine Wohnung in der Lower East Side, die bereits vermietet war, bevor er dort ankam. Er blieb bei einem nahe gelegenen Bioladen stehen, als ein kahlköpfiger Mann mittleren Alters im hellgrauen Anzug eine Anzeige an die Pinnwand hängte. Jonathan wartete, bis er ging, las die Anzeige, riss sie von der Wand und jagte dem Mann auf der Straße hinterher.

»Hallo!«, rief er. »Entschuldigen Sie bitte!! Ich bin an der Wohnung interessiert.«

Der Mann runzelte die Stirn. »Das ging ja schnell.«

»Könnte ich sie gleich sehen?«

Der Mann zuckte die Schultern und musterte ihn von oben bis unten. Jonathan lächelte liebenswürdig.

»Okay«, sagte der Mann schließlich. »Warum nicht? Es ist eine schöne Wohnung.« In der Nähe der Ecke Avenue C steckte er den Schlüssel in die Eingangstür eines Mietshauses. Frank (»nach dem Erzbischof Franz Josef«) wies Jonathan stolz auf die Feuertreppen hin: »Entspricht alles den Vorschriften.« Sie stiegen in den zweiten Stock, wo Frank Nummer 3D öffnete und Jonathan hineinführte. Die gesamte Wohnung war dunkelrot gestrichen, mit goldenen Zierleisten, aber wenn man die Augen zusammenkniff und sich alles weiß vorstellte, war es gar nicht so übel. Das Wohnzimmer war groß und sonnig, Schlafzimmer und Küchenzeile klein, aber ausreichend, das Bad noch original schwarz-weiß gekachelt, ganz zu schweigen von den blutroten Wänden, alles in allem jedoch konnte Jonathan sein Glück kaum fassen. Eine erschwingliche, annehmbar große Zweizimmerwohnung in Manhattan? Er hätte eher damit gerechnet, ein Einhorn zu finden.

»Ist es okay, wenn ich die Wände streiche?«

»Solange Sie es ordentlich machen.«

Er nahm die Wohnung auf der Stelle, und sie besiegelten den Deal mit einem Handschlag und fünfhundert Dollar aus dem nächsten Geldautomaten.

Jonathan wusste, dass ihm nichts anderes übrig blieb, als einem Mann zu vertrauen, der nach einem Erzbischof benannt war.

»Der erste und letzte Monat müssen im Voraus bezahlt werden«, sagte Frank. »Kündigungsfrist vierundzwanzig Stunden, wenn ich die Wohnung wieder für meinen Freund brauche. Kein Vertrag. Geht das in Ordnung?«

Jonathan zögerte. »Vierundzwanzig Stunden?«

»Hören Sie.« Frank sprach langsam, wie ein Mann, der einem kleinen Kind den Lauf der Welt erklärt. »Es handelt sich um eine *Ausnahmesituation*.«

Eine plötzliche Eingebung ließ Jonathan ahnen, dass Franks Freund derzeit in einer von der Regierung bezahlten Unterkunft wohnte, aus der er jederzeit entlassen werden könnte. Er fragte sich, wofür der Freund wohl im

Knast saß, und hoffte, dass es nicht der Mord an einem Vormieter war.

Er schloss die Augen. Mit dem Fahrrad wären es nicht mal fünfzehn Minuten zur Arbeit.

»Okay«, sagte er.

Am nächsten Tag übergab er den Rest der Kaution, und Francis Joseph übergab die Schlüssel. Jonathan konnte nicht aufhören zu lächeln. Genauso hatte er sich das Leben immer vorgestellt: stressfreie Jobs und billige Wohnungen in Manhattan, mysteriöse Deals, die ihm in den Schoß fielen, weil das Universum *ihn* auserwählt hatte.

Er strich alles weiß. Ins Schlafzimmer passten nur eine Doppelmatratze auf Milchkisten und eine kleine Kommode für seine Kleider, doch das störte ihn nicht. Die Matratze kaufte er bei Dream Shack um die Ecke, bei Craigslist fand er eine alte Ledercouch und eine Kinderkommode, ergatterte einen Beistelltisch aus dem Sperrmüll auf der Straße, und für die Ecke im Wohnzimmer kaufte er ein gebrauchtes Zeichenbrett. Seine Eltern schenkten ihm einen viereckigen roten Resopaltisch aus den 1950ern, wie sie gerade wieder in Mode waren, und die vorhandenen eingebauten Bücherregale boten genügend Platz für seine Comicsammlung und sein persönliches unveröffentlichtes Archiv. Es war perfekt.

Von da an erhielt er jeden Monat die Mietrechnung, geschrieben mit rotem Kugelschreiber auf liniertem Notizblockpapier. Nicht unbedingt die übliche Vorgehensweise, aber es funktionierte. Das Konto, auf das er die Miete einzahlen sollte, wechselte zwar alle paar Monate, doch solange er sich nicht persönlich mit jemandem herumschlagen musste, war ihm das recht. Wenn er schon in einer Art konspirativem Mafiahaus zur Untermiete wohnte, während Lefty Gambino seine Strafe absaß, war etwas Abstand gar nicht schlecht.

Woche um Woche rechnete er mit der Auflösung des Deals, doch am Fünfzehnten jeden Monats lag das linierte Papier im Briefkasten. Vielleicht war Lefty ja doch kein mustergültiger Häftling.

Mit der Zeit betrachtete er 3D als sein Zuhause.

Nachdem die Hunde eingezogen waren, war die Wohnung noch gemütlicher. Jonathan fragte sich, warum eigentlich alle behaupteten, ein Heim würde erst durch Pflanzen und Aquarien gemütlich, wenn doch zwei Hunde fast so etwas wie eine fertige Familie waren, nur ohne den Stress. Sissy liebte ihr weiches Bett, während Dante die Couch bevorzugte, die maximalen Komfort bot und die richtige Höhe hatte, außerdem konnte er von dort die gegenüberliegende Wohnung, auf dem Fensterbrett landende Tauben und das rege Treiben unten auf der Straße sehen.

Jonathan studierte Handbücher für Hundeerziehung. »Border Collies gehören zu den intelligentesten Hunden«, hieß es im ersten Buch. »Sie sind nur glücklich, wenn man ihnen Pflichten und Aufgaben überträgt.« Dieses Thema wurde ausführlich abgehandelt: bla, bla, Schafe, bla, bla Hüteinstinkt, und am Ende wurde daran erinnert, dass »selbst der intelligenteste Border Collie die Leitung und Unterweisung seines Besitzers sucht«. Er schaute kurz zu seinem eigenen Collie, der eher an alten Filmen interessiert war und so gut wie nicht an Leitung und Unterweisung.

Irgendetwas störte ihn an Dante. Jonathan konnte es nicht genau benennen, aber nach nur einer Woche in der Wohnung verströmte der Collie die Aura eines Chefs. Nein, nicht unbedingt eines Chefs. Eines Vorstandsvorsitzenden.

Er las weiter.

»Collies bevorzugen ein aktives Leben mit Verantwortung und Aufgabenautonomie, um ihr genetisches Schicksal zu erfüllen.«

Es beeindruckte ihn, dass Dante Aufgabenautonomie brauchen könnte, was immer das auch war, und dass er außerdem ein genetisches Schicksal hatte. Vermutlich war auch Jonathan ein genetisches Schicksal beschieden, obgleich völlig offen war, wie es aussehen könnte. Er wollte Dante helfen, sein Schicksal zu erfüllen, und auch wenn er nicht bereit war, ein echtes Schaf zu erwerben, hatte er immerhin ein batteriebetriebenes Lamm gekauft, das durch die Wohnung hoppelte und gelegentlich einen Rückwärtssalto machte. Dante starrte Jonathan nur an und blinzelte langsam.

Sissy hingegen folgte ihm mit treuherzigem Blick überallhin, lag manchmal einfach nur neben ihm und leckte ihm den Fuß. Vielleicht war das genetische Schicksal von Spaniels weniger anspruchsvoll.

Er mochte die Hunde, ihm gefiel diese *junger-trendiger-Mann-mit-Hunden*-Stimmung. Er mochte die Gesellschaft. Er war noch neu in New York und hatte den Eindruck, dass alle ständig zu interessanten Events rannten,

Designmöbel und die richtigen Schuhe kauften, Kunstvernissagen besuchten und sich Fickfreunde hielten. Dagegen war das Leben mit Hunden fast eine Erleichterung. Sie beschäftigten ihn in seiner Freizeit und gaben ihm einen Grund, am Samstagabend zu Hause zu bleiben.

Jonathan hatte sein Leben schon immer wie einen Comicstrip gesehen, ein bisschen zweidimensional, gewiss, aber bevölkert von exzentrischen Figuren mit besonderen Talenten – manche konnten fliegen, andere wie Fische sprechen. Das unterschied ihn von Leuten, die ein Dasein wie im Fernsehen führten – normalen Leuten mit Lieblingssongs und passenden Handtüchern. Er hatte eine Wohnung, eine Freundin und einen Job, doch alles kam ihm irgendwie dürftig vor. Nur auf dem Fahrrad fühlte er sich wirklich frei: Geschwindigkeit verwandelte ihn in etwas Leichtes und Scharfes, das wie ein Samuraischwert durch die engen Höhlen New Yorks sauste.

Wie war er an diesen Punkt gekommen? Noch vor wenigen Minuten war er ein Kind gewesen, war auf dem Fahrrad zur Schule gefahren, hatte Comics gesammelt, Hausaufgaben gemacht und ferngesehen. Im Lauf der Jahre hatten sich einige Fangstricke des Erwachsenenalters in sein Leben geschlichen, ohne jedoch einschneidende Veränderungen zu hinterlassen. Das echte Erwachsenenleben schien *woanders* stattzufinden, weit entfernt und unerreichbar wie der Uranus. Er hatte keine Ahnung, wie andere dorthin gelangten oder warum – er fand die Anforderungen des Erwachsenseins anstrengend. Sieh doch, wie viel ich arbeite. Schau dir meine seidenglatte

Freundin an. Und wie ich Geld für Essen eintausche. Bewundere meinen Blutdruck.

Er fragte sich, warum noch niemand ein Buch mit dem Titel *Wie werde ich ein Mensch?* geschrieben hatte.

Seine Freundin Julie beherrschte dieses Menschsein weit besser als er. Sie hatten sich kennengelernt, als sie zwanzig war und er neunzehn, und weil sie phantastisch und unabhängig war und, im Gegensatz zu ihm, nicht unorganisiert und pleite, waren seine Hoffnungen auf ein Date mit ihr ziemlich gering gewesen. Ihr erstes Treffen in einem sehr lauten Club ein paar Blocks außerhalb des Campus war so verlaufen:

JONATHAN: BIST DU NICHT IN DEM KURS *THEORIE UND PRAXIS IM GRAFIKDESIGN*?
JULIE: WAS?
JONATHAN: BIST DU NICHT IN DEM KURS *THEORIE UND PRAXIS IM GRAFIKDESIGN*?
JULIE: NEIN.
JONATHAN: MÖCHTEST DU TROTZDEM EINEN DRINK?
JULIE: OKAY.

Er wusste, dass sie nicht in dem Kurs war, aber etwas Besseres fiel ihm auf die Schnelle nicht ein. Sie wirkte so absolut selbstbeherrscht, als würde sie Betriebswirtschaft studieren (tat sie) und sich nur mit anderen Betriebswirtschaftsstudenten treffen (tat sie auch), was Jonathan als kolossale Verschwendung zweier äußerst organisierter und höchst motivierter Individuen empfand.

Bei ihren ersten Dates schleppte er sie in Filme mit Untertiteln und in Comicläden, zu Kunstvernissagen und Bands, in denen seine Freunde spielten. Hinterher war sie meistens verwirrt, aber sie kam gern mit einer Seite des Lebens in Berührung, die ihr keine Leistungskurven und Entwicklungsberichte abverlangte.

Julie stammte aus gediegenen Mittelwesten-Verhältnissen, die zwar nicht unbedingt streng religiös, aber durchaus christlich geprägt waren. Sie glaubte an mittelhohe Absätze, einen ordentlichen Haarschnitt und sichere Rentenfonds mehr oder weniger von Geburt an. Sie wusste, wohin sie im Leben wollte und wie sie dorthin gelangte.

Beide Freundeskreise waren völlig platt, als sie anfingen, miteinander zu gehen. »Was siehst du bloß in dem?«, fragten Julies Mitbewohnerinnen, die bisher nur ihre Vorliebe für Jungs aus ähnlichen Verhältnissen kannten, Jungs, die Khakihosen trugen und lockere Poloshirts über breiten Schultern, mit derart blondem Haar und derart normalen Gesichtszügen, dass man sie nur schwer auseinanderhalten konnte. Die meisten würden später bei Baker & McKenzie arbeiten, in mäßig teure Vororte aufstrebender mittelgroßer Städte ziehen, teure Autos anschaffen, um ihre Midlife-Crisis zu überstehen, und sich irgendwann fragen, warum ihr Leben nicht lustiger gewesen war, ehe sie vorzeitig an Herzkrankheiten starben.

Jonathan dagegen hatte eine blasse, irgendwie nervöse Art. Seine Schultern waren etwas schmal, sein Haar war widerspenstig, und sein Blick blieb immer ein wenig zu lange an scheinbar nutzlosen Dingen hängen. Sein Interesse für völlig banale Gegenstände verstörte Julie, die sich mitunter fragte, ob sie beim Anblick der Welt eigentlich dasselbe sahen. »Was ist?«, fragte sie etwa, wenn er stehen blieb und einen Türknauf oder einen Baum betrachtete. »Ach nichts«, sagte er dann, besann sich wieder und kehrte in den Strom des Lebens zurück.

Sein Anderssein faszinierte sie. Vielleicht war es ein biologischer Impuls, der sie zu genetischer Vielfalt trieb, zu einem Mann, der ganz anders war als ihr Vater, ihre Onkel, ihre Exfreunde und all die Männer, die das Schicksal für sie bestimmte, Männer, mit denen sie leben, die sie gebären, mit denen sie Grillpartys besuchen und die sie wählen sollte.

Im Gegensatz zu den Männern ihres Stamms nahm Jonathans Gesicht in den heißen Sommern des Mittelwestens keine tiefe Bräune an, und in den eisigen Schneestürmen wurde es nicht rot. Er ging nicht wie ein Mann mit großen Schritten, nannte keinen großen Geländewagen sein eigen und saß im Kino nicht mit gespreizten Beinen da.

Julies aufgeräumter Verstand ließ sich von Jonathans Anderssein still und leise erobern. Sie hatte keine Ahnung, was er als Nächstes tun oder sagen würde, und genau das erregte sie insgeheim. Als sie sich das erste Mal küssten und er mit den Gedanken offenbar völlig woanders war, erschrak sie fast, als er sich ihr plötzlich mit übermäßiger Aufmerksamkeit widmete. Sie errötete und schaute weg, sodass er ihr Gesicht zwischen seine Hände nehmen und es festhalten musste, um sie zu küssen.

Seine Lippen fühlten sich fremd und fiebrig an. Und Julie, die in ihrem Leben nie sehr weit oder sehr hart gefallen war, verfiel Jonathan mit Haut und Haar. Er wiederum stellte fest, dass etwas Unerwartetes zwischen ihnen geschah und er einen kaltäugigen Raubvogel aus einem Baum gelockt hatte, der nun still und gelassen auf seiner Faust saß, und dass (bar jeglicher Logik) ihrer Verbindung ein merkwürdiger Zauber anhaftete.

In den ersten Tagen der Beziehung saß Jonathan in der Nacht da und sah ihr beim Schlafen zu, während Julie ihre Zuneigung durch teure Pullover ausdrückte, die seine uralten mottenzerfressenen Pullis ersetzten.

»Aber die sind immer noch unglaublich warm«, protestierte Jonathan.

Julie schüttelte den Kopf. »Der löst sich schon auf, Jonathan. Probier mal den an«, sagte sie und reichte ihm eine schwere Einkaufstüte, die einen wunderschönen, sorgsam in Seidenpapier eingewickelten Kaschmirpullover enthielt.

Und weil er schöne Dinge liebte, behielt er ihn und ihre anderen Geschenke; er zog sie gerne an, weil ihn die federleichte Wolle auf der Haut an sie erinnerte.

Als sich ihr Studium dem Ende näherte, führten sie lange Diskussionen über die nächsten Schritte. Jonathan, der in einem peinlichen Vorort aufgewachsen war, sehnte sich nach einer echten New York-Erfahrung, Julie hingegen war sich nicht so sicher. Der Mittelwesten war schließlich ihr Zuhause, hier lebten alle ihre Freunde. Es folgten lange Gespräche bis tief in die Nacht, Gespräche, bei denen sie Händchen haltend versuchten, sich eine Zukunft vorzustellen, die sie beide einschloss. Am Ende entschied Julie, fürs Erste zu bleiben, während Jonathan schon mal vorgehen und in New York die Lage sondieren sollte.

»Ebne du den Weg«, sagte sie und zweifelte insgeheim ziemlich an Jonathans Fähigkeit, ohne fremde Anleitung einen Weg zu ebnen.

Er hatte sich darauf gefreut, endlich zu arbeiten – die Zielstrebigkeit, die gemeinsame Anstrengung, der ganze atemlose Rausch einer beruflichen Karriere. Womit er nicht gerechnet hatte, war die Trivialität des Bürolebens, die Sinnlosigkeit seiner täglichen Routine, die Sachen, die man für Geld von ihm erwartete. Die Kunden waren wie Enten, die ihm Unsinn in die Ohren quakten und seine besten Ideen zu Tode knabberten. Aber Max saß am Schreibtisch neben ihm, die anderen Kollegen waren recht nett, und trotz des wachsenden Verdachts, dass Arbeit an sich nur ein Trick war, um die Zeit zwischen Geburt und Tod auszufüllen, erledigte er seine Aufgabe mit Stolz. Er fand es schön, dass ihm jemand nach jahrelangem Hausarbeiten schreiben und Prüfungen ablegen bereitwillig ein Gehalt zahlte.

Und so lebten er und Julie sechs lange Monate getrennt. Sie hatten sich darauf geeinigt, ihre ersten Gehälter nicht für Flüge und Besuche auszugeben, sondern spätabends zu skypen und sich über tausend Meilen leeren Luftraums hinweg zu küssen.

Eines Abends rief Julie mit einer tollen Neuigkeit an. »Ich hab einen neuen Job! Im New Yorker Büro!«, sagte sie. »Und ich verdiene mehr! Freust du dich nicht?«

Natürlich freute er sich. Wer würde sich nicht freuen? Er hoffte, dass ihr seine Wohnung gefallen würde. Und die Hunde. Julie wusste von den Hunden, hatte sich aber nicht näher dazu geäußert.

»Wie lange bleiben sie?«

»Sechs Monate. Du wirst sie mögen. Es sind brave Hunde.«

Dann hatten sie das Thema gewechselt.

Insgeheim fürchtete Jonathan, dass Julie die Hunde als überflüssig und störend empfinden würde, weil sie Geld kosteten und Platz wegnahmen. Er fürchtete, dass Julie in Restaurants und Bars gehen wollte, wo Hunde nicht erlaubt waren, dass er sie tagsüber allein lassen musste, wenn er arbeitete, und dann wieder abends, wenn er mit Julie ausging.

Er skypte mit Julie, während Sissy und Dante neben ihm saßen, damit sie sich langsam kennenlernten, aber das machte alle nur mürrisch.

»Wer ist denn jetzt wer?«

»Das ist Dante«, sagte Jonathan und zeigte auf den Collie, der entschlossen die Kamera mied, »und das ist Sissy.« Er wuschelte Sissys Ohren und versuchte, sie davon abzuhalten, den Bildschirm zu lecken, worauf Julie angewidert zurückschreckte.

Von alldem erzählte er nichts seinem Bruder, in dessen Augen die Beziehung zwischen Hund und Mensch ein unkomplizierter Tanz sein sollte, getragen von gegenseitiger Zuneigung – man liebte seine Hunde, nahm sie überallhin mit und trennte sich von jeder Freundin, die sie nicht genauso liebte.

»Wo keine Hunde erlaubt sind, will man gar nicht hingehen«, hatte er zu Jonathan gesagt.

In Gedanken listete Jonathan Kinos auf, Restaurants, Clubs, Konzerte, Bars, Kaufhäuser, öffentliche Verkehrsmittel, Arbeit, Flugzeuge und Dubai; das war nur die Spitze des Eisbergs und schloss so ziemlich jeden Ort ein, wo er je hinwollen könnte.

4

Als Hundehalter kam Jonathan mit einem völlig neuen Segment der Gesellschaft in Kontakt. Wie Radfahrer und Comicenthusiasten waren Hundemenschen vorwiegend Fanatiker. Und alle schienen seine Hunde besser zu kennen als er.

»Hübscher Spaniel. Ein Arbeitshund?«

Er wusste nicht, was er darauf sagen sollte. »Ähm«, stammelte er und zerbrach sich den Kopf in der Hoffnung, die Antwort käme vielleicht in Form einer Gedankenblase. »Ich weiß nicht genau. Sie gehören meinem Bruder.«

Seine Inkompetenz trug ihm verächtliche Blicke ein und Kommentare, die ihn völlig übergingen. »Du wärst ein braver Arbeitshund, nicht wahr, Kleine?«

Und dann schaute Sissy ihren neuen Freund treuherzig an, und es entstand eine Verbindung, als würden sie und der Fremde in teurer britischer Jagdkleidung auf einer Wiese Raufußhühner aufscheuchen, wenn nur Jonathan nicht wäre.

»Schöner Hund«, sagten sie über Dante und runzelten die Stirn. »Aber nichts für Manhattan.«

Warum gab die Anwesenheit eines Hundes jedem die Erlaubnis, eine Meinung zu äußern? »Es geht ihm gut, er ist glücklich«, sagte Jonathan nach einiger Zeit mit gelassener Autorität auf solche Kommentare. »Er ist ein Stadtcollie.«

Anfangs sagte er das eher zögernd, doch er stellte fest, dass es Wirkung zeigte. Er konnte die Gedanken seiner Kritiker förmlich lesen: *Wirklich? Ein Stadtcollie?* Meistens zuckten sie dann die Schultern und dachten: Okay, gutes Argument – als wäre ein Stadtcollie etwas Besonderes. Um ehrlich zu sein war selbst Jonathan klar, dass sich Border Collies im Allgemeinen (und Dante im Besonderen) nicht sonderlich gut für die Rolle der untergeordneten Spezies eigneten. Dante, fand er, sollte eigentlich eine mittelgroße Investmentbank leiten.

Der Hundeauslauf am Tompkins Square bestand aus Sand und Beton mit so gut wie keinem Gras. Wer wollte schon auf Sand pinkeln, wenn ein rauer borkiger Baum, umgeben von kompostiertem Laub, so viel schöner wäre? Immerhin begegneten Hunde in New York anderen Hunden, aber war es wirklich schön, wenn man sein Geschäft mit der halben Lower East Side als Publikum auf Beton verrichten musste? Jonathan stellte sich vor, er würde sich in einem dichten Wald ungestört hinhocken und den Schwanz heben, inmitten von satten Kiefern- und Pilzdüften – wäre das nicht viel besser als Autoabgase und Körperspray von Calvin Klein?

In letzter Zeit träumte er häufiger von einem Leben in üppiger Natur. Manchmal vergaß er, dass es eigentlich um die Hunde ging, und träumte von seinem eigenen kleinen Flecken gut kompostiertem Boden, dicht bewachsen mit Glockenblumen und Fingerhut, Hahnenfuß und

Moos. Er wollte sich darin wälzen, sich der Länge nach durch die dunkle feuchte Erde wühlen und seinen seifigen Menschengeruch in duftendes Waldgrün hüllen.

In diesem neuen Kapitel ihres Lebens kamen die Hunde in den Genuss von HBO und Netflix, sie knabberten Bioknochen und gingen an teuren Lederleinen. Sie hatten alles, was New York an Essen und Schutz bieten konnte, aber wollten sie das auch wirklich? Vielleicht waren sie ja deprimiert und unausgefüllt. Schwer zu sagen bei Hunden, besonders wenn man sie nicht von Geburt an kannte. Jedenfalls spürte er, dass etwas nicht stimmte. Vielleicht brauchten sie professionelle Hilfe.

Er rief Max an.

»Hey, Max.«

»Hey, Kumpel. Allegra ist gerade bei mir.« Irgendjemand war immer gerade bei Max.

»Entschuldige. Kennst du einen guten Tierarzt?«

»Sind die Hunde krank?«

Jonathan zuckte die Schultern. »Nicht wirklich. Nur zur Kontrolle.«

»Warte kurz.« Max wandte sich vom Telefon ab. »Hey, Allegra. Mein Kumpel braucht einen Tierarzt. Kennst du einen?«

Jonathan hörte Gemurmel, dann meldete sich Allegra. »Ich geh mit meiner Katze zu dem an der Ecke Eleventh und First. Ist nicht allzu weit von dir, oder?«

»Nein, das ist gut. Behandeln die auch Hunde?«

Allegra überlegte. »Das sind Tierärzte. Sie behandeln Tiere. Wie das mit großen Nutztieren ist, weiß ich nicht. Ist einer von deinen Hunden eine Kuh?«

Jonathan schnitt seinem Telefon eine Grimasse.

»Ich schick dir die Nummer per SMS. Frag nach Dr. Clare. Sie ist toll.«

»Dr. Clare und wie noch?«

Allegra kicherte. »Clare de Lune.« Sie gab Max den Hörer zurück. »Dein Freund ist echt witzig.«

Max meldete sich wieder. »Alles klar, Kumpel?«

»Glaub schon, danke«, sagte Jonathan, aber Max hatte bereits aufgelegt.

Am nächsten Tag rief er bei Dr. Clare de Lune an und bat um einen Termin.

»Nicht Clare de Lune«, sagte die Sprechstundenhilfe. »Nur Clare. Dr. Clare.«

»Wie Dr. Who?«

»Doktor wer?«

»Egal.« Jonathan kämpfte sich aus seinem Paralleluniversum zurück.

Was genau das Problem sei und bei welchem der beiden Hunde?

Die Stimme der Sprechstundenhilfe war hoch und dünn wie die eines Kindes.

Jonathan zögerte. »Es ist nichts, was ich am Telefon beschreiben könnte«, erwiderte er und kam sich ein bisschen wie ein geiler alter Bock vor.

»Okay«, piepste die Sprechstundenhilfe. »Ich trage Sie für eine halbe Stunde ein, weil es Ihr erster Besuch ist. Dann bis Dienstag um fünf.«

Am Dienstag um vier stahl Jonathan sich von der Arbeit weg, sauste auf dem Fahrrad nach Hause, holte die Hunde und machte sich auf den Weg zum Tierarzt. Er kam sich vor wie bei einem Abenteuer. Der Tierarzt. Er war noch nie bei einem gewesen und stellte sich ein Wartezimmer voller exotischer Tiere vor, die verborgene Leben hinter geschlossenen Türen führten. Vor seinem geistigen Auge sah er einen älteren weißen Tiger, der früher in Las Vegas aufgetreten war und jetzt mit der uralten Witwe seines einstigen Dompteurs in einer muffigen Villa mit Blick auf den Central Park lebte. Oder vielleicht einen Piranha in einem Aquarium auf Rädern. Oder ein missmutiges Chinchilla (er versuchte, sich ein Chinchilla vorzustellen, sah aber nur einen grau gestreiften Pelzmantel vor sich) und eine Galapagos-Schildkröte, die jemand im Handgepäck aus Ecuador herausgeschmuggelt hatte, als der Transport von bedrohten Tierarten noch nicht verboten war.

Die Tierarztpraxis befand sich in einem eleganten Stadthaus, und sie traten durch eine Tür im Erdgeschoss. Die zehnjährige Sprechstundenhilfe (ihre Stimme war sofort erkennbar) erwies sich als junge Frau von der ungefähren Größe und dem Umfang eines Banktresors. Sie stellte sich als Iris vor und reichte ihm ein Klemmbrett mit mehreren Formularen zum Ausfüllen; auf dem ersten wurden Angaben zu seiner Kreditkarte verlangt.

Er räusperte sich. »Ähm … können Sie mir sagen, was Dr. Clare de … was Dr. Clare für einen Besuch berechnet?«

»Das hängt davon ab, was sie macht. Ein einfaches halbstündiges Beratungsgespräch ohne Tests fängt bei 85 Dollar an.« Sie bedachte ihn mit einem etwas starren Lächeln und wandte sich wieder ihrem Laptop zu.

Nach zehn Minuten ertönte ein leises Summen, und Iris stand auf, öffnete eine der drei vom Wartezimmer abgehenden Türen und zeigte hinein. »Sie sind dran«, flötete sie liebenswürdig, und den Bruchteil einer Sekunde lang stellte Jonathan sich ein Exekutionskommando auf der anderen Seite der Tür vor, zwölf Männer in der Uniform der französischen Fremdenlegion, die Gewehre im Anschlag, während ein charmanter, Gitane rauchender französischer Pudel mit Baskenmütze darauf wartete, mit einem lakonischen Pfotenwink das Zeichen zum Feuern zu geben.

Stattdessen schüttelte ihm eine hochgewachsene junge Frau mit kurzem Haar, ernster Miene und ohne Makeup die Hand.

»Hallo«, sagte sie. »Sie müssen Sissy sein.« Sie hatte einen britischen Akzent.

»Um ehrlich zu sein, nein«, sagte Jonathan, von der Begrüßung vorübergehend verwirrt. Er schob den Spaniel nach vorn wie ein schüchternes Kind in der Tanzschule.

»Wenn Sie sie eben auf die Waage stellen würden.«

Er führte Sissy zu der großen Waage und hielt sie kurz fest.

»Gut.« Dr. Clare tippte das Gewicht in ihren Computer. »Und jetzt auf den Tisch.«

Jonathan gehorchte, und die Tierärztin hörte Sissys Herz ab. »Braves Mädchen«, sagte sie und befühlte vorsichtig jedes Bein, bewegte die Hüftgelenke vor und zurück, die Schultergelenke nach außen und vorwärts. »Gut.« Sie winkelte die Sprunggelenke an, tastete Sissys

Rückgrat fachmännisch auf beiden Seiten ab und begutachtete ihr Gebiss.

»Du bist ein liebes Mädchen, bei dir ist alles in Ordnung. Jetzt sehen wir uns deinen Freund an.«

Jonathan führte Dante auf die Waage und hievte ihn dann auf den Tisch, wo die Tierärztin das Ganze wiederholte und Beine, Herz, Gelenke, Rücken und Zähne untersuchte.

»Hervorragend«, sagte sie nach einer Minute. »Du kannst jetzt runterspringen.«

Jonathan setzte Dante auf dem Boden ab, während Dr. Clare die Computerdatei vervollständigte.

Schließlich wandte sie sich ihm zu. »Also. Wie's aussieht, sind beide in bester Verfassung. Sind Sie nur wegen einer Kontrolluntersuchung hier? Oder gibt es ein Problem?«

»Hm.« Jonathan blickte zur Decke. »Ja und nein.«

Dr. Clares glatte Stirn legte sich in Falten.

»Sie wirken … Ich weiß nicht recht, wie ich es ausdrücken soll. Wissen Sie, es sind nicht meine Hunde. Mein Bruder hat sie mir für sechs Monate überlassen. Ich verstehe nicht viel von Hunden. Aber ich mache mir Sorgen, dass sie nicht glücklich sind.«

Sie sah ihn an. »Gibt es auffällige Verhaltensweisen? Schwanzjagen? Nagen? Ständiges Winseln? Aggression?«

Jonathan schüttelte den Kopf. »Nein, nichts davon.«

»Fressen sie?«

»Ja«, sagte er. »Aber ich bin mir nicht sicher, ob ihnen das Fressen so viel Freude macht wie früher.«

Dr. Clare blinzelte. »Freude?«

»Ich weiß, es sind Hunde«, sagte er und bemühte sich um eine Erklärung. »Aber ich habe den Eindruck, sie sind unzufrieden. Dante sollte doch eigentlich Schafe hüten. Er ist so intelligent. Und Sissy ... Sie beklagt sich nicht, aber ich habe oft das Gefühl, dass ihr etwas fehlt. Raufußhühner? Keine Ahnung. Sie wirken beide ein bisschen – daneben.« Er sah kurz zu Dante, dessen Gesicht völlig ausdruckslos war. »Sehen Sie ihn an. Verstehen Sie, was ich meine? Manchmal glaube ich, er ist ... wütend.«

»Wütend.«

»Ungenutztes Potential«, erklärte Jonathan. »Sissy dagegen ist kein wütender Typ. Aber auch sie bemüht sich unglaublich, immer fröhlich zu sein. Manchmal denke ich, irgendwann ist sie nur noch traurig.«

Jonathan sah Dr. Clare an, die seinen Blick erwiderte. Er spürte förmlich, wie ihr Verstand arbeitete. Idiot, dachte sie. Du bist einer dieser amerikanischen Trottel, die meine Zeit verschwenden.

Dr. Clare holte tief Luft, atmete aus und kniff die Augen ein wenig zusammen. »Ich bin kein Psychiater«, sagte sie. »Meiner Ansicht nach geht es Ihren Hunden gut. Mehr als gut, es sind entzückende Hunde.« Sie zögerte. »Sicher, Stadthunde bekommen nicht immer genug Auslauf oder Aufmerksamkeit. Können Sie irgendwo mit ihnen Ball spielen? Wie steht es mit Tagesbetreuung? Vielleicht engagieren Sie einen Hundeausführer? Oder Sie lassen ihnen Spielbälle da, wenn Sie weggehen. Gefüllt mit Trockenfutter und Erdnussbutter. Es kann Stunden dauern, bis so ein Ding leer ist.«

Jonathan hatte Dante schon mal so einen Ball gegeben.

Der Hund hatte ihn in weniger als einer Minute geleert und dann verächtlich – so jedenfalls sah es aus – unter die Couch gekickt.

Jonathan schüttelte traurig den Kopf. »Ein Ball hilft auch nicht. Etwas fehlt in ihrem Leben.«

»Könnten Sie das näher ausführen?«

Jonathan wirkte bedrückt. »Nicht wirklich.«

Sie starrten beide die Hunde an.

Jonathan fuhr fort. »Ich mache mir auch noch andere Sorgen. Was ist, wenn Dantes Langeweile einen Höhepunkt erreicht und er irgendwann aus einem unerfindlichen Grund eine Abneigung gegen ein kleines Kind verspürt und ihm das Gesicht wegbeißt? Jemand filmt das mit seinem Handy, die Geschichte verbreitet sich wie ein Lauffeuer, und es kommt zu einem Riesenprozess, der auf der Titelseite vom *New York Magazine* landet. Ich würde wahrscheinlich ins Gefängnis kommen, und an Dante würde man ein Exempel statuieren. Eigentlich könnte er nichts dafür, aber vermutlich müsste man ihn einschläfern.«

Sie sah ihn abschätzend an. »Hat er schon mal jemandem das Gesicht weggebissen?«

»Natürlich nicht!« Allein die Andeutung machte Jonathan wütend. »Aber das heißt nicht, dass er es nicht tun wird. Die Natur des Fremden ist unergründlich.«

Dr. Clare überlegte. »Ich kann Hunde ziemlich gut einschätzen«, sagte sie schließlich. »Und er sieht nicht so aus, als würde er einem Kind das Gesicht wegbeißen.«

Jonathan ließ die Schultern hängen. »Ich glaube, Sie verstehen mich nicht.«

»Vermutlich nicht. Ich glaube allerdings, Sie sollten sich vielleicht nicht wegen ›Was wäre, wenn‹ den Kopf zerbrechen.«

Jonathan schwieg eine Weile. »Und was wäre, wenn er sein Leben hasst?«

Die Tierärztin starrte ihn an. »Das Gute an Hunden ist, dass sie in der Regel nicht grundlos unglücklich sind.«

»Haben Sie einen Hund, Dr. Clare?«

»Ja.«

»Und Sie haben nicht manchmal das Gefühl, dass Ihr Hund nicht ganz zufrieden ist?«

Sie zögerte. »Nun ja ... mein Hund ist nicht gern allein, deshalb nehme ich ihn wenn möglich mit zur Arbeit. In meinem Londoner Viertel hatten wir schöne Parks, die ihr hier wahrscheinlich fehlen. Mir fehlen sie auch.« Die Tierärztin wirkte nachdenklich. »Natürlich ist New York nicht die ideale Umgebung für Hunde, aber dafür wird man auf andere Weise entschädigt. Es ist nicht perfekt, aber wir alle passen uns an.«

»Tun wir das?« Jonathan runzelte die Stirn. »Vielleicht glauben wir das nur. Vielleicht fand Ihr Hund London ja toll mit seinen schönen Parks voller Rosen und Kindermädchen und, und ...« Er überlegte, was für englische Parks noch typisch war.

»Enten«, sagte sie. »Alle möglichen Arten. Und Fischreiher.«

»Okay, Enten. Vielleicht fehlt ihr das alles, und sie ist traurig, wenn sie immer nur Stahl und Glas und Beton sieht. Vielleicht fügen wir uns nur in das scheinbar Unvermeidliche, und darum halten wir uns für angepasst, während wir in Wirklichkeit nur das Beste aus einer unhaltbaren Situation machen. Vielleicht sollten wir nicht ohne Gras, Bäume und Enten leben, immer unter Druck, immer auf dem Sprung, immer zu wenig Zeit für das, was wir mögen, sofern wir überhaupt noch wissen, was das ist. Vielleicht gilt das für Hunde wie für Menschen. Vielleicht lügen wir uns alle in die eigene Tasche.«

Dr. Clare starrte ihn mit großen Augen an.

»Tut mir leid«, sagte Jonathan ernst. »Ich verschwende Ihre Zeit nicht länger.«

»Ich verstehe, was Sie meinen.« Sie bemühte sich, ihre professionelle Haltung zu wahren. »Aber wir tun unser Bestes. Und solange Sie nicht vorhaben, nach London oder Montana zu ziehen, müssen Sie und Ihre Hunde das Beste daraus machen.«

Jonathan lachte bitter. »Das ist Ihre Antwort?«

»Ich fürchte, mehr kann ich nicht tun.« Sie schüttelte den Kopf und wandte sich ihrem Computer zu. »Sie können sich jederzeit an das Büro wenden, Mr Trefoil, wenn Sie weitere Fragen haben.«

»Jonathan.«

»Wie bitte?«

»Nennen Sie mich Jonathan.«

Sie seufzte. »Sie können sich jederzeit an das Büro wenden, Jonathan, wenn Sie weitere Fragen haben.«

Nur keine seltsamen, abstrakten Fragen wie eben, dachte Jonathan. Keine Fragen, die ein Tierarzt nicht beantworten kann. Sie möchten ein gebrochenes Bein, Dr. Clare. Oder eine Platzwunde, die genäht werden kann. Einen verdorbenen Magen. Ein Humpelbein.

Keine Lebensangst oder Langeweile. Keinen Weltschmerz bei Hunden.

Jonathan bezahlte die Rechnung und fragte sich, warum es nur in fremden Sprachen Worte für den Zustand seiner Hunde gab. War die englische Sprache so desinteressiert an Beschreibungen seelischer Unruhe? War die angloamerikanische Psyche zu gleichgültig, um Zustände philosophischen Schreckens überhaupt in Betracht zu ziehen? Im Englischen musste man schwammige Sachen sagen wie: »Ich bin nicht ganz ich selbst.« Oder: »Ich habe das vage Gefühl, dass die Welt nicht so ist, wie sie sein sollte.« Oder schlicht: »Ich bin deprimiert.« Im Gegensatz zu *Weltschmerz*, ein Wort, das exakt das tiefe seelische Unbehagen beschrieb, wenn man erkannte, dass die Welt ein schrecklicher, grausamer Ort war, unvereinbar mit dem seelischen Wohlbefinden von Menschen (und Hunden).

Wenn man den Zustand der Welt unerträglich fand und zum Arzt ging, konnte man im Englischen die eigene Gemütsverfassung nur mit »Ich bin niedergeschlagen« beschreiben. Was für eine beschissene Sprache.

Er verstand nicht, warum Allegra ihm Dr. Clare so sehr empfohlen hatte. Das Innenleben von Hunden schien sie überhaupt nicht zu interessieren. Typisch britisch, dass jemand zugunsten der Contenance jeder psychologischen Einsicht auswich. »Wir passen uns an«, hatte sie gesagt. Aber tun wir das? Tun wir das wirklich, Dr. Clare? Passen wir uns einer gnadenlos feindseligen Umwelt an, in der jede menschliche Geborgenheit fehlt?

Er merkte, dass er immer zorniger wurde. Was war das

für ein Arzt, den das Leib-Seele-Problem nicht interessierte? Er, ein blutiger Amateur in der Hundehalterhierarchie, konnte unendlich viele Facetten in diesen Hundeaugen lesen. Hunden fehlte vielleicht der nötige Intellekt, um Dumdumgeschosse zu erfinden und Ozeane zu zerstören, aber deswegen waren sie doch den Menschen nicht psychologisch unterlegen oder weniger komplex.

Er verließ die Praxis und ging mit seinen Hunden nach Hause. Eine junge Geigerin stand an der Straßenecke und spielte ein Stück, das ihm vage bekannt vorkam. Er blieb stehen und hörte zu. An ihrem offenen Geigenkasten lehnte ein Schild mit der Aufschrift: »Ich spare für Juilliard.«

Jonathan betrachtete Dante und Sissy, die seinen Blick erwartungsvoll erwiderten. Was musikalisches Talent anging, übertrafen Menschen eindeutig Hunde, allerdings war er sich nicht sicher, wo er auf einer Skala stehen würde, auf der dieses Mädchen an der Spitze stand und, sagen wir, Scheidenmuscheln am Ende. Er und die Hunde wären irgendwo dazwischen und vielleicht nicht so weit voneinander entfernt, wie er hoffte.

In seiner Vorstellung führten Muscheln ein ziemlich zufriedenes Leben, während dieses arme Mädchen Tausende von Stunden üben und sich tagtäglich abmühen musste, um Melodien auf einer seltsamen Konstruktion aus Holz und Darmsaiten zu spielen und damit ein abgestumpftes Publikum zu unterhalten, in dem viele heimlich dösten. Jonathan griff in seine Tasche und warf sein gesamtes Kleingeld in den Geigenkasten. Muscheln wären vielleicht die klügere Alternative, wenn es denn

Alternativen gäbe. Sie nickte dankend und setzte zu einem eleganten Arpeggio an, während er mit den Hunden weiterging und überlegte, wie es sich wohl anfühlen mochte, tief in nassem Sand begraben zu leben.

5

Am nächsten Morgen stellte Jonathan fest, dass jemand seine Post gefressen hatte. Er legte sie immer auf das Regal neben der Wohnungstür, aber jetzt war sie weg, und er entdeckte nur noch ein paar Schnipsel seiner Gehaltsabrechnung unter einem Stuhl. Die Zeitung sah unversehrt aus, allerdings fehlte beim Durchblättern der Sportteil. Als die Hunde ihm zur Begrüßung entgegenrannten, meinte er, an Dantes Schnauze Spuren von Papiermaché zu bemerken. Eine unberührte Wurfsendung von Privileged Pets, einem virtuellen VIP-Club für Stadthunde, lehnte ordentlich an der Wand, als hätte jemand sie absichtlich dort platziert. Sollte das ein Witz sein? Jonathan sah Dante an, der wie gebannt aus dem Fenster blickte.

Seufzend goss er sich einen Kaffee von gestern ein, gab Milch dazu und trank ihn kalt, ehe er die Hunde für den Morgenspaziergang anleinte und die drei Treppen hinuntertrabte.

Es war einer der letzten kalten Wintertage, an denen die Temperaturen jäh sinken und niemand richtig angezogen ist, aber zumindest regnete es nicht. Am Auslauf setzte er sich auf eine Bank und rieb sich die Hände, während die Hunde mit gesenktem Kopf still dastanden und ihn anstarrten. Verhielten sich so normale Hunde?

Warum tobten sie nicht herum? Wussten sie denn nicht, dass er heute noch viel zu tun hatte? Um sich die Zeit zu vertreiben, holte er Bleistift und Notizheft heraus und fing ein neues Kapitel seiner Graphic Novel an. Sie hieß *Das New York Inferno* und handelte von einem Border Collie, der als geistiger Mentor fungierte und einen jungen Dichter durch die neun Höllenkreise der New Yorker Unterwelt begleitete. Jonathan schaute kurz zu seinem eigenen Dante, und als er die leicht hochgezogene Lefze und das eine gespitzte Ohr sah, fand er, dass Dante perfekt dafür geeignet wäre, einen ahnungslosen Touristen wie ihn durch die Hölle zu führen.

Wieder zu Hause, machte er den Hunden Frühstück. Nachdem sie gefressen hatten, wanderten sie zu ihren Betten und legten sich hin, Sissy mit einem leisen Spanielseufzer, Dante mit einem langsamen Kopfschütteln. Jonathan überlegte, ob sie seine E-Mails durchgingen, wenn er bei der Arbeit war. Oder ob sie die Post lasen, bevor sie sie auffraßen. Er gab jedem Hund einen Kauknochen, schwang sich auf sein Rad und fuhr zur Arbeit.

Jonathans Fahrrad war sein wertvollster Besitz. Es hatte einen Rahmen aus ultraleichtem Karbonstahl und einen integrierten Computer für Geschwindigkeit und Trittfrequenz, und er lebte in ständiger Angst, man könnte es ihm unter dem Hintern wegklauen. Die einzige Lösung war, es nie aus den Augen zu lassen und so schnell zu fahren, dass niemand ihn zu fassen bekam.

Die Fahrt zur Arbeit führte über Hunderte von Abkürzungen und Umgehungen. Er kam sich vor wie ein olympischer Skifahrer, der einen Riesenslalom fuhr: den Kopf gesenkt und durch kaum wahrnehmbare Gedankenumschwünge steuernd. Sein Ziel war, niemals langsamer zu werden oder stehenzubleiben, und wenn er dann mit übertriebenem Schwung vor Comrade anhielt, nachdem er Taxis, Fußgängern, Tod und Verletzung in tausendfacher Form entkommen war, fühlte er sich so klar wie ein Lichtstrahl.

Er trug das Fahrrad zwei Treppen hoch und schloss es oben am Geländer an.

Ein Mädchen in sehr engen Jeans und einem winzigen T-Shirt kam auf dem Weg ins Büro an ihm vorbei. Sie balancierte ein Kaffeetablett auf der Hand wie eine italienische Kellnerin in einer Komödie. »Hey, Jonathan.«

»Hey, Shay.« Shay war die Assistentin des Chefs.

»Cooles Schloss«, meinte sie.

»Danke«, sagte er und freute sich, dass sie es bemerkt hatte. »Ein Skylock. Wird übers Smartphone aktiviert. Willst du mal sehen, wie es funktioniert?«

»Nein«, erwiderte sie und wirbelte davon.

Mit seinen karbonbesohlten Schuhen trappelte er wie ein Esel über den Boden, damit auch wirklich jeder mitbekam, dass er an diesem Morgen als Letzter aufkreuzte. Auf der Herrentoilette tauschte er sein italienisches Mannschaftstrikot gegen Jeans, ein T-Shirt und eine zitronengelbe Strickjacke aus Alpakawolle von Brooks Brothers, erstanden bei Downtown Vintage. Sein Großvater hatte vermutlich Hunderte solcher Jacken besessen, und es ärgerte ihn maßlos, dass seine Eltern sie weggegeben hatten und er sie nun in protzigen Boutiquen zu überhöhten Preisen zurückkaufen musste.

»Konferenz ist um drei«, erinnerte Shay ihn und verschwand in Eds Büro, wo sie mit einer kleinen Pirouette das Kaffeetablett auf dem Schreibtisch absetzte.

Shay schloss sich jede Mittagspause mit Ed (dem Gründer, Besitzer und Geschäftsführer von Comrade) kurz, und die Geräusche, die aus dem (verschlossenen) Chefbüro drangen, weckten im Rest der Belegschaft eine tiefe Melancholie. Dass Ed mit noch nicht mal dreißig ein Loft in Williamsburg besaß und einen silbergrauen Mercedes 280 SL Baujahr 1972 fuhr, hatte die Büromoral schon sinken lassen, lauter Sex mit der Assistentin bei der Arbeit jedoch brachte das Fass zum Überlaufen und war ein täglicher Hinweis auf ein Leben, das die meisten seiner Angestellten nie führen würden. Wobei niemand sonderlich scharf darauf war, mit Ed im Chefbüro Sex zu haben.

Die Büros befanden sich im ersten Stock eines Lofts, das früher als Showroom für Lampen und Leuchtkörper gedient hatte. Während der Renovierungsarbeiten hatte man die isolierten Tropfschaumdecken entfernt, um die Deckenbalken freizulegen, die Rigipsplatten waren zugunsten kahler Backsteinwände weggerissen und das brüchige 1950er-Jahre-Linoleum über den breiten Eichendielen beseitigt worden. Das Ganze hätte schon so gut ausgesehen, doch um die Kunden von der Kreativität seiner Agentur zu überzeugen, hatte Ed auf einer Auktion einen kompletten russischen Bahnhof aus der kommunistischen Ära ersteigert – von der Signaltafel bis zum Fahrkartenschalter – und ihn in dem Loft in Tribeca installiert. Das Konzept ging fast auf, aber nicht ganz; es provozierte zu viele Witze über Sibirien und die unvermeidlichen Vergleiche zwischen Ed und Stalin. Die enorm große Ostblock-Bahnhofsuhr tickte so laut, dass eine Angestellte sie an einem ruhigen Sonntag mit einem riesigen Tacker in tausend Stücke schlug. Sie hinterließ eine Nachricht, in der von Wut und Verzweiflung die Rede war, und kam nicht mal mehr zurück, um die zweiundzwanzig Porzellankaninchen auf ihrem Schreibtisch abzuholen.

Die Arbeitstische bei Comrade waren mehr oder weniger willkürlich platziert, um dem Raum ein Flair von Offenheit und Spontanität zu verleihen, wobei Ersteres durch improvisierte Bürowände aus verzweifelt aufgetürmten Bücherstapeln, einem antiken Hutständer, Bürostaffeleien und einem an einer Kleidermetallstange befestigten Duschvorhang zunichtegemacht wurde.

Jonathan war für Broadway Depot zuständig, Comrades lukrativsten Kunden. Die Firma schaltete täglich Anzeigen für Sonderangebote in Lokalzeitungen sowie auf Spruchbändern und Pop-ups im Internet. Diese Anzeigen mussten mit einem steten Strom von hirnlosem Textmaterial gefüttert werden, mit Überschriften wie »20% Rabatt auf alle Kugelschreiber« oder »Das billigste Druckerpapier der Stadt!«.

Es war die Art Texterei, die jeden in den Wahnsinn treiben konnte. Jonathan bemühte sich täglich, etwas originellere Überschriften zu verfassen, aber Broadway Depot lehnte sie regelmäßig ab. Genauer gesagt, Louise Crimple, seine Verhandlungspartnerin bei Broadway Depot, lehnte sie ab.

»Hi, Johnny. Alles gut?«

»Bestens, Louise.« Noch.

»Wir müssen die Headlines von gestern anders verworten. Das Buy/Sell-Pendel reversieren. Dekatastrophieren.«

Dekatastrophieren? »Ihnen gefallen meine Headlines nicht?«

»Ich liebe sie! Aber ich glaube, fürs Erste vertüten wir die Arbeit von gestern. Nichts für Unfug.«

Er war daran gewöhnt. »Ihnen gefallen meine Headlines nicht?«

»Großes Lob für Ihre Ideation, Jonathan.«

»Ich überarbeite sie noch mal.«

»Win-win! Und jetzt los!«

Louise war grenzenlos engagiert und gar nicht mal unattraktiv, aber ihr Gehirn glich einem kaputten Aufziehspielzeug, und sie hatte einen Hang zu Dreizüngigkeit, gepaart mit der Phantasie eines Waschbeckenstöpsels – ein Artikel, den Broadway Depot nicht verkaufte.

Natürlich waren seine Anzeigentexte nicht großartig oder weltverändernd, aber sie waren geringfügig besser als »Kugelschreiber: Nur heute $2.99!« Am Telefon, in E-Mails und persönlichen Gesprächen hatte er mit Louise Crimple leidenschaftlich über die in seinen Headlines eingebetteten ewigen Wahrheiten diskutiert, die (auf einem unterschwelligen Level) suggerierten, dass Broadway Depot die tiefe emotionale Beziehung der Kunden zu Büromaterialien verstand. Dass sie über den Umsatz hinaus Markentreue und Repeat Business aufbauten und das Leben der Angestellten von BD sowie der Kunden verbesserten. Aber seine Argumente stießen auf taube Ohren. Abstraktionen interessierten Louise nicht.

»Keiner partnert einen Kugelschreiber«, sagte sie mit dem strahlendsten Lächeln der Welt. »Wenn er alle ist, kommt der nächste. Basta.«

Jonathan hasste den Ausdruck »Basta«. Er hasste alle ihre Ausdrücke. Einmal ging er mittags mit ihr essen und versuchte, ihr die Bindung von Schriftstellern und Künstlern zu ihren Schreibgeräten zu erklären; dass Schreiben mit einem Gelstift sich anfühlte, als würde man im Matsch herumrutschen oder Zeilen aus dem Gehirn direkt auf die Seite übertragen, während ein Kugelschreiber auf eine sparsame, schnörkellose Persönlichkeit schließen ließ, jemanden, den man wohl kaum kennen möchte. In dem vietnamesischen Fusion-Restaurant (sorgfältig ausgewählt wegen der raffinierten Aromen und Konsistenzen) bestellte Louise ein gut durchgebratenes Steak und sah ihn dann so durchdringend und so lange an, dass er sich unwillkürlich ans Gesicht fasste, um festzustellen, ob es sich womöglich in eine Makrone verwandelt hatte.

»Louise«, sagte er schließlich, sehr darum bemüht, nicht zu schreien. »Langweilen Sie sich nicht? Langweilen Sie sich nicht zu Tode in Ihrem Scheißjob in dieser Scheißfirma, wo Sie jeden langweiligen Scheißtag Scheißanzeigen aufsetzen?«

Sie hörte zu, dachte kurz nach und schaute ihn dann mit ihren schönen ausdruckslosen grauen Augen an. »Wie wär's mit Kuchen? Oder sind Sie kein Desserteur?«

Führe mich nicht in Versuchung, dachte er.

Die Ausgangsdaten für die heutigen Broadway Depot-Anzeigen landeten mit einem Ping auf seinem Desktop.

Er öffnete die Datei. *Nur heute: 30% auf Plastikmappen! Soeben eingetroffen! Tintenpatronen aus dem fernen China! Sonderrabatt auf Chefsessel! Wahlweise mit hoher oder niedriger Lehne! Aktenschränke in fünf neuen Designerfarben!* (Wann hatte ein menschliches Wesen das letzte Mal einen Aktenschrank gekauft?) Die Liste ging weiter. Er brachte es nicht über sich, sie zu lesen, und ging gleich auf die Übersichtsseite. Seine erste Aufgabe: Die Webseite aktualisieren, auf deren Grundlage jedes Geschäft seine Handzettel druckte. Immerhin durfte er seine flotten Überschriften direkt in die Dateien eingeben und musste sie nicht von oben absegnen lassen, also schrieb er: »CHEFSESSEL-DEAL DES TAGES! VERDIENT IHR HINTERN NICHT DAS BESTE?«, und »JEDER SINNLOSE BERICHT MACHT SICH BESSER IN EINER PLASTIKMAPPE, DIE 20% ERMÄSSIGT IST!«

Mit einem Seufzer des Bedauerns löschte er die Überschriften und machte sich an die Arbeit. Um Punkt zwölf kam Max von einem Fototermin zurück, und sie gingen essen.

Nur wenige Angestellte von Comrade verließen während der Mittagspause das Büro. Viele brachten sich Edamame-Hummus in kleinen Behältern mit und aßen ihn mit Biofladenbrot und Rote-Bete-Kohl-Salat mit Reisessig. Einige hatten Birnen-Granatapfelsalat dabei oder ließen sich von OriGami Lachshaut-Sushi in kunstvoll gefalteten japanischen Schachteln liefern. Jonathan und Max aßen riesige Roastbeef-Sandwiches mit Senf auf Weißbrot, die sie im letzten unverbesserlichen Deli von Tribeca kauften. Sie aßen jeder für sich an benachbarten

Schreibtischen, und Max mailte Jonathan unter dem Betreff »Mögliche Ehefrauen« Webseiten wie *befilthy.com* und *dirtymoms4U*, während Jonathan ihm Bilder aus Pulp Fiction-Filmen der 1950er schickte mit Titeln wie *Gay Blade* und *Fanny's Hill.*

Dieses Geplänkel ging schon fünfzehn Jahre oder noch länger zurück. Damals nannte sich der achtjährige Max in Neo um (nach *The Matrix,* ein Film, den er nicht sehen durfte und deshalb Bild für Bild auswendig lernte), während Jonathan »Solar, Man of the Atom« als Alter Ego annahm. Wenn sie Geld hatten, kauften sie Comics, und wenn es ihnen ausging, erfanden sie selbst welche: Maxman, ein Superheld, der alles Böse besiegte und immer das schöne Mädchen bekam, und sein Sidekick, Jay Solar, ein muskulöser Exknacki, der eine Vendetta gegen den russischen Tätowierer führte, weil der ihm das Gesicht verunstaltet hatte. Solars Motto war *Gazoom!* Jonathan konnte sich nicht mehr erinnern, warum.

Im grünen Larchmont wohnten sie zwei Häuser voneinander entfernt und verbrachten so viel Zeit zusammen, dass Max' Mutter gewohnheitsmäßig den Tisch für fünf deckte oder für sechs, wenn James (von Amts wegen Geschäftsführer von Maxman Enterprises) da war. Max' Mutter servierte Makkaroni mit Käse überbacken und nannte die beiden Heckle und Jeckle, während Jonathans Eltern sich mokierten und wünschten, ihre comicbesessenen Söhne hätten normale Hobbys wie Basketball spielen oder *Playboy* lesen.

»Sie entwickeln sich so schnell in die falsche Richtung«, sagte sein Vater. »Eben stehen sie noch auf Schokoladensirup und gefüllte Kekse, und plötzlich sitzen sie lebenslänglich für den Mord an Harvey Milk.«

»Der Mörder von Harvey Milk hat nicht lebenslänglich bekommen, Schatz«, bemerkte Jonathans Mutter.

»Siehst du?«, murmelte ihr Mann und schüttelte den Kopf. »Es gibt keine Gerechtigkeit.«

Jonathan war an solche Wortwechsel gewöhnt, Max jedoch hatte jedes Mal seinen Spaß.

»Dein Dad ist so was von durchgeknallt«, sagte er. »Wahrscheinlich steckt in allem, was er von sich gibt, eine seltsame innere Logik, aber um dahinterzukommen, bräuchte man einen Doktortitel in Semiotik.«

»Was ist Semiotik?« Jonathan zeichnete gerade.

»Das weiß keiner so richtig«, erwiderte Max und stapelte Oreos aufeinander, um einen Platz im *Guiness-Buch der Rekorde* zu ergattern. »Ich bin schon bei achtundfünfzig, halt die Luft an«, flüsterte er, gerade als der Turm kippte und zusammenbrach. »Verdammt«, sagte er und dann, als sein Hund herbeischlitterte, um das Chaos aufzusaugen: »Rusty, nein!«

»Wer hat das Tier reingelassen?«, rief Jonathans Vater aus dem Arbeitszimmer. »Du weißt doch, deine Mutter ist allergisch.«

»Hier ist kein Hund«, rief James zurück. »Wir sehen uns gerade *Cujo* an.«

»Mach das aus«, kam als Antwort.

Wenn sie und Rusty irgendwann keine Lust mehr auf das hatten, was sie gerade taten, gingen Jonathan, James und Max mit hundert Oreos und einem unfertigen Comic in einer Plastiktüte die fünfzig Meter zu Max und taten dort noch mal eine ganze Weile dasselbe, nur mit einer etwas anderen Aussicht auf die Straße und Eltern, die auf andere Weise merkwürdig waren.

Im Lauf der Jahre engagierte Maxman Enterprises hin und wieder einen Teilzeitangestellten in Form von Ben, der fünf Häuser weiter wohnte, aber dessen Mutter hatte Größeres für Ben (und seinen Bruder Ed) im Sinn als Comic-Clubs. Ed leitete in der Schule den Computer-Club und die Schüler-UN, während Ben Baseball spielte, einen violetten Gürtel in Jui-Jitsu hatte und zum Geburtstag ein Teleskop bekam, damit er jede Woche eine neue Sternkonstellation auswendig lernen konnte.

»Sie sagt, ihr drei habt einen schlechten Einfluss auf uns«, berichtete Ben missmutig.

Worauf Max, Jonathan und James sich grinsend abklatschten und einander schworen, so lange einen schlechten Einfluss auszuüben, wie sie minderjährig und für ihre Taten gesetzlich nicht verantwortlich waren.

6

Als Jonathan von der Arbeit zurückkam, begrüßte Sissy ihn stürmisch, während Dante ihn skeptisch beäugte. Er zauste ihnen die Ohren, leinte sie an, marschierte zügig mit ihnen zehn Blocks, ging wieder nach Hause, gab ihnen Leckerli (»fresst, fresst und seid trotz eures trostlosen Kerkerlebens glücklich«), holte zwei Lachssteaks aus dem Kühlschrank und wickelte sie in Alufolie, warf eine Tüte Salat in die Schüssel, füllte einen Topf mit Wasser für die Kartoffeln und sah auf die Uhr. Viertel nach sieben. Julie hatte sich für halb acht angekündigt, und das hieß, sie wäre um halb acht da, sofern in der Zwischenzeit nicht ein Asteroid alles menschliche Leben auslöschen würde.

Jonathan musste lächeln, als er an Julies Pünktlichkeit dachte, an ihre Verlässlichkeit, Beharrlichkeit und Standhaftigkeit. Diese Eigenschaften hatten ihr zu einem Job als Anzeigenverkäuferin bei *Bridal-360* verholfen, einem Hochglanzmagazin und 360-Grad Online-Hochzeitsplaner mit dem Motto »Vom ersten Date zur ewigen Paarung«. Ewige Paarung klang für Jonathan wie ein dystopisches Schachspiel oder wie dieser schreckliche Zustand, wenn Hunde beim Sex stecken blieben. Selbst Julie fand den Slogan gruselig. Aber sie liebte ihren Job, fand es toll, ihr Organisationstalent bei knappen Deadlines einzusetzen, dass alle im selben Takt marschierten (Mendelssohns »Hochzeitsmarsch«). Sie liebte ihren Job so sehr, dass sie nicht zweimal überlegen musste, ob sie so lange von Jonathan getrennt sein wollte, wie es eben nötig war, um an der glitschigen Stange der Hochzeitshierarchie emporzuklettern.

Als jedoch nach sechs Monaten eine Stelle im New Yorker Büro frei wurde – und auch noch zufällig für eine leitende Position, bei der sie zufällig über dreißig andere (und größtenteils besser qualifizierte) Mitbewerber ausstach –, bestimmte das Schicksal, dass das Paar endlich wieder vereint sein sollte.

»Wir können eine Weile zusammenwohnen und sehen, wie es läuft«, sagte sie zu Jonathan, der seinerseits liebevoll dachte: Ach Julie, du verrücktes, romantisches Huhn. Insgeheim hoffte er, sie würde ihr organisatorisches Talent auf die Suche einer neuen Wohnung verwenden, deren Verfügbarkeit nicht von der abgelehnten Bewährung eines Häftlings abhing.

Jonathan dachte oft darüber nach, wie ironisch es war, dass die krankhaft unsentimentale Julie in der Hochzeitsbranche gelandet war.

»Mir ist nicht klar, warum Frauen so viel Wind um Hochzeiten machen«, sagte sie einmal. »Im Büro reden sie über nichts anderes.« Jonathan wies sie nicht darauf hin, dass man möglicherweise viele Gespräche über Hochzeiten zu hören bekäme, wenn man zufällig bei *Bridal-360* arbeitete, und fragte sich, ob eine Karriere als, sagen wir, Anwältin für Urheberrecht für sie nicht besser gewesen wäre.

Um Punkt 19 Uhr 26 klingelte sie. Jonathan warf die Kartoffeln ins kochende Wasser, wischte sich die Hände an einem Handtuch ab und eilte hinaus, um sie zu begrüßen.

Er traf sie auf halber Höhe der Treppe, doch bevor er ihr die Tasche abnehmen konnte, kam ein schwarzweißer Schemen vom Treppenabsatz herabgeschossen und stürzte sich mit einem wilden Freudengeheul, das für Jonathan sarkastisch klang, auf Julie. Gleich hinter Dante folgte Sissy, mit fliegenden Ohren und jaulend vor Glück. Beide Hunde sprangen seine Freundin an und brachten sie aus dem Gleichgewicht, sodass ihre Handtasche auskippte, was zu einem Spiel von Lippenstift rollen und iPhone werfen führte, das durch die Treppenstufen noch reizvoller wurde.

Julie schrie die Hunde nicht an. Sie schwieg würdevoll, schnappte sich ihr Handy aus einem Querpass zwischen Collie und Spaniel, hob Lippenstift, Geldbörse und Schminktäschchen auf und marschierte schnurstracks die letzte Treppe hinauf in die Wohnung, als existierten die Hunde überhaupt nicht. Die Hunde wiederum, begeistert von dem neuen Spiel, leckten ihr die Knöchel, kauten am Saum ihres Kleides, warfen sich gegen ihre Schienbeine und schnappten nach imaginären Fliegen vor ihrem Gesicht. All das erforderte eine komplizierte Choreographie, und Jonathan bewunderte unwillkürlich die Geschicklichkeit seiner Hunde. Zuzusehen, wie sie in der winzigen Küche herumsprangen, war, als würde man einem Auftritt des New York City Ballet in einer Flugzeugtoilette beiwohnen. Er runzelte pflichtbewusst die Stirn.

»Willkommen in New York!«, sagte er und umarmte sie. Und dann, nach einem vergeblichen Versuch, Freundschaft zwischen Dante und Julie zu stiften, sagte er: »Hör zu, ignorier die Hunde einfach. Sie gewöhnen sich schon an dich.«

Julie, die die Hunde vom ersten Augenblick an ignoriert hatte, schaute sich in der Wohnung um. »Sie ist kleiner, als ich dachte.«

Jonathan folgte ihrem Blick. Sie hatte recht, mit all den Hundeutensilien wirkte die Wohnung klein. Betten, Spielzeug, Schüsseln. Hunde.

»Wie war dein Flug?« Jonathan schraubte den Verschluss von einer Weinflasche und legte den Lachs auf die Teller. »Möchtest du was trinken? Bist du hungrig?«

»Und wie«, sagte sie und nahm ein Glas Wein entgegen. »Sieht lecker aus. Ich kriege nicht mal für den Umzug frei. Bei uns ist die Hölle los, wir sind mitten in einer Ausgabe für nicht-weiße Hochzeiten. Ich musste den ganzen Tag Presseanfragen beantworten. Die ganze Hochzeitswelt ist entsetzt.«

»Nicht-weiß?«, sagte Jonathan. »Meinst du farbige Menschen oder farbige Kleider?«

Julie setzte sich und nahm ihre Gabel zur Hand. »Farbige Kleider. *Und* farbige Menschen.«

»Wow.« Jonathan war beeindruckt von den Launen der Hochzeitswelt und fragte sich, wie man dieses so wichtige Segment der Gesellschaft wohl entsetzen konnte. Er stellte sich Bräute in zerfetztem Scharlachrot und Schwarz vor, barfuß und humpelnd, mit kleinen Hörnern anstelle von Schleiern, lodernden Fackeln, gespaltenen Zungen und grünen, sich schlängelnden Schwänzen. Als Satyre verkleidete Bräutigame in haarigen Lendenschurzen, die auf glänzenden Hufen herumhüpften, Brautjungfern, nackt bis auf …

Julie sah ihn an. »Was immer du dir vorstellst, hör auf damit. Farbe bedeutet Flechte, Titan, Feige. Das ist alles.«

»Feige? Ist das eine Farbe?«

Julie schien ihn nicht gehört zu haben. Aus einem unerfindlichen Grund liebte er sie umso mehr, weil sie seine Vorstellung von der Welt weder verstehen noch anerkennen wollte. Sie war eine starke, gescheite, vernünftige, schöne, sachliche Frau. Und er war ein tastender Trottel von einem Sterblichen, der in einer Welt gnadenloser Selbstzweifel lebte. Dass sie sich überhaupt mit ihm abgab, warf ein heiliges Licht auf ihren großzügigen Geist.

Seit ihrer räumlichen Trennung hatte sie eine noch wichtigere Rolle in Dantes *New York Inferno* gespielt. In der Hölle ragte Julie wie eine Statue in riesigen Plateauschuhen auf, hielt ein iPad in einer Hand und einen winzigen Becher mit getrockneten Goji-Beeren in der anderen. Sie schien die gequälten Seelen in ihrer Umgebung nicht wahrzunehmen. Die Szene hatte die Überschrift: »Die Regeln sind allen bekannt.«

Julie aß ihren Lachs auf. Jonathan brachte die Teller zur Spülmaschine und fing an, in Gedanken die nächste Episode des *New York Inferno* zu entwerfen. Er hatte Julie nicht erzählt, dass sie in seinem neuesten Werk vorkam; er stellte sich vor, sie zur Geburt ihres ersten Kindes damit zu überraschen. Oder, was angesichts ihrer Einstellung gegenüber Überraschungen wahrscheinlicher war, nie.

»Das war gut«, sagte Julie und schaute auf die Uhr. »Aber ich muss jetzt wirklich arbeiten.«

»Im Ernst?« Er umarmte sie. »Du hast mir so gefehlt.«

»Tatsächlich? Du mir auch.« Sie drehte sich zu ihm, und er küsste sie, strich mit den Händen über ihre elegant geschwungenen Hüften.

Obwohl Jonathan seit vier Jahren mit Julie zusammen war, wollte Max ihre Reize nicht wahrhaben. »Sie ist ungefähr so sexy wie ein Kontoauszug«, sagte er, als wäre das ein logisches Argument. »Außerdem lächelt sie nie.«

»Sie lächelt *dich* nie an«, sagte Jonathan.

»Genau das meine ich ja.«

Julie protestierte nicht, als Jonathan ihre Hand nahm und sie ins Schlafzimmer führte. »Du musst doch nicht jetzt sofort arbeiten, oder?« Er schnupperte an ihrem Hals, während sie ihre Strickjacke abstreifte und mit leicht gerunzelter Stirn aus ihrem Kleid stieg. Dann schloss sie die Tür und ließ die Hunde draußen sitzen.

»Willkommen daheim«, sagte er und küsste sie.

Hinterher saß Julie am Tisch und tippte Zahlen in Tabellen, während Jonathan die Szene zeichnete, wie Julie sich auszog – eine Szene für den zweiten Höllenkreis (Lust). Er versuchte, ein gewisses Etwas einzufangen, das ihm am Verhalten seiner Freundin bisher noch nicht aufgefallen war. Das Stirnrunzeln, dachte er zuerst. Die Bewegung ihrer Schultern, als sie den BH abstreifte. Der Eindruck, als wäre sie allein im Zimmer, den sie selbst dann noch vermittelte, als sie Sex hatten.

Er zeichnete und zeichnete, scheiterte aber immer wieder.

Als Jonathan in der Nacht hellwach neben Julie lag, dachte er an die Hunde. Vielleicht litten sie ja unter Melancholie. Er starrte an die Decke. Aber vielleicht war das Problem nicht psychologischer, sondern körperlicher Natur. Er hatte gehört, dass Hunde manchmal Staupe bekamen, eine durchaus mögliche Diagnose, auch wenn er keine Ahnung hatte, was Staupe eigentlich war. Morgen früh würde er als Erstes die Symptome googeln. Oder vielleicht sollte er sicherheitshalber gleich mit ihnen zum Tierarzt gehen. Er schaute zur Schlafzimmertür und sah, wie Sissy ihn durch die Glasscheibe traurig anstarrte.

Jonathan seufzte, stand auf und nahm sein Kissen und eine Decke mit hinaus auf die Couch. Dort fand Julie ihn am nächsten Morgen; er lag schlafend auf der Seite, den Arm um den Spaniel geschlungen, dessen Gesicht in der warmen Kuhle unter seinem Kinn ruhte.

7

In mancherlei Hinsicht arbeitete Jonathan gern bei Comrade. Es war eine freundliche Gemeinschaft, vereint durch die allgemeine Übereinkunft, dass alle Mitarbeiter jung, attraktiv, modisch, unterbezahlt, ausgebeutet und von existentieller Wut erfüllt waren. Die Arbeit! Die Kunden! Die allumfassende, niederschmetternde, erdrückende Trivialität des Ganzen! Abgesehen davon war es gut.

Heute jedoch herrschte eine merkwürdige Atmosphäre. Niemand blickte auf, als Jonathan kam, als wären alle so in ihre Projekte vertieft, dass selbst sein teures neues Replikat des gelben Tour-de-France-Trikots die drei Sekunden nicht wert war, die es dauern würde, es zu belächeln. Alarmglocken schrillten in seinem Kopf. Nachdem er zum Umziehen auf die Männertoilette getrappelt war, machte er auf den Gummisohlen seiner neuen Retro-Sneakers kehrt und ging über den gewachsten Boden zurück. Niemand rührte sich. Sein Herz begann zu hämmern. Waren sie alle gefeuert worden? War jemand gestorben? Waren alle gestorben? War er tot? War dies die Hölle?

Er rief Louise Crimple an, um sich zu vergewissern, dass Broadway Depot die Agentur nicht gefeuert hatte.

»Louise!«, sagte er, als sie abhob.

»Jonathan!«, antwortete sie.

»Läuft da irgendwas in Ihren Breiten?«

»Wir stehen in Flammen!«

Meinte sie das wörtlich? »Das ist ja großartig, Louise.«

»Was haben Sie für mich, John? Gießen Sie Öl in mein Feuer, Liebster!«

Großer Gott. »Wird gemacht, Lou.« Der hohle Ton am anderen Ende sagte ihm, dass sie bereits aufgelegt hatte.

Von Ed war an diesem Morgen nichts zu sehen. Und auch nicht von Shay. Trieben sie es etwa schon? Vor zehn? Vage wurde Jonathan bewusst, dass erregte Stimmen aus der Richtung des Personalbüros herüberdrangen. Was ging da vor sich?

Während er die Papiertüte um seinen Morgenkaffee überlaut zerknitterte, summte er mit voller Lautstärke Bruckners »Te Deum«. Er dachte dabei an diese Mönche, die zwei Noten gleichzeitig singen können, und überlegte, ob sie auch die zweite Stimme zu einem Stück aus einem Broadway Musical singen könnten, dann schleuderte er den leeren Becher zum nächsten Papierkorb, verfehlte, holte den Becher zurück und versuchte es noch mal. Keine Reaktion. Selbst Max, sein Gefährte im nutzlosen Streben, schien sich auf die Arbeit zu konzentrieren. Das machte ihm mehr Angst als alles andere.

AN: max@comrade.com
VON: jonathan@comrade.com
BETREFF: Was ist los?
Bin ich gefeuert? Sind wir alle tot?

Max antwortete von einem Schreibtisch knapp dreißig Zentimeter zu seiner Linken.

AN: jonathan@comrade.com
VON: max@comrade.com
BETREFF: Re: Was ist los?
Seltsames Kommen und Gehen in unseren Hallen.
Alles sehr ernst & mysteriös.

Im selben Moment rauschte Shay ins Büro. Sie hielt die authentische Lampe aus der kommunistischen Ära in der Hand, die Eds Schreibtisch erhellte, und schleuderte sie gegen die hintere Wand, wo die Glühbirne in einem tödlichen Glassplitterregen explodierte. Nicht zufrieden mit der Reaktion (nämlich keiner) seitens der Comrade-Angestellten, packte sie eine volle Kaffeekanne von der Küchenzeile, schwenkte sie mit beiden Händen am Griff herum und ließ sie im letztmöglichen Moment los, sodass sie in einer halbwegs perfekten Diagonale quer durchs Büro flog. Diesmal war die Reaktion besser – alle zweiundzwanzig Mitarbeiter hielten sich schützend die Arme über den Kopf, als die mit heißem Kaffee gefüllte Glaskugel in Zeitlupe eine wunderbare Parabel durch die Luft beschrieb. Sie landete mit einem überzeugenden Knall an der Metalltür des Konferenzraums, gerade als Ed heraustrat.

Vereinzelter Applaus brach aus.

Jonathans Miene war ausdruckslos, aber das Herz in seiner Brust vollführte fröhliche Gymnastik. Warum war nicht jeder Tag so? Nur darum ging es doch im Leben! Nicht um Heftklammern und Kopierpapier. Liebe, Sex, Hass, Verzweiflung, platzende Kaffeekannen. Diese Szene könnte alle neun Höllenkreise umfassen oder zumindest einige: Lust (zweiter Kreis), Geiz (vierter), Zorn (fünfter), Gewalt (siebter) und Verrat (neunter). Herrliche Sequenzen stolzierten durch seine Phantasie – die wirbelnde Glaskugel, der großartige Aufprall. In seiner Version würde die Kaffeekanne aus dem Hölleninnern emporfliegen, durch die Erdatmosphäre, durch die Milchstraße und schließlich zum Alpha Centauri, und während der große Stern sie in sein Gravitationsfeld saugte, würde sie sich immer schneller drehen. Wenn er doch nur sofort anfangen könnte, daran zu arbeiten.

»Ähem.«

Er blickte auf und sah Shay vor sich stehen. Sie hielt ihm einen großen Karton mit ihren Habseligkeiten hin. »Nach unten«, sagte sie.

Jonathan stand auf, umklammerte den Karton, warf Ed (reglos und wutschnaubend in einem durchnässten grünseidenen Anzug, von dem Kaffee tropfte) einen raschen Blick zu und verließ so unauffällig wie möglich das Büro, während zwanzig der zweiundzwanzig Comrade-Mitarbeiter ihr Video von der explodierenden Kaffeekanne auf Facebook hochluden oder es sich immer wieder auf ihrem Handy ansahen. Es war bereits getwittert worden und drohte ein Riesenerfolg zu werden, während Shay Jonathan vorausging, ihre Tragetasche voller nagelneuer Büroutensilien samt dem Firmen-Laptop. Mit beeindruckender Kraft rammte sie die Schulter gegen die Stahltür und sagte nichts, bis sie den Gehsteig erreichten.

»Taxi.« Das war ein Befehl.

Eine Hand hatte er zwar nicht frei, aber er hielt sich einiges auf sein Pfeifen zugute. Zwei Taxis hielten gleichzeitig, und Shay schaufelte ihre Habseligkeiten in das größere, zischte dem Fahrer eine Adresse zu und knallte Jonathan, der sich vorbeugte, um sich zu verabschieden, die Tür vor der Nase zu und raste davon.

Er stand da und starrte auf das Loch, das sie in seiner Geschichte hinterlassen hatte, dann trottete er wieder nach oben zur Arbeit. Ed war verschwunden. Gillian und Roger vom Verkauf fegten Glasscherben zusammen und wischten Kaffee auf. Ein Badmintonspiel war im Gange, begleitet von Techno-Beat aus einem Computer. Jonathan setzte sich und öffnete seine E-Mail. Er fand den üblichen Mist über die Arbeit, klickte aber zuerst auf das Memo an alle Mitarbeiter.

AN: alle Mitarbeiter
VON: Geschäftsleitung
BETREFF: Schneefrei

Es war auf Shays Account getippt, vermutlich aber nicht von ihr. Weitere Informationen erübrigten sich.

Am späten Vormittag war das Badmintonspiel vorbei, und das gesamte Büro zog sich in Guns Ammo Liquor zurück, eine schmuddelige Bar in der Nähe mit extrem attraktiver Preisgestaltung für eine große Auswahl an Alkoholika. Gegen Mittag war Jonathan betrunken. Um vier konnte er kaum noch stehen, aber das machte nichts, denn er war der Messias und konnte auf Wasser kriechen. Er schaffte es, um fünf zu Hause zu sein, trat durch die Tür und brach im Flur zusammen.

Die Hunde kamen angeschlichen und beschnüffelten ihn, dann zogen sie sich ins Wohnzimmer zurück. Jonathan meinte, angewidertes Flüstern zu hören.

»Er hat getrunken.«

»Vielleicht ist er nur müde.«

Er schlief ein und träumte, dass er in einem Astronautenanzug mit einer Kaffeekanne auf dem Kopf zum Alpha Centauri flog. Ein paar Stunden später wachte er erschrocken und furchtbar verkatert auf, als Julie nach Hause kam. Sie stieg über die gekrümmte Gestalt zu ihren Füßen und kam mit einem Becher Kaffee, zwei Aspirin und zwei angeleinten Hunden zurück. Die Nachtluft belebte ihn genug, um eine halbe Packung Oreos mit einer Dose Bier hinunterzuspülen, ehe er ins Bett fiel.

»Schönen Tag gehabt?«, fragte Julie.

»Er fing gut an«, sagte er und kuschelte sich bei ihr an. Sie entzog sich ihm geschickt, und er seufzte, weil ihm klar war, dass hier nichts laufen würde. Mit pochenden Kopfschmerzen, einem üblen Gefühl im Magen und zutiefst resigniert, beschloss Jonathan, dass er auf der Couch wohl besser schlafen würde. Sissy wartete, bis er ausgestreckt unter der Decke lag, ehe sie vorsichtig zu ihm hinaufsprang und es sich bequem machte, den Rücken an seiner Brust. Dante blieb die ganze Nacht auf dem Fußboden, den Kopf auf den Pfoten wie ein Tempelwächter. Um fünf Uhr früh wachte Jonathan auf. Er hatte rasenden Durst und war äußerst melancholisch gestimmt.

8

Bei Comrade deutete nichts auf den gestrigen Aufruhr hin. Ed ernannte die unbezahlte Praktikantin zu seiner persönlichen Assistentin, bis Shay ersetzt werden konnte. Mit lobenswertem Einsatz hatte sie bereits eine neue Lampe und eine Kaffeekanne besorgt; außerdem hatte sie ein Memo an alle Mitarbeiter verfasst, in dem sie den gestrigen Schneenotfall widerrief und höflich (und vermutlich auf Eds Anweisung hin) darauf verwies, dass es gar nicht geschneit hatte.

Ed wirkte bedrückt, besonders als Wes, Leiter der Kundenbetreuung und inoffizieller Chef der Personalabteilung, kurz nach zehn an seinem Schreibtisch erschien und ihn wegzerrte – zwar nicht an den Ohren, aber quasi an deren moralischem Äquivalent.

Wes war sehr groß und sehr dünn, hatte langes dichtes Kraushaar, das er in einem Pferdeschwanz trug. Er war bei jedem Kundenmeeting dabei, egal, wie groß oder klein. Die Kunden von Comrade schätzten ihn sehr, weil er nicht über neueste Strategien, nachhaltige Wettbewerbsvorteile oder Paradigmen redete, ihnen mitunter auch widersprach und die Arbeit seiner Belegschaft nicht blindlings verteidigte. Dass Comrade nicht jeden 15. April vor dem Bankrott stand, war allein Wes zu verdanken, der etwas von einem Hippie-Mafia-Professor hatte, eine milde freundliche Art, die sein wahres Ich verbarg wie ein Batikhemd einen Körper aus Stahl. Gerüchten zufolge war er ein ehemaliger Green Beret und übte jeden Abend drei Stunden lang Kickboxen.

Jonathan mochte Wes, der ihm fast wie ein richtiger Mensch vorkam. Im *New York Inferno* herrschte Wes gerecht und ziemlich streng über den vierten Höllenkreis (Habgier), in schwarzem T-Shirt und Jeans, die Hände auf den Hüften, während sein buschiger Pferdeschwanz hinter ihm herwehte wie ein Wimpel.

Obwohl niemand die Unterhaltung zwischen Ed und dem leitenden Kundenbetreuer mithörte (was nicht an mangelndem Bemühen lag), ging die Mehrheit davon aus, dass Wes nachträglich darauf hingewiesen hatte, dass es kein beeindruckender Führungsstil war, die persönliche Assistentin in jeder Mittagspause zu vögeln und ihr dann Grund zu geben, in einem Wutanfall hinauszustürmen. Und dass Ed von Glück reden könne, wenn sie sich keinen Anwalt nahm und die Firma bis aufs letzte Hemd verklagte.

Ed kehrte missmutiger denn je an seinen Schreibtisch zurück, verließ das Büro noch vor der Mittagspause und kam nicht mehr zurück. Seine neue inoffizielle Assistentin vertrieb sich den Rest des Tages damit, Zeitschriften zu lesen, Anrufe entgegenzunehmen und Schnäpse aus Eds Privatbar an die Durstigen auszuschenken. Um vier zog sie los und kam mit einer großen Schachtel Donuts für alle zurück; wenn jemand sich bedankte, erwiderte sie: »Bedankt euch bei Ed. Die gehen auf seine Rechnung.« Als sämtliche Donuts weg waren, stellte sie sich auf einen Stuhl, rollte eine Zeitschrift zu einem Megaphon zusammen und erklärte allen, der Rest des Tages sei frei. Jonathan fand seinen Job langsam richtig gut.

Am nächsten Morgen war die unbezahlte Praktikantin verschwunden, Ed wieder im Büro und alle Mann an Bord. Eigentlich schade, wenngleich Jonathans Laune sich beträchtlich besserte, als er folgende E-Mail erhielt:

AN: jonathan@comrade.com
VON: max@comrade.com
BETREFF: Frisches Blut
Schau mal ins Wartezimmer.

Jonathan stand auf, drehte eine Runde durchs Büro, um einen Blick ins Wartezimmer zu werfen; dabei schützte er vor, etwas Dringendes zu erledigen.

Er traf auf Max, der eine Runde in die andere Richtung drehte, machte eine elegante 180-Grad-Drehung und marschierte Schulter an Schulter mit seinem Freund weiter. Plötzlich blieben sie beide in stiller Übereinstimmung stehen, erschüttert vom schieren Gewicht des Geschehens im Empfangsbereich. Ein finster blickender Ed erschien mit einem aparten Mädchen in den kürzesten Jeansshorts, die sie je gesehen hatten, dicht gefolgt von Wes. Jonathan bemerkte Eds niedergeschlagene Miene und hörte Wes' unmissverständliches »Nein«, während das Mädchen für immer aus der Tür von Comrade verschwand und Wes der nächsten Kandidatin die Hand gab.

»Lark Rise Heaven Halo«, sagte sie.

Jonathan konnte es nicht fassen. Er und Max sahen sich an. Lark Rise Heaven Halo? Wer nannte sein Kind Lark Rise Heaven Halo? Wie kam ein Mädchen mit einem Namen wie Lark Rise Heaven Halo durchs Leben? Wahrscheinlich war das heutzutage gar nicht so schlimm. Ihre Klassenkameradinnen hießen vermutlich Stetson, Mona Lisa, Jedi und Albania. Kündete dieses Namensding vom nahenden Ende der Welt? Irgendetwas musste es doch bedeuten. Alle verhielten sich so, als wäre es völlig normal, dass jemand namens Lark Rise Heaven Halo im Empfang wartete.

In letzter Zeit hatte er sich oft über Namen geärgert. Jonathan zum Beispiel war ein Name. Ed hingegen hatte seinen zu Eduardo geändert, und das war kein Name, sofern man nicht in Mexiko, Uruguay oder Andalusien geboren war. Und es war erst recht kein Name, wenn man in Larchmont, New York, als Sohn zweier Buchhalter aufwuchs, die, wie Jonathan zufällig wusste, Naomi und Joseph Netzky hießen. Selbst als sie noch Kinder waren, hatte niemand daran gezweifelt, dass Ed und Ben Netzky später Firmenanwälte in White Plains werden würden, aber Ed war vom rechten Pfad abgekommen und hatte eine kleine Marketingfirma in New York gegründet, sein jüdisches Haar zu einem Afro à la Fidel Castro wachsen lassen und seinen Namen von Ed Netzky zu Eduardo Navarro geändert. All das ließ ihn sehr viel cooler wirken als den Durchschnittsjuden aus Larchmont – offenbar cool genug, um sich ein Loft in Williamsburg zu kaufen, einen Mercedes-Oldtimer zu fahren und in der Mittagspause seine PA zu vögeln. Jonathan fragte sich, unter welchem Namen Ed wohl lief, wenn er zu hohen Feiertagen nach Larchmont zurückkehrte.

Wenige Tage nach dem Examen bat Max Ben (mittlerweile entschiedener Jurastudent) über Facebook um Eds Kontaktdaten und fragte, ob er ein gutes Wort für ihn einlegen könne. Sobald Max einen Job hatte, war es nur eine Frage der Zeit, bis Jonathan an seinem benachbarten Schreibtisch erschien. Max' Hintergrund in Politik und Jonathans in Grafikdesign qualifizierte sie gleichermaßen für den Erfolg bei Comrade. Eduardo verfolgte die Strategie, freundliche, fröhliche, intelligente junge Menschen zu Einstiegsgehältern zu engagieren und sie dann auszubeuten und über den Tisch zu ziehen, bis sie ihren Lebenswillen verloren und schließlich verzweifelt das Handtuch warfen. Max und Jonathan entsprachen diesen Anforderungen bestens, auch wenn Max – das musste man ihm zugutehalten – größere Pläne hatte.

»Ich werde diesen Mistkerl überleben«, sagte er. »Irgendwann wird Ed vor die Bundeshandelskommission zitiert werden, dann bin ich der letzte Comrade, der noch steht, und die Firma wird mir wie eine reife Birne in die ausgestreckte Hand fallen. Ein Kinderspiel, Jay, ein Kinderspiel.«

Jonathan begriff nicht so recht, warum man ein solches Spiel, ganz gleich, wie leicht es war, überhaupt spielen wollte. Seine vage, weit entfernte und vermutlich nicht zu erfüllende Phantasie war es, eines Tages seinen Lebensunterhalt mit einer Arbeit zu verdienen, die er gern machte.

Er kehrte an seinen Schreibtisch zurück. »Verlängerungskabel – zwei zum Preis von einem!!! Posteingangskörbe zum halben Preis!!! Textmarker nur $1.25 bei einem Einkauf im Wert von $10!« Verzweiflung legte sich um seine Nieren. »Linierte Notizbücher: drei Stück für $7, nur heute!!!« Warum musste man alles so laut hinausposaunen? Am liebsten hätte er HEAVEN HALO geschrien, doch er ließ es sein.

Eine Stunde später kam eine neue Mail von Max.

AN: jonathan@comrade.com
VON: max@comroade.com
BETR: Achtung neue PA
Wes hat gewonnen. Schau mal.

Jonathan schaute. Und sah ein mittelgroßes Wesen mit kurzem gebleichtem Haar, Jeans, Bikerstiefeln und weißer Lederjacke, das einem offenbar hocherfreuten Wes die Hand gab, während ein mürrischer Eduardo wiederholt mit dem Fuß gegen die Wand ausholte wie ein übellauniges Kind. Das mittelgroße Wesen war offenkundig nicht Eduardos Typ. Tatsächlich war sie/er so androgyn, dass man schwerlich sagen konnte, wessen Typ sie/er war.

AN: max@comrade.com
VON: jonathan@comrade.com
BETR: Re: Achtung neue PA
Frau?

AN: jonathan@comrade.com
VON: max@comrade.com
BETR: Re: Re: Achtung neue PA
Nein danke. Bin versorgt.

AN: max@comrade.com
VON: jonathan@comrade.com
BETR: Re: Re: Re: Achtung neue PA
Ist die neue PA eine Frau?

Jonathan sah kurz zu Max, der die Schultern zuckte.

Nach ein paar Sekunden hatte er eine Antwort.

AN: jonathan@comrade.com
VON: max@comrade.com
BETR: Re: Re: Re: Re: Achtung neue PA
Weder noch.

Die neue PA hieß Greeley. Ob Greely männlich oder weiblich war, wurde sorgfältig durch sein/ihr Outfit und Auftreten verschleiert, ganz zu schweigen von dem Haarschnitt, den man anno 1975 einem Zehnjährigen verpasst hätte. Mit Stirnlocke und allem.

Max war nicht sonderlich beeindruckt, Jonathan jedoch verliebte sich sofort. Ihm gefiel Greeleys sexuelle Zweideutigkeit wie einem anderen Mann vielleicht eine Stundenglasfigur oder ein goldblonder Lockenschopf. Greeley strahlte eine Gelassenheit aus, eine völlige Gleichgültigkeit, sich zu offenbaren, die Jonathan ganz schwach machte. Machte ihn das zu einem Schwulen oder zu einem Hetero? Er musste Greeley unbedingt nach seinem/ihrem Geschlecht fragen.

Am Nachmittag verkündete eine Rundmail, dass Greeley am Montag anfangen würde. Nicht Adam Greeley oder Olive Greeley. Nur Greeley. Weitere Informationen gab es nicht. Jonathan googelte *Greeley* und bekam die überaus hilfreiche Auskunft, dass es sich um eine selbstverwaltete Kommune handelte, Kreisstadt und einwohnerreichste Stadt im Weld County in Nordcolorado, knapp achtzig Kilometer nordöstlich von Denver gelegen. Aber egal. Greeley war unglaublich.

Er ging nach Hause und machte mit den Hunden einen langen Spaziergang durch Chelsea zum Waterside Dog Run. Auf dem Rückweg kaufte er Leberkekse in der Hundebäckerei an der Twentysecond und beobachtete Sissy und Dante beim Laufen ganz genau. Ihm war klar, dass sie wegen seiner Arbeit zu lange allein waren, und er befürchtete, dass sie sich langweilten und sich mit eigenwilligen Dingen die Zeit vertrieben. Er war sicher, dass sie in der Wohnung Gegenstände verlegten – seine Schuhe versteckten, die Küchenschränke durchwühlten und wichtige Unterlagen aus seinen Ordnern fraßen. Er wusste genau, dass das große Glas Erdnussbutter gestern noch ungeöffnet gewesen war, als er zur Arbeit ging. Und woher kamen die seltsamen Käufe, die auf seinem PayPal-Konto auftauchten? Seine American Express-Card war seit Tagen verschwunden; hatte Dante sie gefressen?

Es musste etwas geschehen. Als einer seiner Nachbarn ihn bewundernd ansah und fragte, wie er es geschafft hätte, den Hunden *das* beizubringen, lächelte er nervös und ging weiter, ohne nachzufragen. Die beiden gingen tagsüber doch wohl nicht allein spazieren? Hunde ohne Begleitung sah man nicht oft durch Manhattan laufen.

Jonathan seufzte. Er brauchte professionelle Hilfe. Besonders jetzt, da Julie hier war. Sie wäre nicht begeistert von Hundeskandalen, -krisen oder -katastrophen. Als ihr Halter und Wohltäter oblag es ihm, widrige Ereignisse zu verhindern, ehe sie eintraten.

Er stellte sich vor, wie die Hunde ihn vom Fenster aus zur Arbeit fahren sahen, dann hinausschlüpften und sich, auf zwei Beinen gehend, mit Freunden trafen, Cappucinos bestellten, die Mülltonnen hinter dem Texas BBQ East durchwühlten und im Park dicke Stadtratten jagten. Während er sich an Broadwoad Depot abrackerte, tobten sie über die Dächer im East Village, sangen lustige Lieder, übten ihren Parcours und spionierten Katzen nach.

Er blickte auf sie hinab. Sie trotteten brav an seiner Seite dahin, und plötzlich überkam ihn eine große Zuneigung. Kluge Hunde.

Mit einer großen Take-out-Tüte von Wong Wei Garden eilte er nach Hause. Julie war schon da. Er fütterte die Hunde, die sich anschließend in ihre ordentlich vor dem Fernseher stehenden Betten verzogen.

»Du verwöhnst die beiden«, sagte Julie.

»Mmm.« Er wollte diese Unterhaltung nicht führen. Wenn Julie merkte, wie wenig Kontrolle er über die Hunde hatte, würde sie mit Vorschlägen kommen: Trainer, Hundeausführer, Bücher über Tierverhalten, disziplinarische Maßnahmen, Homöopathen, Hundepsychiater, Cesar Millan. Wenn all das nicht fruchtete, würde er irgendwann nach Hause kommen und Temple Grandin in der Küche vorfinden, die an einer Diet Coke nippte und seine Hunde telepathierte. In der Zwischenzeit würden sich die Hunde wahrscheinlich irgendein Racheszenario ausdenken, er müsste ein Vermögen in Beratungshonorare investieren und außerdem Partei für Julie oder für die Hunde ergreifen ... Sein Gehirn ließ ihn diesem Gedankengang nicht weiter folgen.

Jonathan wünschte sich eine Freundin, die etwas hundeaffiner wäre, oder Hunde, die etwas freundinnenaffiner wären.

»Hol mal zwei Teller«, sagte Julie in einem Ton, der so viel hieß wie: Hör endlich auf, im Kopf unwahrscheinliche Szenarien durchzuspielen.

Beim Abendessen unterhielten sie sich über einen Wochenendausflug, um ihr Wiedersehen zu feiern. Julie hatte bereits eine Liste mit Optionen zusammengestellt. »Du kannst sie jederzeit ergänzen«, sagte sie.

Während er zuhörte, wie sie gemütliche Gasthäuser in Vermont und einen Kurzurlaub auf Sanibel Island beschrieb, überlegte er, was sie in der Zwischenzeit mit den Hunden machen würden. Man konnte sie nicht einfach mit einem Haufen Hundefutter zurücklassen und jemanden beauftragen, ab und zu vorbeizuschauen. Ihm fiel ein, dass dies eine gute Gelegenheit wäre, die beiden mit der Natur vertraut zu machen; sie könnten im Wald Löcher buddeln oder mit ihm in der salzigen Luft am Strand entlangrennen. Sie wären glücklich, alle drei, mit Julie alle vier, allerdings vergaß er immer wieder, sie mit einzuschließen.

»Und was ist mit ihnen?«, platzte er heraus und zeigte auf Sissy und Dante.

Julie winkte ab. »Es gibt doch Hundehotels«, meinte sie. »Oder vielleicht kennen wir jemanden, der kommen und bei ihnen bleiben würde. Max könnte eins seiner Flittchen mitbringen. Die Hunde sind nicht so wichtig.«

Nicht so wichtig? Dantes Ohr schnippte vorwärts. Wie immer war seine Miene undurchdringlich, aber Jonathan erhaschte einen Blick auf den Hund hinter der Maske. Julie redete von einer preisgünstigen kleinen Wohnung in Sanibel in Strandnähe, dazu ein Flug nach Fort Myers und ein Mietwagen – vielleicht ein bisschen viel für ein langes Wochenende, aber andererseits war das Wetter dort den ganzen Aufwand wert, ganz zu schweigen von den Muscheln.

Nicht so wichtig?

»Wie wär's mit Vermont?«, schlug er leicht verzweifelt vor und fragte sich insgeheim, ob eins der gemütlichen Gasthäuser auch Haustiere akzeptierte.

Sie sah ihn scharf an. »Du denkst an die Hunde, stimmt's?«

»Können wir nicht alle zusammen fahren? Dann könntest du sie besser kennenlernen.«

Julie seufzte. »Vermont ist okay«, sagte sie. »Wenn du unbedingt willst. Es ist machbar.« Sie holte ihren Laptop heraus und öffnete eine Datei. »Hier sind ein paar sehr gute Pensionen«, sagte sie. »Wollen wir Ski fahren? Da liegt immer noch reichlich Schnee. Ich hab nachgesehen. Und man kann hervorragend antikshoppen.«

Der Gebrauch von antik als Verb ließ Jonathan

schrumpfen wie eine gesalzene Schnecke. Er sah sich in seiner Wohnung um und stellte sich eine Anrichte aus altersgeschwärzter Eiche aus dem 17. Jahrhundert vor, flankiert von zwei kunstvoll geschnitzten Ulmenstühlen, auf denen einst die flatulenten Hintern längst verstorbener englischer Lords gesessen hatten. Ein prächtiger Kronleuchter schwankte gefährlich an der durchhängenden Decke und beleuchtete einen gigantischen Mahagoniesstisch, geplündert von einer Südstaaten-Sklavenplantage. Er konnte sich unschwer vorstellen, wie Julie Peonien in einem hübschen handbemalten Nachttopf arrangierte, in den irgendein Fremder jahrzehntelang geschissen hatte.

»Jonathan.«

»Ja, Julie?«

»Konzentrier dich.«

Er sah sie an. »Ich bin konzentriert. Nehmen die Pensionen auch Hunde? Ich glaube wirklich, ein kleiner Ausflug aufs Land täte ihnen gut. Sie sind die ganze Zeit eingesperrt. Wir könnten mit ihnen spazieren gehen.«

»Ich bin auch die ganze Zeit eingesperrt«, entgegnete Julie und funkelte Dante böse an. Dann drehte sie sich zu Jonathan, und ihr Gesichtsausdruck wurde milder. »Wir sind monatelang getrennt gewesen. Ich hatte auf ein bisschen Zeit für uns gehofft. Nur wir zwei.«

Sissys Stirn legte sich in traurige Falten.

»Hör zu, ich hab die ganze Vorarbeit gemacht. Sieh dir die Optionen an und lass mich wissen, wofür du dich entscheidest.«

»Aber ...«

»Ich schick dir die Datei.«

»Welche Datei?«

»Die Jonathan-Datei.«

Er reckte den Hals und sah eine mit JONATHAN betitelte Datei auf ihrem Desktop.

Er war eine Datei?

Was war noch in der Jonathan-Datei gespeichert? Führte Julie etwa Protokoll darüber, wie oft sie Sex hatten oder wann wer das Essen bezahlte? Waren seine wichtigen Daten neben denen ihrer Exfreunde aufgelistet? Vielleicht suchte sie den Goldenen Schnitt zwischen Gliedmaßen und IQ, oder zwischen Schuhgröße und sexueller Leistungsfähigkeit. Vielleicht gab es eine Liste von Eigenschaften, die sie sich von ihrem Freund wünschte, mit Häkchen neben denen, die er gerade so eben erfüllte. Ob sie auch Bilder sammelte? Aufnahmen, die ihn in kompromittierenden Stellungen zeigten? Würde sie die verwenden und seine Freunde damit zuspammen, wenn sie irgendwann nicht mehr zusammen wären? Im Kopf begann er eine neue Geschichte mit dem Titel *Die Jonathan-Datei* und ein passendes Gegenstück: *Das Buch von Julie*.

»Jonathan«, sagte sie und sah ihren Freund resigniert an. »Es hat keinen Sinn, mit dir zu reden, wenn du an was anderes denkst. Ich muss wieder ins Büro. Morgen ist Umbruch für unsere Ausgabe mit den nicht-weißen Hochzeiten, es gibt noch jede Menge zu tun.«

Jonathan bat sie nicht zu bleiben. Er begleitete sie zu ihrem Büro in Chelsea, aber die Hunde waren schwierig – sie verhedderten die Leinen um Julies Beine, liefen ihr vor die Füße, um sich auf ein imaginäres Sandwich zu stürzen, bellten drohend einen schwer bewaffneten Polizisten an und forderten eine riesige Dogge heraus, die von einem dünnen Mädchen an einem Strick gehalten wurde. Das Mädchen tätschelte ihrem Hund den Kopf.

»Ev iv bevve«, lispelte sie in ihre ungefähre Richtung. »Ev iv bevve, wenn ihr ihn nicht ärgert.«

Jonathan zerrte an den Leinen.

Sie eilten weiter.

An der Ecke Fourteenth Street und Tenth Street küsste er seine Freundin zum Abschied, während Dante ihnen die Schau stahl und sich mitten auf den Gehsteig hockte, um die längste Kackwurst der Welt herauszuspulen. Julie sah ihn an, dann seinen Besitzer, schloss langsam die Augen, trat in das Bürogebäude und zog ihre Karte durch die Sicherheitskontrolle. Sie drehte sich nicht um, um zu winken.

9

Greeley fragte jeden der dreiundzwanzig Comrade-Angestellten am Morgen bei seiner Ankunft im Büro, wie es ihm ginge. Die Antworten hielt sie in einem kleinen orangefarbenen Notizbuch fest.

»Was machst du da?«, fragte Jonathan, nachdem er Greeley versichert hatte, dass es ihm gut ginge, absolut gut.

»Nur ein paar Notizen, damit ich eure Situation besser verstehe.« Greeley hatte eine neutrale Miene aufgesetzt, die weder freundlich noch unfreundlich war. Im Grunde ziemlich Zen, als wäre Comrade nur ein Ruheplatz auf dem Weg zu einem höheren Bewusstseinslevel. Jonathans Herz überschlug sich.

Wie war eigentlich seine Situation? Er wusste es nicht genau. Im Augenblick kennzeichnete sie sich dadurch, dass er Greeley unentwegt anstarren musste: Greeley mit der reinen Haut, den grauen Augen und dieser stabilen Vieldeutigkeit. In Jonathans *New York Inferno* würde sie über der gesamten Zivilisation schweben und mit verschränkten Armen und Beinen sowie unergründlicher Miene silbriggoldene Lichtstrahlen aussenden.

»Wir sind so froh, dass du hier bist«, sagte Jonathan und verzichtete auf seinen üblichen lahmen Witz über sibirische Arbeitslager. »Ich glaube …« Er verstummte. »Ich glaube, in gewisser Weise haben wir auf dich gewartet.« Er freute sich, dass diese kurze Bemerkung Greeley ein Lächeln entlockte.

Mit Greeleys Ankunft veränderte sich die Atmosphäre bei Comrade. Das begann mit einer Nachmittagspause um vier Uhr, in der es grünen Tee, dunkle Schokolade und Tai-Chi gab. Greeley wusste zu jeder Tageszeit, wo sich welcher Mitarbeiter gerade aufhielt, ein vollkommen neues Phänomen, das den erratischen Arbeitszeiten und willkürlichen Ausflügen eines Großteils der Belegschaft ein Ende setzte.

Greeley wusste außerdem, wer in Therapie war, wessen Freund ihn oder sie betrogen hatte, wer vergeblich nach Liebe suchte, wer wirklich arbeitete und wer sich den ganzen Tag nur im Internet Videos von Kätzchen oder Muschis ansah. Das alles wurde in dem orangefarbenen Notizbuch festgehalten, das Greeley immer bei sich hatte und häufig mit Anmerkungen versah.

Nichts davon hätte Jonathans Leben revolutioniert, wäre ihm der/die neue PA nicht eine Woche nach seinem/ihrem Einstieg bei Comrade in seinem Viertel über den Weg gelaufen.

»Jonathan!«

Greeley rief von der anderen Straßenseite, kam herüber und machte in der angemessenen Reihenfolge erst ein Riesentheater um Dante und dann um Sissy. »Du hast mir gar nicht erzählt, dass du Hunde hast.«

»Nein. Na ja, ich hab welche. Das heißt, eigentlich gehören sie nicht mir, mein Bruder hat sie bei mir gelassen, weil er zum Arbeiten nach Dubai musste. Du hast mir auch nicht erzählt, dass du hier in der Gegend wohnst.«

»Sie sind wunderschön.« Greeley und Dante starrten sich derart eindringlich an, dass Jonathan sich vorübergehend etwas unwohl fühlte. »Warum bringst du sie nicht mit zur Arbeit?«

»Zur Arbeit?«

Greeley zuckte die Schultern. »Wir brauchen einen Bürohund, und die beiden sollten nicht den ganzen Tag allein zu Hause sein.«

»Aber ... das wäre toll.« Jonathan fragte sich, ob Greeley irgendwie geahnt hatte, wie ungern er die Hunde zu Hause ließ. »Bist du sicher? Müssen wir nicht erst Eduardo fragen?«

»Nein. Bring sie Montag mit. Sie tun dem Büro gut. Hunde beruhigen das Karma.«

»Phantastisch!« Jonathans Laune hob sich. Es wäre so eine Erleichterung für ihn, wenn er den Hunden nicht jeden Morgen die Tür vor der Nase zumachen müsste. Sie so lange allein zu lassen deprimierte ihn. Außerdem könnte er dann sehen, was sie den ganzen Tag trieben. »Habt ihr gehört?« Die Hunde freuten sich und sprangen bellend herum. »Ihr kommt mit zur Arbeit! Wir nehmen eure Betten mit und eine Wasserschale!« Mittags könnte er mit ihnen Gassi gehen, und wenn er beschäftigt war, würden andere sich um sie kümmern. Es war die perfekte Lösung für das Hundeproblem. Eine gewaltige Last löste sich von seiner Brust; er war so erfreut über die neue Entwicklung, dass er Greeley einen Tick zu lange umarmte. Greeley lächelte unergründlich und erwiderte die Umarmung mit stiller Gelassenheit, dann ließ er/sie Jonathan los und verschwand in der Menge.

Als Jonathan sich am Abend mit Julie unterhielt, verschwieg er die große Neuigkeit. An diesem Tag war sonst nichts Erwähnenswertes passiert, es war also eine eindeutige Unterlassung, aber er brachte es nicht über sich zu diskutieren, dass er wegen der Hunde noch entlassen würde und seine Karriere vermutlich zum Scheitern verurteilt war, noch mehr als zuvor. Schließlich erzählte er es ihr beiläufig, mitten in einem Gespräch über etwas ganz anderes, in der Hoffnung, sie würde es überhören.

»Du nimmst die Hunde mit zur Arbeit?«

»Dann sind sie nicht den ganzen Tag allein, und ich gehe zu Fuß mit ihnen hin und wieder zurück. Damit ist alles gelöst.«

»Nicht alles«, entgegnete Julie unheilvoll. Und dann, nach einer Pause: »Wann genau holt James die Hunde eigentlich wieder ab?«

Nicht in nächster Zeit, dachte Jonathan. Er wünschte, seine Zeit mit den Hunden hätte früher begonnen, oder Julie wäre noch etwas länger in Chicago geblieben. Hätte er sie fragen sollen, ob die Hunde bei ihm wohnen dürfen? Im Grunde hätte das wenig Sinn gehabt, da er seinem Bruder den Wunsch nicht gut hätte abschlagen können. Jedenfalls hatte er sich inzwischen an sie gewöhnt und konnte sich ein Leben ohne sie nur schwer vorstellen. Sie waren jetzt zu viert in der Beziehung, allerdings schien Julie sich mit dieser Tatsache nicht abzufinden. Für sie waren die Hunde lediglich eine vorübergehende Unannehmlichkeit.

Jonathan war seit fast vier Jahren mit Julie zusammen und noch keine vier Wochen mit den Hunden. Aber irgendwie waren die beiden eng mit dieser neuen Phase seines Lebens verbunden, einer Phase der finanziellen Unabhängigkeit und eigenständigen Verantwortung.

Er wollte sehr gern der Mann sein, den Julie liebte, aber er fragte sich immer öfter, ob das aufgrund von etwas ziemlich Grundsätzlichem in seinem Wesen überhaupt möglich war. Als Paar schien es mit ihnen langsam und stetig bergab zu gehen.

Dass Julie seinen besten Freund nicht mochte, war auch nicht gerade hilfreich. Als Max noch in einem anderen Bundesstaat aufs College ging, war das nicht so ein Problem gewesen, jetzt aber, da sie alle in derselben Stadt lebten, vertieften sich die Spannungsgräben.

»Er ist total promiskuitiv, und zwar auf keine gute Art«, sagte Julie, während Jonathan überlegte, wie man wohl auf gute Art promiskuitiv sein konnte. Sie hasste es, dass er sich ohne weiteres aus dem Kühlschrank bediente, wenn er bei ihnen war, und Jonathan um Geld anpumpte, das er meistens zurückzuzahlen vergaß.

»Er verdient genauso viel wie du. Wahrscheinlich sogar mehr.«

»Das macht er doch nicht mit Absicht«, erklärte Jonathan. »Er vergisst es einfach.«

Julie verschränkte die Arme und setzte eine finstere Miene auf.

»Wir sind seit der vierten Klasse befreundet«, fuhr Jonathan fort. »Er hat mir den Job besorgt.«

Jonathan und Max war nie in den Sinn gekommen,

dass eine Frau zwischen sie treten könnte. Sie hatten zusammen Cowboy und Indianer oder Verstecken gespielt, sich die erste Zigarette und den ersten Joint geteilt. Solange sie beide zurückdenken konnten, hatten sie sich so nahegestanden wie Brüder und waren entschlossen, Trauzeuge bei der Hochzeit des jeweils anderen zu sein und die Grabrede für denjenigen zu halten, der zuerst starb. Bis Julie kam.

Julies Liste von Max' negativen Eigenschaften war nicht eben kurz. Er hatte Dreadlocks (was sie abstieß), alle paar Wochen eine neue Freundin (widerlich), trank exzessiv (unverantwortlich) und fand Hochzeiten in jedweder Form urkomisch.

»Monogamie«, betonte er, »ist von einem armen Loser erfunden worden, der keine abgekriegt und deshalb bestimmt hat, dass auch kein anderer eine abkriegen soll.«

Julies Gesicht erstarrte zu einer ungläubigen Maske. »Du«, betonte sie zurück, »bist ein Neanderrowdy.«

»Ein Neanderrowdy?« Max grinste verzückt. »Aber ja, das glaube ich gern. Deswegen lieben sie mich alle. Deswegen, und weil ich magisch im Bett bin.«

Julie würgte.

Jonathan wählte schließlich zwischen ihnen und entschied sich für Julie, weil sie bereitwillig Sex mit ihm hatte und Max nicht.

»Nimm's nicht persönlich, Max. Wir können uns ja ohne sie treffen.«

Max hatte traurig ausgesehen. »Bei der bist du so was von an der falschen Adresse, Kumpel. Falscher könntest du gar nicht liegen.«

»Wirklich?« Jonathan war verblüfft. Ihm war klar, dass Julie ein bisschen konventionell war, aber meinte Max damit, dass er auch nicht falscher liegen könnte, wenn sie beispielsweise eine libysche Waffenhändlerin wäre? Wenn sie eine militante Lesbe wäre oder nicht an die Evolutionstheorie glauben würde?

»Glaub mir«, sagte Max. »Auf dem Gebiet bin ich Experte. Sie ist die Sorte Mädchen, die einen schreiend aufwachen lässt.«

Jonathan hätte sich nie träumen lassen, dass er für ein Mädchen wie Julie Cormorant cool genug wäre oder dass er je eine Freundin haben würde, die so erwachsen wäre. Doch nach vier Jahren mit ihr fragte er sich allmählich, ob Max vielleicht recht hatte. Er fand es anstrengend, dass er sich in ihrer Partnerschaft ständig unterlegen fühlte. Er hatte immer geglaubt, nach einer Weile könne man aufhören, die eigene Freundin beeindrucken zu wollen, doch mit Julie war das nicht so gelaufen. Die Jonathan-Datei war, was ihn anging, ein neues Problem in ihrer Beziehung, das ihn verunsicherte. Er wollte keine Datei sein und beschäftigte sich ständig damit, wie sie ihn wohl täglich bewertete.

»Dafür ist sie nicht gedacht, Jonathan«, beteuerte sie. Aber er glaubte ihr nicht so recht. Einmal hörte er beim Sex mittendrin auf, weil er befürchtete, seine Leistung könnte unterdurchschnittlich sein und sie würde den mickrigen Versuch der heutigen Nacht auf einem Diagramm vermerken.

Sie schaute zu ihm hoch. »Was ist?«

»Nichts.«

»Nichts?«

Er schwieg.

»Jonathan. Bitte sag nicht, dass du gerade an die Datei denkst. Ich wünschte, ich hätte sie nie erwähnt.«

»Ich denke nicht an die Datei«, log er.

Doch als klar wurde, dass, woran auch immer er dachte, nicht sie war, seufzte Julie und drehte sich im Bett um. Sie war kein Mensch, der sich damit aufhielt, wie oft und wie guten Sex sie hatten, aber ihr war aufgefallen, dass der Sex, den sie hatten, immer seltener stattfand und zunehmend unbefriedigend war. Und was noch schlimmer war: Fast immer waren die Hunde dabei.

10

Am Freitagabend trafen sie sich nach der Arbeit in dem französischen Bistro in ihrem Viertel.

»Wie ist die Ausgabe mit den nicht-weißen Hochzeiten angekommen?« Jonathan war aufrichtig interessiert.

Julie schob ihm die Zeitschrift über den Tisch hinweg zu. »Online haben wir noch viel mehr. Es ist unser größter Werbeerfolg.«

Er blätterte Brautseite für Brautseite um und blieb bei einer schönen jungen Frau in einem beigebräunlichen Seidenkleid hängen.

Julie folgte seinem Blick. »Feige«, sagte sie. »Siehst du? Ich hab's dir doch gesagt.«

Feige. Nicht nur das Kleid der jungen Frau hatte diese Farbe, auch ihre Haut, und obwohl ihm klar war, dass alle Models geschminkt und retuschiert waren und dass jedes vermutlich uninteressanter und narzisstischer war als das nächste, sprang sein Verstand unwillkürlich in die Zukunft, die er mit diesem freundlichen, intelligenten Mädchen in dem feigenfarbenen Kleid haben könnte, dem Mädchen mit der feigenbraunen Haut und den Augen und Haaren, die etwas dunkler als feigenfarben waren. Sie lächelte ihm aus den Seiten der Zeitschrift zu und flüsterte, dass sie seinen speziellen Sinn für Humor schätze und unbedingt ihr Leben mit ihm verbringen wolle. Sie würden lustige, kluge, unkonventionelle Kinder mit modernen Namen wie Newton (Fig Newton) und Leaf (Fig Leaf) haben. Nebenbei würde sie ein bisschen modeln, wenn sie gerade nicht als Physikerin arbeitete, und darauf bestehen, dass er seinen schrecklichen Job bei Comrade kündigte.

»Keine Angst, Liebling, ich unterstütze dich solange wie nötig«, flüsterte sie, während sie ihn mit ihren feigenfarbenen Lippen liebkoste und aus ihren feigenfarbenen Augen ansah.

»Hallo? Halloo?« Julie wedelte mit einer Hand vor seinem Gesicht herum. Um sein Desinteresse an Miss Fig zu beweisen, blätterte er weiter zu einer anderen Schönheit in einem anderen schönen Kleid. Sie hatte titanfarbenes Haar und trug ein Brautkleid in zartem Titangrau mit einem breiten Titanarmband. Miss Titan reizte ihn nicht im Geringsten. Sie ließ ihn so kalt wie ein Eis essender Adéliepinguin in Alaska. Er fragte sich, was Miss Fig in der Mitte der Zeitschrift wohl gerade machte oder was sie mit ihm anstellen würde, wenn sie zusammen in ein verwunschenes Feigenland durchbrennen würden.

Jonathan versuchte vergeblich, sich Julie als die feigenhafte Liebe seines Lebens vorzustellen. Stattdessen sah er vor seinem geistigen Auge, wie sie in einem Walkürenhelm mit Hörnern und einem Hochzeitskleid aus Kettengeflecht den Broadway entlangschritt und dabei Fußgänger und Autos auseinanderstieben ließ. Er stellte sie sich drei Meter groß vor, mit Feuer in den Augen; das schöne kastanienbraune Haar wehte hinter ihr her.

Julie zog die Zeitschrift weg und starrte ihn kurz an. »Früher warst du nicht so«, sagte sie.

»Wirklich nicht?« Jonathan war aufrichtig verwirrt.

»Nein. Früher warst du nicht so komisch.«

»Tatsächlich?« Er konnte sich nicht erinnern, jemals weniger komisch gewesen zu sein. Seiner Ansicht nach war er schon immer genauso komisch gewesen wie jetzt, wenn nicht noch komischer. Wenn jemand sich veränderte, dann Julie, die sich zunehmend dem abstrakten Ideal einer zielstrebigen New Yorkerin anzunähern schien. »Tut mir leid«, sagte er und nahm ihre Hand. Er wollte wirklich so sein, wie sie sich ihn wünschte. Dann wäre alles weit weniger anstrengend.

Zum Nachtisch bestellte Julie eine Crêpe, und als sie kam, sah sie verkehrt aus: blass und verschrumpelt. Sie wies den ganz und gar nicht französischen Kellner darauf hin, der ziemlich geknickt wirkte.

»Ah, Madame, ein Versehen. Ich biete Ihnen meine aufrichtige Entschuldigung.« Obwohl er nur einen Steinwurf vom Zentrum Warschaus entfernt das Licht der Welt erblickt hatte, bemühte er sich um eine möglichst authentische Aussprache und trug die Crêpe mit übertriebenem Pariser Schwung von dannen.

Jonathan fand es schade, dass man die Crêpe nun wegwerfen würde. Er fühlte sich ihr verbunden, diesem missratenen klebrigen Fladen, den Julie verschmähte. Der zweite Nachtisch wurde mit einer perfekten goldgelben Kruste kredenzt, und Julie stürzte sich genussvoll darauf, während Jonathan sich vorstellte, wie er die erste Crêpe aus der Küche holte, sie mit nach Hause nahm und ihr die Liebe und Aufmerksamkeit schenkte, die ihr fehlte.

Julie bezahlte (ob das in der Jonathan-Datei landete?), und sie gingen nach Hause. Er führte die Hunde aus, während sie ein Buch las. Später hatten sie Sex, bei dem Jonathan sich auf Bilder von Miss Fig konzentrierte, um nicht an die Jonathan-Datei zu denken. Als sie fertig waren, schliefen sie ein.

Julie arbeitete fast das ganze Wochenende. Jonathan traf sich mit Max.

»Du hättest Miss Fig sehen sollen«, sagte er zu Max. »Die Frau meiner Träume.«

»Ich dachte, Julie ist die Frau deiner Träume.«

»Du weißt genau, was ich meine.« Jonathan warf seinem Freund einen bösen Blick zu.

»Bei allem Respekt, Kumpel, mir ist unbegreiflich, dass dir Bilder von Bräuten einen Kick verschaffen. Meiner Erfahrung nach wirft nichts die Libido weiter zurück als ein Brautstrauß.« Er machte ein nachdenkliches Gesicht. »Vielleicht eine Nonne. Aber vielleicht auch nicht. Müsste ich von Fall zu Fall entscheiden.«

Am Montagmorgen um drei wurde Jonathan von einer Nase in seinem Gesicht geweckt. Sie vermischte sich mit einem Traum von einer Frau in einem feigenfarbenen Kleid, und er streichelte Miss Figs umwerfende, schlaffe feigenfarbenen Ohren.

»Was ist?«, flüsterte Jonathan blinzelnd und wurde wach. »Was willst du? Musst du mal raus?« Aber Sissy wollte nicht raus. Sie lächelte ihn nur liebevoll an und tapste in die Nacht davon.

Sie freut sich, dachte Jonathan. Sie freut sich, dass sie mit zur Arbeit darf. Sie freut sich und ist glücklich und kann nicht schlafen. Kein Weltschmerz mehr, dachte er. Wir werden uns alle gut verstehen. Wir werden alle glücklich sein.

Neben ihm schlummerte Julie Cormorant; ihr auf dem Kissen ausgebreitetes Haar glich den Federn eines wunderschönen dunklen Vogels. Jonathan glitt leise aus dem Bett und verbrachte den Rest der Nacht an seinem Zeichentisch, wo er an einem neuen Kapitel seines *Inferno* arbeitete.

Als der Wecker um sieben klingelte, schlüpfte er wieder ins Bett zu Julie. Sie kuschelte sich an ihn, und im selben Augenblick fand er nichts wichtiger, als so mit ihr zusammen zu sein. Ich werde mich bessern, dachte er. Ich werde Broadway Depot zu großem Erfolg verhelfen, mich immer normal verhalten, Julie und Max voneinander fernhalten und Ed keinen Grund geben, mich zu feuern. Ich werde dafür sorgen, dass mit Julie und mir alles klappt. Und mit den Hunden. Und mit Comrade.

Alles wird gut.

11

Jonathan ging mit den Hunden zu Fuß zur Arbeit. Es dauerte zwar viel länger als mit dem Fahrrad, dafür sah er mehr, betrachtete häufiger Schaufenster, lächelte mehr Menschen an (besonders die, die seine Hunde bewunderten) und hatte mehr Zeit zum Nachdenken. Er vermisste die rasante Fahrt und genoss das geruhsame Gewimmel gleichermaßen. Auf dem Fahrrad ging es nur um Tempo und Adrenalin, aber vielleicht musste er ja langsamer werden, vielleicht war es gut, wenn er dem Leben auf der Straße mehr Aufmerksamkeit schenkte, Blickkontakt mit Fremden aufnahm und den Rauchern auf dem Gehsteig zunickte. New York war eine völlig andere Stadt, wenn sie nicht im Augenwinkel an ihm vorbeisauste.

Als er bei Comrade ankam, verspürte er leichte Panik. Was wäre, wenn Greeley die Einladung vergessen hätte? Was, wenn die Hunde am Ende doch nicht willkommen wären?

Aber Greeley empfing sie freundlich, bot den Hunden sogar eine Schachtel Bio-Hirschgeweihstücke zum Kauen an und schlug vor, die beiden neuen Schaffellmatten hinter Jonathans Schreibtisch auszubreiten.

»Da können sie sich in Ruhe zurückziehen«, sagte

Greeley, »und wenn ihnen nach Gesellschaft ist, können sie das Büro erkunden.«

Die Hunde waren ein Volltreffer.

Als Wes extrem angespannt aus einem Meeting mit Ed kam, setzte sich Sissy zu ihm, legte den Kopf auf sein Knie und wackelte mit ihrem Stummelschwanz, bis seine mürrische Miene verschwand. Dante war eher für liebevolle Strenge zuständig, er brach überlange Konferenzen ab und trieb die Leute an ihren Schreibtisch zurück.

Zwar mochten nicht alle bei Comrade Hunde, aber alle liebten Dantes entschiedenen Führungsstil und Sissys sanften Blick. Alle, nur Eduardo nicht. Anfangs empörte er sich, dass man ohne seine Zustimmung Tiere im Büro erlaubte (und, noch schlimmer, dass die Erlaubnis von der/dem ebenfalls mehr oder minder ohne seine Zustimmung angestellten Büro-PA kam), und dann wollte er wissen, warum man für gutes Karma zwei Hunde brauchte. Als er weiterhin erfuhr, dass es sich um ganz gewöhnliche Hunde handelte, die zudem Jonathan gehörten, zog er sich zurück. »Ist wenigstens einer davon ein Barsoi oder eine Französische Bulldogge?«

Als Greeley ihm versicherte, nein, keiner sei ein Barsoi oder eine Französische Bulldogge, verfinsterte sich seine Miene.

»Warum nicht?«

»Der Spaniel überträgt Begeisterung und Energie«, erklärte Greeley behutsam. »Und der Border Collie ist ein sehr intelligenter Hund. Er gibt der Belegschaft ein hervorragendes Beispiel.«

Max beugte sich zu Jonathan. »Wenn er wirklich so

klug ist, wird der Laden hier ein großer Abstieg für ihn sein.«

Aber Dante störte das nicht. Beide Hunde schienen sich inmitten des geschäftigen Treibens der Agentur absolut wohlzufühlen.

Wie alle neuen Angestellten brauchten Dante und Sissy ein paar Tage, bis sie sämtliche Gepflogenheiten im Büro durchschauten. Mit perfektem Instinkt für die wichtigste Person im Raum heftete sich Sissy an Greeleys Fersen – sie stand auf, wenn Greeley sich erhob, legte sich ihr zu Füßen und kippte nur dann dösend auf die Seite, wenn klar war, dass Greeley eine Weile an Ort und Stelle verweilen würde. Dante blieb weiterhin zurückhaltend und suchte sich einen Platz neben dem Chefzimmer, wo er den Büroverkehr im Auge behalten konnte. Mit dem Kopf auf den Pfoten und offenen Augen lag er da, beobachtete das Treiben seiner Herde und registrierte, wer bummelte, wer angestupst werden musste, wer für die Opferrolle anfällig war.

Max kniete sich vor Sissy hin. »Was für eine Schönheit, du bist wirklich eine Schönheit, ganz bestimmt.« Er sah zu Jonathan hoch. »Ich wünschte, sie könnte Rusty kennenlernen.«

Jonathan nickte. Rusty hatte ihre Kindheit begleitet und immer nach dem gestunken, worin er sich zuletzt gewälzt hatte. »Wie geht es Rusty?«, fragte er. »Er muss schon ziemlich alt sein.«

»Er ist fast sechzehn.« Max fuhr eigentlich nur noch nach Hause, um seinen Hund zu besuchen. Er dachte nur ungern daran, dass Rusty ohne ihn alt geworden war, ohne Max, den Jungen, der ihn geliebt, ihn versorgt und dann in Larchmont zurückgelassen hatte, als er in sein neues Leben aufbrach. Obwohl seine Eltern gut für Rusty sorgten, hatte Max die Trennung noch immer nicht ganz überwunden. Wenn er jetzt nach Hause kam, hievte sich Rusty aus dem Bett, stakste steif zu seinem alten Freund und begrüßte ihn mit zögernd wedelndem Schwanz, als wüsste er nicht so recht, ob er seinem Glück wirklich trauen konnte. Max rieb ihm dann die Ohren und kraulte ihm den Rücken, und Rusty drehte sich um, streckte glücklich den Kopf vor und sah ihn nicht ein einziges Mal mit einem Gesichtsausdruck an, der besagte: Wo bist du gewesen? Ich war so unendlich einsam.

Dante und Sissy schien ihre neue Aufgabe zu gefallen. Jonathan beobachtete erstaunt, wie Dante (dazu gezüchtet, weit weniger intelligente Wesen in zweckdienlichen Bewegungsströmen zu organisieren) die Leute im Büro umhertrieb. Wer zu lange bei der Kaffeemaschine herumlungerte, wurde sanft wieder zur Arbeit gestupst. Am liebsten mochte er die gesetzlich vorgeschriebenen Feueralarme, deren schrillem Glockenruf niemand folgen wollte. Geduckt eilte er von einem Comrade-Mitarbeiter zum nächsten und mobilisierte alle zu einer dichten, hurtigen Herde. Hätte man hinterher gefragt, wie dieses Zusammenscharen eben zustande gekommen war, dann hätte niemand einen äußeren Einfluss als Grund genannt. Außer natürlich Greeley, der/dem nichts entging.

Im Gegenzug für das beruhigende Gefühl, dass das Büro endlich einen Anführer hatte, überschütteten die Comrade-Mitarbeiter ihre neuen Aufseher mit Geschenken. Zwei teure neue Hundebetten erschienen dank Louise Crimple, der Jonathan niedliche Bilder von seinen auf Broadway Depot-Bürostühlen sitzenden Hunden geschickt hatte. Er legte Dantes Bett neben den Eingang des Konferenzraums, Sissys passte genau in die Nische hinter seinem Schreibtisch. Wegen der Doggy Bags aus teuren Restaurants, der Filetstücke, des übrig gebliebenen Lachses mit leicht gedünstetem Gemüse, der geschmorten Markknochen und Wagyu-Burger-Reste musste er ihnen die Futterrationen kürzen. Inzwischen rümpften sie angesichts von Biohundefutter die Nase und zogen es vor, sich mittags an sorgfältig verpackten Abfällen aus der Restauranthauptstadt der Welt zu laben.

Zusätzlich zum guten Essen machten sie jeden Tag zwei lange Spaziergänge, sodass Julie sich abends nicht mehr so oft beklagen konnte. Nachdem sie sich den ganzen langen Tag um ihre Herde gekümmert hatten, fielen Dante und Sissy hundemüde ins Bett und blieben dort bis zum nächsten Morgen.

Jonathan erlebte eine Phase relativer Ruhe. Die Sache mit Julie schien stabil, die Hunde waren glücklich, und er war auf dem besten Weg, Anfang nächsten Jahres Cheftexter zu werden. Mit der Gehaltserhöhung könnte er vielleicht eine größere Wohnung mieten.

Ganze Minuten am Stück lief nichts schrecklich falsch. Jonathans Schultern entspannten sich, und selbst Julie fiel die Veränderung an ihm auf.

»Du stehst aufrechter«, stellte sie fast bewundernd fest. »Eigentlich halte ich dich nicht für groß, aber irgendwie wirkst du jetzt fast so.«

»Bin ich vorher gebückt gegangen?«

Sie zuckte die Schultern. »Ein bisschen.«

»Wie der Glöckner von Notre Dame?«

»Ja.«

»Und verhutzelt?«

»Ziemlich verhutzelt.«

»Wie ein Zwerg? Oder ein Hobbit? Wie hast du es mit mir ausgehalten?«

Julie kicherte und liebte ihn in diesem Moment.

Jonathan hatte in einem Schaufenster sein Profil gesehen und festgestellt, dass er sich eine gebückte Abwehrhaltung angewöhnt hatte. Ob das an seinem Job lag oder am Leben im Allgemeinen? Aus psychologischer Sicht war das eine traurige Haltung, besonders in seinem Alter. Eigentlich sollte er mutig durch die Welt schreiten, mit erhobenem Kopf, geraden Schultern, gewappnet dafür, die Marketingwelt in die Knie zu zwingen, ihr das scharfe Schwert der Wahrheit tief zwischen die Schulterblätter zu stoßen und dann triumphierend über ihr stehen, während sie zu seinen Füßen langsam verblutete.

Mittlerweile war er fast sechs Monate bei Comrade und hatte das Gefühl, dass er sich allmählich an den Bürorhythmus gewöhnte. Er redete sich ein, dass er die Werbetexte nicht wirklich verabscheute, die er Tag für Tag schrieb, auch wenn sie ihm keinerlei Kreativität, Phantasie und Intelligenz abverlangten. Mitunter freute er sich sogar auf ein Gespräch mit Louise Crimple, weniger wegen des surrealen Charakters als aufgrund ihrer gnadenlosen Begeisterung und des Lobs, mit dem sie seine nutzlosen Bemühungen überschüttete.

Immer häufiger schaute er in Sissys große ernste Augen und überlegte, ob man sie vielleicht dazu abrichten könnte, seine Arbeit zu erledigen. Sie wäre besser in Meetings: vermittelnd, bestrebt zu gefallen, interessiert an den Beiträgen der anderen, darauf bedacht weiterzukommen und nicht von einer Wut erfüllt, die sich nicht in Worte fassen ließ. Ihr gefiel es, eine Aufgabe zu haben, im Gegensatz zu ihrem Besitzer, der immer noch jeden Morgen ein tiefes Angstgefühl verspürte, wenn er die Dateien von Broadway Depot öffnete, den flüchtigen Impuls, sich umzubringen, und der dann ein rasch unterdrücktes Bild von sich selbst als verunglückter Crêpe vor sich sah, ein klebriger Haufen menschlichen Teiges.

»Wenn dir die Arbeit nicht gefällt, warum kündigst du dann nicht?«, fragte Julie.

Jonathan starrte sie an. »Kündigen? Liest du keine Zeitung? Weißt du nicht, wie es da draußen zugeht?«

Julie zuckte die Schultern. »Du würdest bestimmt was finden, das dir besser gefällt. Was gefällt dir denn besser?«

Woher sollte er wissen, was ihm besser gefiel? »Was ist dein Traum?«, fragten alle, als hegte er vielleicht den Wunsch, auf einer Hüpfstange durch die russische Steppe zu hoppeln und einen Bestseller darüber zu schreiben. Folge deinem Herzen, sagten die Leute. Aber wohin?

Nach dem wöchentlichen Teamgespräch mit Eduardo nahm Jonathan seinen Mut zusammen und fragte, ob er vielleicht irgendwann für einen anderen Kunden arbeiten dürfe, einen Kunden, bei dem er einen Bruchteil seines Verstands aktiv einbringen könne. Ed nickte ernst, legte die Fingerspitzen aneinander und sagte: »Natürlich, Jonathan. Das ist nur eine Frage der Bereitschaft. Ich fürchte, du bist immer noch dabei, im Marketing Fuß zu fassen.«

Im Marketing Fuß fassen? Träumte der Mann in Klischees?

Jonathan ahnte, dass jedes Gespräch über seine Karriereaussichten zu keinem Ergebnis führen würde. Ed hätte ihn schon vergessen, sobald er aus seinem unmittelbaren Blickfeld verschwand, wahrscheinlich schon vorher. Warum sollte er sich überhaupt Mühe geben? Wenn er seinen Job kündigte, könnte ihn jeder Sechstklässler in New York ersetzen.

12

Max war überzeugt, dass Eduardo nur ein Frontmann für Wes' riesiges Drogenschmuggel-Imperium war.

»Überleg doch mal. Wes regelt die gesamte Buchhaltung, mit der Eds Mercedes, sein Loft, seine aromatisierten Kondome bezahlt werden. Glaubst du, er will, dass die Steuerbehörde Fragen stellt, wie das eigentlich alles läuft? Also hält er den Mund, erscheint jeden Tag bei der Arbeit, unterschreibt ein paar Verträge und presto! Das Geld strömt wie Regen auf ihn herab.«

Klar, dachte Jonathan bitter, und *er* war immer noch dabei, im Marketing Fuß zu fassen.

Am frühen Nachmittag mailte ihm Julie, dass sie ihn dringend etwas fragen müsse, und ob sie sich nach der Arbeit treffen könnten?

Sie trafen sich in der Tapas Bar in ihrem Viertel, wo im Straßencafé Hunde erlaubt waren. Als Julie kam, stieg sie übertrieben vorsichtig über Dante und Sissy, als wären sie dösende Bisons und nicht zwei fast gänzlich flache Lebewesen, die im Gegensatz zu ihr so gut wie keinen Platz beanspruchten.

»Und?« Jonathan bestellte zwei spanische Bier und einen Teller Chorizo und Oliven. »Was ist denn so wichtig?«

Julies Miene war gefasst.

»Also«, sagte sie. »Für unsere nächste Ausgabe möchte die Geschäftsleitung eine Fotostrecke mit echten Hochzeitspaaren, und sie haben mich gefragt, ob ich mitmachen möchte.«

»Toll«, sagte Jonathan und nippte an seinem Bier. »Als Hochzeitsgast oder was?«

»Eigentlich nicht«, erwiderte sie. »Als Braut.«

Er lachte. »Als Braut? Wie, eine gestellte Hochzeit? Das ist lächerlich! Soll ich den gestellten Bräutigam spielen?«

Julie wirkte verärgert. »Keine *gestellte* Hochzeit, Jonathan. Vier Doppelseiten im Heft und eine Trauungszeremonie im Lifestream. Eine echte Hochzeit.«

»Phantastisch! Du sollst also deine eigene ›echte‹ Hochzeit planen?«

»Natürlich.« Sie trommelte mit den Fingern. »Ich weiß ziemlich genau, was ich will.«

»Ach ja?« Jonathan fand die Vorstellung faszinierend. »Und bei dieser ›echten‹ Hochzeit ist dann eine große Leerstelle, wo der Mann sein sollte? Ich meine, könnte das jeder x-Beliebige sein?«

»Natürlich kann es nicht jeder x-Beliebige sein.«

Jonathan war entzückt. »Wie wär's mit mir? Könnte ich es sein?«

Julie starrte auf ihre Hände. »Ich wollte nur fragen …«

»Was? Du willst fragen, ob ich bei einer irren Hochzeit im Lifestream mitmache? Darf ich den Anzug behalten? O mein Gott, was für ein Spaß. Max würde sich nicht mehr einkriegen. Wie teuer darf der Anzug denn sein? Haha! Hallo, Mom und Dad, ich heirate …« Er sah Julies

Miene und verstummte. »Moment. Du redest doch von einer gestellten echten Hochzeit, oder?«

Ihr Gesicht bekam rote Flecken, und sie sah aus, als würde sie gleich weinen. »Hörst du eigentlich nie zu? Nein, Jonathan. Es ist keine gestellte echte Hochzeit.«

»Was dann?« Es dauerte eine Weile, bis die Ungeheuerlichkeit ihres Vorschlags zu ihm durchdrang. »Eine echte-echte Hochzeit? Ich soll dich online in aller Öffentlichkeit heiraten, um deiner blöden Zeitschrift ihr monatliches Feature zu liefern? Das ist das Verrückteste, was ich je gehört habe. Völlig absurd.«

»Vergiss es«, sagte sie und blinzelte schnell. »Vergiss, dass ich es überhaupt erwähnt habe.«

»Ach, Julie.« Er griff über den Tisch und nahm ihre Hand. »Lass uns kurz darüber reden.« Er sah sie eindringlich an. »Liebst du mich denn überhaupt?«

»Natürlich liebe ich dich, Jonathan. Warum um alles in der Welt sollte ich mich sonst mit dir abgeben?«

Was meinte sie damit, dass sie klare Vorstellungen von ihrer Hochzeit hatte? Wie konnte man wissen, was man wollte, wenn man nicht mal wusste, wer der Bräutigam war? Wobei, da sie es schon erwähnte, Jonathan hatte schon immer genaue Vorstellungen von seiner Beerdigung gehabt, einschließlich der Musik, dem Essen, das serviert werden würde (na ja, natürlich nicht ihm) und den Trauergästen. Aber das ergab mehr Sinn. Wenn man von einem Laster überfahren wurde, blieb einem vielleicht keine Zeit, die Einzelheiten zu überdenken, wohingegen niemand von einem Hochzeitslaster überfahren wurde. Zumindest nicht bis jetzt.

»Und du willst das nicht nur, weil sie das Kleid und das Catering bezahlen?«

»Natürlich nicht.« Sie sah ihm in die Augen. »Aber umsonst ist umsonst. Wenn wir es also wollen, wäre der Zeitpunkt ideal.«

»Wollen wir es denn?« Das kam alles so plötzlich. Was für eine absolut idiotische Idee, die vermutlich nicht nur sein, sondern auch ihr Leben ruinieren würde.

Doch im selben Moment überkam ihn eine Anwandlung. Eine irrwitzige Anwandlung, einfach Ja zu sagen und etwas Verrücktes zu tun, denn wenn man sich auf etwas Neues und Beängstigendes einließ, würde das Leben vielleicht die Richtung ändern, sich öffnen, aufregend werden. Warum nicht Julie heiraten und Jonathan Cormorant werden, oder vielleicht würde sie Julie Trefoil werden. Vielleicht würden sie auch ihre Namen behalten oder sie zu Cormorant-Trefoil oder Trefoil-Cormorant kombinieren. Oder sie würden zwei völlig andere Namen wählen wie Tomato-Gazelle. Was auch immer. Wäre es nicht schön, den Rest seines Lebens jeden Abend zu einem Menschen nach Hause zu kommen, den man kannte (und vielleicht sogar liebte)? Keine Sorgen mehr, die Richtige zu finden, keine Zweifel mehr über die Zukunft. Ihm gefiel die Vorstellung, das Erwachsensein als Konzept anzunehmen und nicht allzu viel über das Kleingedruckte nachzudenken. Erwachsensein war ein Planet, den er unbedingt erforschen wollte, und es ging mit seltsamen mysteriösen Vorteilen einher, von denen er keine Ahnung hatte. Müsste er eine Hypothek aufnehmen? Eine Lebensversicherung abschließen? All das war erschreckend unwahrscheinlich – und gleichzeitig irgendwie reizvoll. Komm raus, sagte sein Verstand, lass die Jugendzeit hinter dir! Stell dich dem »Für immer«! Werde erwachsen und bekomme Kinder, die dich Dad nennen. Leih dir Geld. Kauf dir ein Auto. Mach Karriere. Trag Socken, die zusammenpassen. Fang an, für die Rente zu sparen. Stirb an Altersschwäche. Das alles kam ihm herrlich real vor.

»Okay«, sagte er. »Heiraten wir.«

Julie sah ihn mit feuchten Augen an. »Wirklich?«

»Ja. Wirklich.«

Sie lächelte zögernd. »Bist du sicher?«

Sicher? Natürlich war er nicht sicher. Er war auch nicht irgendwie unsicher. Er war hundert Prozent unsicher. Aber wer brauchte schon Sicherheit, wenn er Kühnheit anvisierte?

Wie überschritten normale Menschen die Kluft zwischen Kindheit und Erwachsenenalter? Er war immer davon ausgegangen, es würde einfach passieren – eines Tages würde er aufwachen und sich auf der anderen Seite wiederfinden. Aber nein, da war er und stolperte immer noch Monat für Monat im Niemandsland herum. Vielleicht musste man springen und einfach entscheiden, dass man heiraten, Kinder haben, in einem Vorort leben, einen Minivan kaufen wollte, das volle Programm.

Was war denn schon das Leben, wenn man nicht mit beiden Füßen hineinsprang? Es sei denn natürlich, das Leben erwies sich als Teergrube und nicht als glorreiches Mittelmeer, dann nämlich würde er enden wie diese Dinosaurierfossilien, auf immer konserviert in einem künftigen Naturgeschichtlichen Museum und abgelegt unter A wie Ausgestorben. Er stellte sich New York als Teergrube vor, eine Art Hölle, gefüllt mit den grauenvoll Unzulänglichen: jenen, die im Marketing noch nicht Fuß gefasst hatten oder ewig auf der Suche nach Liebe waren.

Jonathan zerrte Julie an beiden Händen vom Stuhl und schwenkte sie herum, wie er es mal in einem Werbespot für Tampons gesehen hatte. Sie lächelte gequält, als er sie stürmisch umarmte. »Mrs Julie Jonathan Cormorant-Trefoil!«

»Mr Ebenso«, sagte sie, etwas blass, und versuchte, sich aufrecht zu halten.

Er wandte sich den drei anderen Gästen in der Tapas Bar zu. »Wir heiraten! Dieses hinreißende Wesen und ich heiraten. Im Internet! Per Lifestream! Ihr seid also alle eingeladen!« Die anderen ignorierten ihn, und Julie sah verlegen aus. Sissy war aufgesprungen und tanzte freudig um sie herum. Eine Party! Eine Party!

Dantes Miene war schwer zu deuten.

Jonathan zog Julie eng an sich und flüsterte: »Das wird ein großes Abenteuer!«

»Du willst heiraten?« Greeley wirkte überrascht.

»Deswegen muss ich ein paar Tage frei nehmen. *Bridal-360* organisiert zwar alles, aber ich muss den Anzug anprobieren und an dem großen Tag erscheinen.« Jonathan fand die Vorstellung so absurd, dass er lachen musste.

Greeley sah ihn an. »Seid ihr schon lange zusammen?«

»Seit fast vier Jahren. Lange genug, um zu wissen, dass ich wahrscheinlich einen Fehler begehe.« Jonathans Augen waren groß, seine Haare wirr. »Aber ist das Leben nicht dazu da, um Fehler zu begehen? Wie wird man sonst erwachsen? Und ihr bedeutet es viel. Außerdem ist Verheiratetsein unglaublich erwachsen. Ich bin es leid, nur ein amorphes Mann-Kind-Wesen zu sein.«

Greeley schwieg einen Moment. »Ich rede nur in Vertretung für deinen Arbeitgeber, Jonathan. Aber da Comrade bis zu einem gewissen Grad auf deinen halbwegs gesunden Menschenverstand setzt, hältst du es wirklich für eine gute Idee zu heiraten, wenn du es schon jetzt als Fehler bezeichnest?«

»Es könnte ein Fehler sein. Könnte. Vielleicht auch nicht. Eine gute Idee? Möglich. Vermutlich nicht. Aber im Augenblick ist mir jede Idee recht.« Er beugte sich nah zu Greeley und senkte die Stimme. »Mein Leben steckt fest, und manchmal muss man etwas tun, damit es weitergeht. Egal, was.«

»Interessante Philosophie«, sagte Greeley.

Jonathan fühlte sich ermutigt. »Findest du?«

»Aber sie ist falsch.« Greeley zögerte. »Und was ist mit den Hunden? Hast du nicht gesagt, deine Freundin mag keine Hunde?«

»Sie hasst Hunde«, erwiderte Jonathan. »Nicht alle, nur meine. Aber das gehört zu dem Abenteuer. Wir müssen alle lernen, eine große, glückliche Familie zu werden, die zusammen lebt, liebt und lacht. Und wenn dann unsere Kinder kommen, müssen auch sie lernen, mit Julie, mir und den Hunden zu leben, zu lieben und zu lachen. Sie müssen uns Mommy und Daddy nennen, ob es ihnen passt oder nicht. So läuft es nun mal im Leben.«

Greeley dachte eine Weile über diese Aussage nach. »Könntest du mal kurz warten?«

Jonathan wartete gern. Alles war besser, als Werbetexte für Bürobedarf zu schreiben. Er wartete, las die Memos auf Greeleys Schreibtisch und blätterte geistesabwesend in dem Notizbuch, das in Reichweite dalag. Dann erschien Greeley wieder, gefolgt von Wes.

»Wie ich höre, darf man gratulieren«, sagte Wes und gab ihm die Hand. »Du weißt ja, das ist ein großer Schritt.«

»Ich weiß.« Jonathan strahlte. »Ich weiß.«

»Du tust das hoffentlich nicht«, fuhr Wes vorsichtig fort, »weil du meinst, dein unbefriedigendes Arbeitsleben durch einen spektakulären Akt in deinem Privatleben ausgleichen zu müssen?«

Jonathan sah ihn erfreut an. »Doch, natürlich. Ich glaube, das trifft es genau.«

Wes nickte. »Wenn das nämlich der Fall wäre, könnten wir uns für etwas verantwortlich fühlen, das sich als schwerer persönlicher Irrtum erweist.«

»Keine Angst. Ich verklage euch schon nicht.«

»Trotzdem fühlen wir uns verpflichtet, dir nahezulegen ...«

Jonathan fragte sich, was Wes (und wer immer sich hinter »wir« verbarg) ihm wohl nahelegen wollten. Julie nicht zu heiraten, damit Comrade nicht für ein Verbrechen infolge einer verzweifelten Heirat einstehen musste, auf die er sich wegen seiner schrecklichen Arbeit eingelassen hatte? Dann wäre es bestimmt einfacher, ihm einen weniger deprimierenden Job anzubieten und so der Hochzeit vorzubeugen.

Aber Wes wirkte unschlüssig. Er stand stirnrunzelnd da und presste nachdenklich zwei Finger an die linke Schläfe.

»Ich will nicht anmaßend sein«, sagte Jonathan. »Aber wenn du wirklich so besorgt um mich bist, könntest du mir vielleicht einfach einen anderen Kunden geben? Der nicht so nervtötend ist?«

Eine komplizierte Konversation aus gänzlich nonverbalen Gesten folgte. Wes sah kurz Greeley an, der/die nickte. Wes zuckte die Schultern. Greeley klopfte mit einem Finger auf den Schreibtisch.

Jonathan schaute weg, um nicht zu lauschen.

Schließlich ergriff Wes das Wort. »Leider muss jemand Broadway Depot bearbeiten. Wenn du es nicht bist, wird ein anderer armer Teufel in die Ehe oder den möglichen Selbstmord getrieben.« Er kommunizierte ein tiefes Mitgefühl, das Jonathan traurig und glücklich zugleich machte – traurig über seine eigene Lage, aber glücklich, dass Wes ihn immerhin genug respektierte, um seinen erbärmlichen Job offen anzusprechen.

Greeley räusperte sich. »Also, wie gehen wir die Sache an?«

Wes trat unruhig von einem Fuß auf den anderen. »Wir könnten Jonathan eine kleine Gehaltserhöhung anbieten.«

Zu dritt standen sie schweigend da.

»Wie klein?«, fragte Jonathan.

»Oder«, sagte Greeley und überging seine Frage, »wir könnten dein Arbeitsverhältnis beenden.«

Wes wirkte überrascht.

Der Gedanke, entlassen zu werden, hob Jonathans Laune. »Ich nehme die Gehaltserhöhung«, sagte er.

Greeley blinzelte.

»Großartig«, sagte Wes. »Wir erledigen den Papierkram noch heute.«

Jonathan kehrte an seinen Schreibtisch zurück. Er wusste nicht genau, was eben passiert war. Hatte Wes ihm Schmiergeld angeboten, um die Hochzeit abzuwenden? Dazu noch ein unverschämt geringes Schmiergeld? Bedeutete die Annahme der Gehaltserhöhung, dass seine Hochzeit geplatzt war? Niemand hatte die Bedingungen klar ausgesprochen, und er hatte nichts unterschrieben. Jedenfalls bekam er etwas mehr Geld und dachte nicht daran, die Hochzeit abzublasen – es war also ein Triumph auf ganzer Linie.

Welche Moral verbarg sich dahinter, überlegte er, wenn man eine Gehaltserhöhung akzeptierte, die auf einer unangemessenen Einmischung in sein Privatleben beruhte? Und was wäre, wenn er irgendwann versehentlich seine Frau erwähnte? Was ja ganz normal wäre, wenn er erst mal eine hatte. Dann wäre es offensichtlich, dass er sich nicht an die etwas ungenauen Bedingungen für die Gehaltserhöhung gehalten hatte. Aber er brauchte das Geld und hatte der Hochzeit zugestimmt, unter den gegebenen Umständen war sein Verhalten also so moralisch wie nur möglich.

»Pst! Was zum Teufel läuft hier?« Max.

»Ich bekomme eine Gehaltserhöhung.«

»Mistkerl«, sagte Max. »Wo bleibt meine?«

»Außerdem heiraten Julie und ich.« Jonathan war ein

wenig nervös, als er seinem ältesten Freund die große Neuigkeit verkündete.

Max starrte ihn an. »Heiraten?«

»Irgendwie war es zu dem Zeitpunkt die richtige Entscheidung.«

»Hat jemand gedroht, ein Baby vom Dach zu werfen?«

Jonathan seufzte. »Ich will erwachsen werden. Ich will endlich richtig leben. Ich will eine Richtung haben.«

»Und ich will zehn Millionen Dollar und fliegen können.«

»Ich brauche einen Sinn, Max.«

Max stöhnte. »Was denn? Hundert Jahre mit Julie sollen deinem Leben einen Sinn geben? Wie blöd bist du eigentlich?«

»Du hast sie nie gemocht.«

»Sie ist in Ordnung, für jemand anders. Aber nicht für dich. Sie hat keinen Sinn für Humor. Sie will, dass du auf eine Weise normal bist, wie du es nie sein kannst.«

»Das will ich doch auch.« Jonathan war plötzlich erschöpft. Er legte den Kopf auf den Schreibtisch und bedeckte das Gesicht mit dem Arm. »Ich will das wirklich, unbedingt.«

»Nein, das willst du nicht, Jay, du Arschloch. Warum willst du dein irres Gehirn gegen eins eintauschen, wie es jeder mittlmäßige Manager in New Jersey hat?«

Jonathan richtete sich auf. Er sah traurig aus. »Ich bin es leid, seltsam zu sein.«

»Seltsamer als Julie? Seltsamer als Ed-scheiß-uardo? Sei dankbar für das, was du hast, Mann.« Max wandte sich angewidert ab.

Jonathan legte den Kopf wieder auf den Schreibtisch und wünschte, er und Max wären noch in der vierten Klasse und könnten in die Pause gehen, damit er Max einen seiner Schoko-Cupcakes geben könnte, damit sie wieder Freunde waren. Irgendwann hielt er es vor Müdigkeit nicht mehr aus, verließ das Büro und ging nach Hause. Julie war schon da und kochte Abendessen.

»Na«, sagte er und küsste sie. »Wie gehen die Pläne für die Beerdigung voran?«

»Welche Beerdigung?«

»Ich hab nicht Beerdigung gesagt. Ich hab gesagt, wie gehen die Pläne für die Hochzeit voran.«

»Du hast Beerdigung gesagt.«

»Hab ich nicht.«

»Doch.« Julie riss sich zusammen. »Sie gehen gut voran.«

»Gibt's da nicht jede Menge Entscheidungen zu treffen? Blumen, Gästeliste, alles Mögliche.«

»Die Artdirektorin kümmert sich um alles. Ich mache Vorschläge, aber im Wesentlichen trifft sie die Entscheidungen – Kleider, Essen, Farbideen etc. Sie hat tausend Hochzeiten gestaltet und sucht noch ein spezielles Thema für uns. Sie möchte mit dir reden.«

»Mit mir? Warum?«

Julie seufzte und strich sich eine Haarsträhne hinters Ohr. »Es ist auch deine Hochzeit.«

Jonathan war angenehm überrascht. »Ach ja?«

»Irgendwann nächste Woche sollst du im Büro vorbeikommen.«

»Okay.«

»Wie wär's am Dienstag? Ich bespreche es mit Lorenza und geb dir dann Bescheid.«

Jonathan kicherte.

»Was ist denn so komisch?«

»Ich weiß nicht. Lorenza. Auch wieder so ein Name. Perfekt für die Artdirektorin einer Beerdigung.«

»Hochzeit.«

»Ich *habe* Hochzeit gesagt.«

»Hast du nicht.«

»Doch.«

Sie aßen schweigend weiter.

13

Dante wachte auf und hinkte. Jonathan untersuchte seine Pfoten und Beine, konnte aber nichts finden. Auf dem Weg zur Arbeit wurde das Hinken schlimmer; Dante winselte, sobald seine linke Vorderpfote den Gehsteig berührte. Jonathan blieb stehen und rief den Tierarzt an. Iris meldete sich.

»Hallo, Iris. Mein Hund hinkt. Er scheint Schmerzen zu haben.«

»Ich kann Ihnen einen Notfalltermin geben. Ist es ein Notfall?«

Jonathan sah kurz zu Dante, der mit erhobener Pfote dastand, und dann auf die Uhr. Er seufzte. »Ja, ich schätze, es ist ein Notfall.«

»Können Sie gleich vorbeikommen? Dr. Clare hat Notdienst.«

Jonathans Herz wurde schwer. Dr. Clare, deren kalte englische Seele die psychologischen Feinheiten seiner Hunde abtat. Dr. Clare, die sich in ihrer Phantasielosigkeit nicht vorstellen konnte, dass Hunde vielleicht an Weltschmerz litten. Seufzend ging er mit dem hinkenden Dante langsam zur Eleventh Street zurück, wurde eingelassen und musste nur ein paar Minuten auf Dr. Clare warten.

»Hallo, Jonathan. Wo liegt denn das Problem?«

Jonathan meinte, aus ihrem höflichen Tonfall leichte Verachtung herauszuhören. Er hob Dante auf den Untersuchungstisch. »Seine linke Vorderpfote. Seit heute Morgen hinkt er. Er hat gewinselt und konnte nicht auftreten. Ich hab überlegt, ob vielleicht einer von den kleinen Knochen gebrochen ist. Mittelfußknochen. Phalangen. Wie immer die heißen. Oder ob er in eine Glasscherbe getreten ist. Bekommen Hunde auch Gicht?«

Dr. Clare untersuchte die Pfote und drückte zuerst vorsichtig, dann fester, bewegte die Zehen, bog das Bein in verschiedene Richtungen. Dante ließ es gelassen über sich ergehen.

»Er scheint keine Schmerzen zu haben«, sagte sie und untersuchte stirnrunzelnd die Pfotenballen. »Wenn es ein Glassplitter oder ein Dorn wäre, würde er auf Druck reagieren.« Sie wiederholte die Untersuchung an den anderen drei Pfoten. Nichts.

»Heben Sie ihn doch mal runter, damit ich sehen kann, wie er läuft.«

Jonathan hob Dante vom Tisch und ließ ihn mit hochgehaltener Leine durch den Raum laufen, wie er es bei Hundeschauen im Fernsehen gesehen hatte. Dante trottete ohne auch nur zu zögern neben ihm her.

»Ich weiß nicht, was passiert ist«, sagte er geschlagen. »Vor einer halben Stunde konnte er nicht laufen.«

Dr. Clare zuckte die Schultern. »Vielleicht hat etwas zwischen den Pfotenballen gesteckt. Vor einiger Zeit hatte ich hier einen Hund, dem ich einen halbgelutschten Weingummi zwischen den Ballen herausziehen musste.

Das kann ziemlich schmerzhaft sein. Was immer es war, es hat sich offenbar von selbst gelöst.«

Jonathan überlegte, was ein Weingummi war. »Tut mir leid, dass ich Ihre Zeit verschwendet habe.«

Sie sah ihn überrascht an. »Sie haben meine Zeit nicht verschwendet. Ihr Hund hatte Schmerzen. Sie haben genau das Richtige getan.«

»Tatsächlich?«

Sie nickte. »Ja.«

»Sie halten ihn nicht für einen Hypochonder?«

»Natürlich nicht.« Sie furchte die Stirn. »Hunde denken nicht so.«

Jonathan sah Dante an. Dante sah ausdruckslos zurück.

Dr. Clare trug etwas in Dantes Datei ein. Ein paar Sekunden lang hämmerte sie wie verrückt auf die Tastatur ein. Dann hielt sie inne und drehte sich zu Jonathan. »Übrigens, was macht das Unzufrieden-mit-dem-Leben-Syndrom? Sie haben es gar nicht erwähnt.«

»Na ja«, sagte Jonathan vorsichtig aus Angst, die Frage könnte eine Falle sein, »eigentlich ist es besser geworden. Ich nehme die Hunde jetzt mit zur Arbeit.«

»Das ist toll.« Dr. Clare lächelte ihn an.

»Ja. Aber einiges beunruhigt mich doch.«

»Zum Beispiel?«

»Zum Beispiel stellen sie alles Mögliche an.«

»Was denn?«

Er senkte den Blick. »Ach, eben alles Mögliche. Sie fressen meine Post. Reden hinter meinem Rücken über mich. Treiben sarkastische Spielchen mit meiner Freundin.«

»Tatsächlich?«

Jonathan nickte. »Manchmal glaube ich, sie sind nicht glücklich darüber, dass ich ihr Leben bestimme.«

Die Tierärztin blinzelte.

»Ich glaube, sie hätten lieber einen besseren Besitzer. Einen, der fähiger ist.«

Sie runzelte wieder die Stirn. »Die Sache mit Hunden ist die, dass sie ihre Besitzer im Großen und Ganzen lieben. Hunde sind treu. Und im Allgemeinen unkritisch.«

»Unkritisch?« Er dachte darüber nach. »Nein. Das glaube ich nicht. Sissy vielleicht.« Als sie ihren Namen hörte, kam Sissy zu ihm getapst und legte ihren Kopf auf sein Knie. Er senkte sein Gesicht auf ihr weiches Kopffell.

Dr. Clare sah ihn kurz an. »Jonathan? Ist alles in Ordnung?«

»Mir geht es gut. Es ist nur wegen der Hunde.«

»Wirklich?«

Er sagte eine Weile nichts. »Das Leben ist verwirrend und aufreibend. Warum sollten sie nicht genauso leiden wie der Rest von uns?«

»Weil sie Hunde sind«, erwiderte sie.

Jonathan überlegte. Vielleicht hatte sie recht. Vielleicht auch nicht. In letzter Zeit fand er das Leben noch verwirrender und aufreibender als früher. »Danke, dass Sie sich Dante so schnell angesehen haben«, sagte er und stand auf. »Das war nett von Ihnen.«

»Gern geschehen«, versicherte sie. »Wenn es andere Probleme gibt, kommen Sie jederzeit wieder. Und, Jonathan?«

»Ja?«

»Machen Sie sich nicht so viele Sorgen.«

Das war leichter gesagt als getan, fand Jonathan. Er fragte sich, ob sie die psychische Unruhe seiner Hunde wirklich interessierte oder ob sie nur froh war, dass die Lage sich mittlerweile gebessert hatte. Aber eigentlich spielte das keine Rolle. Selbst wenn sie nur nett war, war sie immerhin nett.

Am Empfang wartete er auf die Rechnung, aber Iris verkündete, dass Dr. Clare auf ihr Honorar verzichtete. Er wollte zurückeilen und ihr für die unerwartete Freundlichkeit danken, aber sie schloss gerade die Tür hinter dem nächsten Patienten.

Zusammen mit den Hunden machte er sich auf den Weg zur Arbeit, nunmehr deutlich schneller. Dante trottete neben ihm her, ohne zu hinken.

14

Jonathan rief seine Eltern an. »Ich heirate«, sagte er.

»Ich geb dir deine Mutter«, erwiderte sein Vater, aber seine Mutter war bereits am Nebenapparat. Er hörte das Klicken, als sein Vater auflegte.

»Heiraten? Also, damit haben wir nicht gerechnet«, sagte sie. »Du kommst doch trotzdem am Wochenende zum Geburtstag deines Vaters, oder?«

Mist. »Ja natürlich. Es ist nur – ich wollte euch die große Hochzeitsneuigkeit nicht persönlich überbringen.« Irgendwie hörte sich das merkwürdig an. »Wahrscheinlich muss ich James' Hunde mitbringen.«

Seine Mutter räusperte sich. »Du kannst im Gästehaus schlafen. Wen heiratest du eigentlich, Schatz?«

»Meine Freundin Julie. Wen soll ich sonst heiraten?«

Es klickte in der Leitung, sein Vater war wieder da.

»Wir haben immer geahnt, dass so was passiert.«

»Dad?«

»Du brichst deiner Mutter das Herz.«

»Aber …«

»Ich arbeite mir jahrelang die Finger wund, um eine ordentliche Familie zu schaffen, und was passiert? Der eine zieht zu den Arabern, und jetzt das.«

»Ich dachte, du magst Julie.«

»Ach, Julie dies, Julie das.« Es klickte, als sein Vater sich abermals aus dem Gespräch ausklinkte. »Sie ist ein nettes Mädchen, Schatz«, sagte seine Mutter. »Wir sind sehr glücklich. Ich freu mich schon auf dich.« Dann verschwand auch sie.

Jonathan legte mit dem gewohnten Gefühl auf, mal wieder vor den Kopf gestoßen worden zu sein. Er konnte nie genau ausmachen, wann bei seinen Eltern alles außer Kontrolle geriet, er wusste nur, es war immer kurz nach dem »Hallo«.

Er rief seinen Bruder in Dubai an. »James. Ich heirate.«

»Wie geht's den Hunden?«, fragte James. »Alles in Ordnung?«

»Die Hunde sind wohlauf. Aber ich heirate.«

»Das ist großartig. Herzlichen Glückwunsch. Und wen?«

»Warum fragen das alle? Julie natürlich. Wen sonst?«

»Heutzutage kann man nie wissen. Du hättest eine andere kennenlernen können. Eine stürmische Romanze.«

»Hab ich aber nicht. Es wäre schön, wenn du kommen könntest. Ich maile dir die Einzelheiten.«

»Großartig. Schön für dich. Jetzt erzähl von den Hunden. Fressen sie gut? Sind sie glücklich? Alles in Ordnung?«

»Den Hunden geht es gut«, sagte Jonathan. »Wir fahren am Wochenende nach Hause. Zu Dads Geburtstag.«

»O verdammt, hab ich ganz vergessen. Ich sollte lieber eine Karte schreiben. Wohnst du im Schuppen?«

»Ja. Aber das ist okay.«

»Mail mir die Hochzeits-Infos. Und gratuliere Julie von

mir. Ich fand sie immer ganz nett. Ich bin definitiv dabei und halte eine brüderliche Rede. Die Hunde mögen sie doch, oder? Wenn sie für die Hunde gut genug ist, ist sie auch gut genug für mich.«

Jonathan hatte nicht den Mut, James die Wahrheit über Julie und die Hunde zu erzählen. Er war überzeugt, dass sie sich bis zur Hochzeit lieben würden. Oder kurz danach. Er überlegte, ob er Julie zum Geburtstag seines Vaters einladen sollte, aber bei dem Gedanken wurde ihm ziemlich mulmig. Vielleicht sollten sich alle erst mal an die Vorstellung gewöhnen. Julie könnte einen kurzen Glückwunsch auf seinem iPad aufnehmen. »Alles Gute zum Geburtstag! Wie schön, dass ich bald zur Familie gehöre!« Oder so was in der Art. Es war sinnvoller, die ganze Hochzeitsnummer langsam anzugehen.

Als Jonathan ans College ging, hatten seine Eltern das Haus verkauft, Larchmont den Rücken gekehrt und sich eine Eigentumswohnung am Rand eines hübschen Landstädtchens unweit der Grenze zu Connecticut gekauft. Bei normalem Verkehr dauerte die Fahrt etwas über zwei Stunden, und in der Nähe gab es Seen, Wanderwege und einen Nationalpark, die er mit den Hunden erkunden konnte. Die Stadt bestand aus ein paar kuriosen Kunsthandwerkläden, einer Handvoll altmodischer Restaurants und ungefähr hundert Antiquitätengeschäften. Julie würde es in Antiquistan gefallen. Doch woher kamen die vielen Antiquitäten? Wurden sie aus irgendeinem wenig bekannten, antiquitätenreichen Teil der Welt geschickt, wo alle IKEA vorzogen?

Als James sich die Hunde angeschafft hatte, hatte sein

Vater wegen der legendären Allergie seiner Frau ein sogenanntes Gästehaus hinten im Garten gebaut. Eigentlich war es eher ein Schuppen. Jonathan glaubte das mit der Allergie nie so ganz – er hatte seine Mutter in Anwesenheit der Hunde oft stundenlang nicht schniefen sehen. Aber es diente dem Zweck, ihn aus dem Haus zu bekommen, wenn er zu Besuch kam. Zwanzig Meter Entfernung waren so gut wie ein Festungsgraben.

Am Freitag mietete Jonathan sich ein Auto und fuhr nach der Arbeit los. Unterwegs hielt er an, um eine Flasche teuer aussehenden Scotch zu kaufen. Kurz vor neun kam er an und rief mit gespielt-ironischer Fröhlichkeit: *Alles Gute zum Geburtstag und allen eine gute Nacht!* Seine Eltern begrüßten ihn und die Hunde mit rotgeränderten Augen, vermutlich um zu zeigen, dass sie händeringend Stunden gewartet hatten und es bedauerten, überhaupt Kinder bekommen zu haben. Sie führten ihn zum Gästehaus/Schuppen, das mit Möbeln aus seinem und James' früheren Zimmern ausgestattet war. Er erkannte den verblichenen blauen Schlafsack auf dem Bett – darin hatte er seine Unschuld an ein Mädchen im Ferienlager verloren.

Nach Hause zu kommen, dachte er, ist in vielerlei Hinsicht seltsam, selbst wenn es ein Zuhause ist, das man nicht besonders gut kennt. Alles wirkt vertraut und doch irgendwie beunruhigend, wie eine Rückblende bei einer posttraumatischen Belastungsstörung.

Den Hunden waren solche gespaltenen Gefühle fremd. Als Entschädigung für die Natur, die ihnen in New York fehlte, rannten sie in der Dunkelheit kreuz und quer durch den Garten und kamen erst nach Mitternacht widerstrebend ins Haus. Jetzt lagen sie erschöpft und glücklich in ihren Betten. Für sie war zu Hause dort, wo auch er war.

Am nächsten Morgen wachte Jonathan früh auf, machte sich im Schuppen auf dem Campingkocher Instantkaffee und brach mit seinem Vater zu einem Spaziergang zum See auf. Die Hunde schienen trunken vor Glück, hielten in einem Wahn von Entdeckerlust ihre Nasen in die Luft, schnupperten am Boden, an Bäumen und in Löchern, buddelten wie verrückt in der schwarzen Erde, als suchten sie einen vergrabenen Schatz, und dabei wedelten sie mit dem Schwanz und hechelten vor Freude.

»Sind sie bösartig?«, fragte sein Vater.

Jonathan schloss die Augen und zählte bis fünf. Dann atmete er aus und sagte langsam: »Kommen sie dir bösartig vor, Dad?«

»Nicht unbedingt«, antwortete sein Vater. »Aber ich habe von einem ganz normalen Mann gehört, der auf der anderen Seite der Stadt wohnte, und als er ein paar Tage lang nicht gesehen wurde, hat man sein Haus aufgebrochen und ihn tot auf dem Boden gefunden, halb aufgefressen von seinem Pudel.«

Jonathan sah seinen Vater an. »Hat der Pudel ihn getötet?« Warum musste sein Vater die zweifelhaftesten Szenarien im Leben immer mit einer grässlichen Geschichte belegen?

»Niemand weiß es. Die Polizei konnte nur mutmaßen.«

Jonathan sagte nichts. Die Geschichten seines Vaters liefen meistens auf eine ziemlich unwahrscheinliche Mutmaßung hinaus.

Schweigend gingen sie weiter, und gerade als das Thema erledigt schien, sagte sein Vater: »Ich habe in meinem Leben Dinge gesehen, die mich gezwungen haben, einen Riesenschritt rückwärts zu machen. Wenn du erst mal in meinem Alter bist«, murmelte er finster, »weißt du, wovon ich rede.« Sein Vater war zweiundfünfzig, ein Steuerexperte, der Kleinunternehmen beriet. Jonathan fragte sich, ob er wohl je etwas so Außergewöhnliches oder Besonderes gesehen hatte, das ihn zum Innehalten bewegt hätte, geschweige denn dazu, einen Schritt rückwärts zu machen, oder ob diese Bemerkung nur eine unsinnige väterliche Weisheit war.

Jonathan ging etwas schneller. Schon bald war der Abstand zwischen ihnen zu groß, um sich unbeschwert unterhalten zu können. Sein Handy piepte. Es war Julie.

Hab ein schlechtes Gewissen, wenn ich den Geburtstag deines Vaters verpasse. Nehme den Zug nach Dover Plains. Komme 17.20 an. Holst du mich ab? xJ

Jonathan war froh und entsetzt zugleich. Ihre SMS – geschrieben mit einem Hauch von Selbstzweifeln – berührte ihn zutiefst. *Holst du mich ab?*

»Hey, Dad. Julie kommt heute Abend doch zu deinem Geburtstag.«

Sein Vater wirkte panisch. »Dann gehen wir lieber sofort zurück, damit deine Mutter noch mehr Lebensmittel bestellen kann. Sie hat nur mit uns dreien gerechnet.«

»Mehr Lebensmittel?« Das hörte sich an, als wäre Julie so was wie ein Vielfraß. »Alles ist gut, Dad, ehrlich. Julie isst nicht viel. Und wenn nötig, kaufe ich noch was, wenn ich zum Bahnhof fahre.«

Jonathans Vater schüttelte mürrisch den Kopf. »Irgendwas ist ja immer.«

Julie kam mit einem großen Blumenstrauß für seine Mutter an. Jonathans Herz machte einen Satz, als er sie inmitten von Fremden aus dem Zug steigen sah. Sie fummelte an ihrer Reisetasche herum, wirkte ernst, strahlend schön und, bis sie ihn schließlich entdeckte, ein wenig nervös. Jonathan hatte sich noch nie so gefreut, sie zu sehen, und küsste sie.

»Hallo, meine Fast-Frau«, sagte er.

Sie lächelte und erwiderte den Kuss. »Hallo, Fast-Jonathan.«

Sie hatte auch eine Karte für seinen Vater dabei und eine Schachtel teurer Geburtstagsmakronen, die ziemlich gut ankamen, auch wenn seine Eltern solche Dinge normalerweise zweifelhaft fanden, weil sie aus dem Ausland kamen.

»Wie schön, dass du es doch noch geschafft hast, Julie«, sagte seine Mutter und präsentierte eine kunstvoll glasierte Geburtstagstorte mit rosa und grüner Randbordüre, die 1974 hätte gebacken und in einem Tortenmuseum aufbewahrt worden sein können. »Vor allem, wo du jetzt offiziell zur Familie gehörst.«

Jonathan fragte sich, ob die offizielle Zugehörigkeit zu seiner Familie der Todeskuss für die arme Julie sein würde.

Sie sangen alle »Happy Birthday« und versuchten halbwegs erfolgreich, sich während des Abendessens normal zu verhalten. Jonathan scheuchte Julie so früh wie möglich zum Schuppen.

»Sie ist ein recht nettes Mädchen«, sagte Jonathans Vater. »Auch wenn sie unseren Sohn in eine tödliche Vernunftehe lockt.« Seine Mutter schüttelte traurig den Kopf.

»Jetzt verstehe ich, woher deine geistige Labilität kommt«, sagte Julie, worauf Jonathan nickte. Julies Vater war tot, ihre Mutter mit einem Anleihehändler in Hongkong verheiratet. Im Lauf der Jahre war Jonathan Julies Mutter drei- oder viermal begegnet, was Max, dessen Beziehungen gewöhnlich nicht lange genug dauerten, um die Eltern seiner Freundinnen kennenzulernen, ziemlich erstaunlich fand.

»Ich hätte nicht gedacht, dass Julie Eltern braucht. Für mich ist sie jemand, der seine Empfängnis und Geburt selber organisiert.«

»Haha.«

»Und wie ist ihre Mutter so?«

Jonathan überlegte. »Reich und seltsam.«

»Reich ist gut. Inwiefern seltsam?«

»Max, kennst du jemanden – einen einzigen Menschen auf dem Planeten –, dessen Eltern nicht seltsam sind?«

»Inwiefern seltsam?«

Jonathan seufzte. »Zu dünn, etwas starrer Gesichtsausdruck, beantwortet Fragen, die du ihrer Ansicht nach stellen solltest.«

Max ließ sich das durch den Kopf gehen. »Gar nicht so übel. Viereinhalb auf der Seltsamkeitsskala.«

»Fünf. Aber auf der Plusseite ist zu verzeichnen, dass sie in Hongkong lebt. Zwölftausendachthundertsechsundsiebzig Kilometer entfernt.«

»Als ob es darauf ankommt.« Max verstummte. »Okay.«

»Okay. Na, vielen Dank. Wie schön, dass ich deinen Segen habe.«

»Sarkasmus steht dir nicht. Und meinen Segen hast du nicht.«

Später am Abend zwängten sich Julie und Jonathan in den Schlafsack, in dem er seine Unschuld verloren hatte, aber ihre Versuche, Sex zu haben, waren nicht von Erfolg gekrönt.

Am folgenden Morgen fuhren sie nach dem Frühstück ab, zur Erleichterung aller.

15

In Jonathans Stammcafé waren Hunde verboten, und aus Angst vor einer möglichen Entführung mochte er sie nicht draußen anbinden. Erst nachdem er sie zwei Wochen zur Arbeit mitgenommen hatte, fand er schließlich einen perfekten Ersatz: ein winziges Café auf halbem Weg zwischen seiner Wohnung und Comrade mit dem merkwürdigen Namen Le Grand Pain.

Die Besitzerin stellte sich mit einem herrlich französischen Akzent vor. »Hallo. Was kann ich für Sie tun? Ich heiße Clémence. Und wer seid ihr?« Die zweite Hälfte der Begrüßung galt den Hunden.

»Das sind Dante und Sissy«, sagte Jonathan, erleichtert, dass ihre ersten Worte nicht gelautet hatten: »Tut mir leid, Tiere dürfen hier nicht rein. Das verstößt gegen die Gesundheitsbestimmungen.« Dieser Satz machte ihn wahnsinnig. Warum konnte man nicht wenigstens noch hinzufügen: »Wenn es nach mir ginge, könnten Sie sie jederzeit mit reinbringen, aber Sie wissen ja, wie das ist« (mitfühlendes Stirnrunzeln), oder: »Keine Angst, ich halte sie draußen fest. Suchen Sie sich in Ruhe etwas aus.« Aber das sagte niemand. Alle lächelten nur passiv-aggressiv und meinten »tut mir wirklich leid«, auf eine Weise, die so viel hieß wie »tut mir nicht im Geringsten leid«.

In dem kleinen Café roch es köstlich, er bestellte einen Kaffee. Clémence zeigte auf die Croissants und sagte: »Die backe ich selbst. Sie sind gut. Nicht wie die von Starbucks.« Sie klang so enthusiastisch, dass er zwei kaufte.

»Ich hoffe, Sie sind nicht gekränkt, wenn ich das zweite teile und meinen Hunden gebe«, sagte er. »Sie haben einen ziemlich feinen Gaumen.« Er hielt inne. »Hört sich das an, als ob ich verrückt wäre? Ich hoffe, das klingt nicht verrückt. In letzter Zeit klingt alles, was ich sage, mehr oder weniger so, als ob ich verrückt wäre.«

Sie lächelte ihn an. »Überhaupt nicht.«

Er bezahlte den Kaffee und die beiden Croissants und sagte ihr, sie könne das Wechselgeld behalten. »Und vielen Dank, dass die Hunde reindurften.«

»Aber es sind doch so nette Hunde! Wer würde sie nicht reinlassen?«

»Sie würden staunen«, erwiderte Jonathan finster.

Sie tätschelte die beiden noch ein letztes Mal. »Dann bis morgen!«

Während des restlichen Wegs zur Arbeit plante er sein Leben mit Clémence. Sie würden in einer kleinen Wohnung über der Bäckerei wohnen. Um fünf Uhr früh würde er ihr Kaffee ans Bett bringen, bevor sie anfing zu backen, und wenn er abends von der Arbeit nach Hause käme und das Café geschlossen war, würden sie sich lieben. Er würde lernen, mit Zutaten aus ihrem Heimatdorf Ampersand sur Mer ein herrliches Cassolette zu kochen. Sie würden zwei Kinder bekommen, Celeste und Raoul, die Französisch und Englisch sprechen würden und bildschön wären wie ihre Mutter. Die Kinder würden ihn lieben wie einen Vater, was ja logisch war, weil er das schließlich auch sein würde. Clémences antiamerikanisch eingestellte Verwandtschaft wäre anfangs skeptisch, nach einiger Zeit jedoch würden sie sehen, wie glücklich sie war, und nicht mehr an ihren Exfreund Olivier denken, der zwar ein unglaublich reicher Banker, aber nicht verlässlich monogam und zudem ein klein wenig homosexuell war.

Am nächsten Tag empfing Clémence sie wie alte Freunde. »Dante! Sissy! Wie schön, euch wiederzusehen.«

Jonathan betrachtete Clémences fleckenlose Schürze. »Backen Sie heute gar nicht?«

»Ich backe jeden Tag, nur Donnerstag und Sonntag nicht, da schlafe ich bis sechs.«

Bis sechs? Wie früh stand sie dann wohl an Backtagen auf? Aber er mochte ihr keine Fragen stellen, die sich, und sei es nur am Rande, auf ihr Bett bezogen. Irgendwie kam ihm das angesichts ihrer reinen, gesunden gemeinsamen Zukunft respektlos vor.

Nachdem er Kaffee und Croissants bezahlt hatte, wäre er gern noch geblieben, aber ihm fiel kein Vorwand ein, also öffnete er die Tür und ging mit einem fröhlichen *»á demain«*, das er auf der Stelle bereute.

Auf dem Weg zur Arbeit dachte er weiter über ihre Beziehung nach und zeichnete in Gedanken glückliche Familienporträts von Celeste, einem stämmigen, wilden Mädchen mit dichter Lockenmähne und Mehlflecken auf den Kleidern. Und von Raoul, ihrem ernsten, dunkeläugigen Jungen, noch ein Baby, aber auf fast unheimliche Art weise.

Celeste wäre drei und Raoul eins, als Clémence feststellte, dass sie wieder schwanger war. »Aber wir sind doch jetzt schon so knapp bei Kasse, *mon amour*«, würde sie sagen, die großen Augen voller unvergossener Tränen, und er würde erwidern, dass es nichts Wertvolleres für ihn gäbe als ihr Kind, und dann würden sie sich küssen und küssen, und acht Monate später würde Clémence noch ein Mädchen zur Welt bringen, dem sie einen französischen Namen wie, ähm, Alouette geben würden. Gentille Alouette.

Als Jonathan am dritten Tag kam, randvoll mit Zukunftsplänen, war Clémence nicht da. Ein lachhaft gutaussehender Franzose schaute hinter der Theke auf und fragte gelangweilt, ob er Kaffee wolle, und als Jonathan fragte, was mit seiner Geliebten passiert sei, antwortete der Franzose: »Ach ja. Der Mann mit den Hunden. Clémence hat mir von Ihnen erzählt.«

»Und Sie sind ... ihr Bruder?«

»Ihr Mann«, sagte der Franzose und nahm Jonathans Bestellung entgegen, ohne sich auf weitere Höflichkeiten einzulassen.

Am folgenden Tag kam Jonathan wütend und verzweifelt in das Café. »Sie haben mir nicht gesagt, dass Sie einen Mann haben.«

»Ah, *cheri*. Ich wusste nicht, dass Sie das interessiert.« Sie lächelte und packte zwei Croissants in eine Tüte, ohne seine Bestellung abzuwarten, dann machte sie ihm seinen Kaffee.

»Natürlich interessiert mich das! Ich habe schon Namen für unsere Kinder.« Er suchte in seinem Rucksack nach dem Notizbuch und wedelte damit in der Luft herum. »Ich habe Bilder von ihnen gezeichnet. Von allen dreien.«

»Drei Kinder? Da werde ich ja alle Hände voll zu tun haben!« Sie lachte. »Dann haben Sie also keine Frau?«

»Natürlich nicht«, erwiderte Jonathan empört. »Seh ich aus, als ob ich eine Frau hätte?« Bei dem Gedanken wurde er unerklärlicherweise wütend.

»Ich weiß nicht.« Sie musterte ihn eingehend. »Sieht man das einem Mann an? Sieht er vielleicht elend aus? Oder triumphierend? Kommt auf die Frau an, vielleicht?«

Wenn sie seine Frau wäre, würde er immer glücklich aussehen.

Der unglaublich gutaussehende Franzose tauchte von hinten auf, legte ihr besitzergreifend die Hand auf die Taille und flüsterte ihr etwas ins Ohr. »Luc!« Sie errötete und küsste ihn.

Jonathan zahlte seinen Kaffee und die Croissants und verließ die Bäckerei noch mutloser als sonst.

16

Die geringe Gehaltserhöhung verbesserte weder Jonathans Beziehung zu Comrade noch die mit Julie. Den Großteil seiner Arbeitszeit verbrachte er mit ausführlichen Flucht- und Rachephantasien, in denen er Eduardos schickes Auto klaute, die Hunde auf den Rücksitz verfrachtete und dem Horizont entgegenfuhr. Hinzu kam, dass er nicht schlafen konnte und sich stundenlang grübelnd im Bett wälzte, was Julie irgendwann zu dem Vorschlag veranlasste, er solle auf der Couch schlafen. Sobald er es sich dort gemütlich gemacht hatte, kam Sissy zu ihm, kuschelte sich an seine Brust und legte den Kopf unter sein Kinn. Er stellte fest, dass er mit dem Spaniel besser schlief als mit seiner Freundin.

Als er von seinem Schreibtisch aufblickte, stand Greeley über ihm – in Jeans und einem hellblauen T-Shirt, mit einem Hermès-Schal aus den 1920ern und silbernen Sandaletten als Accessoires.

»Hallo«, sagte Greeley.

Jonathan blinzelte. »Hi.«

»Wollte nur mal sehen, wie's dir geht.«

»So ungefähr wie immer.«

»Hast du Lust, Mittagessen zu gehen?«

»Du meinst, irgendwo draußen?«

Greeley nickte.

»Okay.« Jonathan stand auf, schnappte sich seine Jacke und folgte ihr. Sie gingen zwei Straßen weiter in ein ruhiges Café, wo Greeley auf einen Tisch in der Ecke zeigte.

Sie setzten sich. Greeley sah ihn an. »Und? Wie ist dein Plan?«

»Plan?«

Greeley wartete.

»Du meinst, generell?«

»Ja.«

»Generell ist mir etwas zu weitreichend. Ich dachte, ich fange vielleicht lieber klein an.«

»Und womit?«

Jonathan schwieg eine Weile. »Bislang mit gar nichts. Um ehrlich zu sein, ich habe noch nichts entschieden.«

Greeley stieß einen weltmüden Seufzer aus und schob einen Umschlag über den Tisch. »Ich habe mir die Freiheit erlaubt.«

Jonathan öffnete ihn. Er enthielt ein Kündigungsschreiben. Von ihm an Wes.

»Es muss nicht heute sein. Oder überhaupt irgendwann. Ich dachte nur, es ist vielleicht ganz gut, wenn du es zur Hand hast.«

»Du willst, dass ich meinen Job aufgebe?«

»Nicht unbedingt.«

Jonathan betrachtete die Passanten vor dem Fenster. Greeley rief den Kellner herbei und bestellte für sie beide.

»Ich muss etwas tun, um die Miete zu bezahlen. Und es könnte sein, dass ich bald eine Familie ernähren muss.«

»Ist Julie schwanger?«

In Jonathans Gesicht zeigte sich das nackte Grauen. »Natürlich nicht!«

Greeley starrte an die Decke. »Bist du sicher, dass du bereit bist zu heiraten?«

Jonathan lächelte zerstreut.

»Was?«, sagte Greeley.

»Ach nichts. Ich musste nur gerade an die Frau denken, die ich vor Kurzem kennengelernt habe.«

»Eine andere Frau?«

Jonathan nickte. »Sie ist unglaublich.«

»Wie heißt sie?«

»Clémence. Sie ist Französin. Und ...«

»Und?«

»Und verheiratet. Mit Luc. Einem echt gutaussehenden französischen Mistkerl.«

»Du willst doch Julie heiraten.«

»Ich weiß.«

»Dann hör auf, an Clémence zu denken.«

Jonathan machte ein finsteres Gesicht. »Dann hör auf, mich nach ihr auszufragen.«

Greeley musterte Jonathan streng. »Könnte es sein, dass mit deiner Entscheidungskraft etwas sehr im Argen liegt?«

Er ließ den Kopf hängen. »Sieht so aus.«

Der Kellner brachte zwei Kaffee und zwei Sandwiches mit gebackenem Gemüse und Pesto.

»Greeley?«

»Ja?«

»Was erwartest du vom Leben?«

Greeley nahm ein halbes Sandwich und sah Jonathan

an. »Wie Freud so schön sagt: Liebe und Arbeit. Wollen das nicht alle?«

»Manche wollen Geld und Ruhm und ein großes Haus, und dann noch ein Haus und große Ecksofas und teure Autos und ein Heimkino. Das wollen die meisten, würde ich sagen.«

»Na ja.« Greeley kaute nachdenklich. »Damit kann man sich die Zeit vertreiben.«

»Womit?«

»Mit irgendwelchen Sachen.«

Jonathan biss in sein Sandwich. »Aber wenn es sie glücklich macht?«

»Wenn es das tut, fein.«

»Warum arbeitest du bei Comrade, Greeley?«

»Ich brauche Geld für mein Diplom. Ich studiere Forstökosysteme und -erhaltung.«

Jonathan dachte darüber nach. »Wälder sind wichtig. Ich habe nichts Wichtiges.«

»Vielleicht ja doch.«

»Und was?«

Greeley zuckte die Schultern. »Sag du es mir.«

»Ich zeichne Comics. Ich schreibe gern. Wie soll man davon leben?«

»Ich weiß nicht. Kann man davon leben?«

»Niemand verdient Geld mit Comics. Oder mit Schreiben.«

»Niemand?«

»Kaum jemand.«

Greeley überlegte. »Dann verdient also niemand genug Geld damit, außer denen, die es tun.«

Jonathan nickte. »Zu denen würde ich nicht gehören.«

»Das hängt von deinem Einsatz ab und davon, ob du was zu sagen hast. Ehrgeiz, Glück. Dranbleiben, wenn alle anderen aufgeben. Davon, wie viel Geld du brauchst. Wo du lebst. Und mit wem.«

»Man braucht ein Vermögen, um in New York zu wohnen.«

»Dann geh woandershin. Geh nach Portsmouth, Cleveland, Burlington. Austin. Keine Ahnung. Pittsburgh. Raleigh. Tucson. Ankara. Bilbao.«

»Das reicht.« Jonathan presste die Hände an die Schläfen. »Ich muss nachdenken.«

»Denk nach«, sagte Greeley. »Hör niemals auf nachzudenken.«

»Das Problem ist, ich müsste entschlossener sein.«

»Ach ja?« Greeley sah ihn an. »Wenn du dein Leben jetzt bereinigst, was machst du dann in den nächsten fünfzig Jahren?«

»Ich weiß nicht«, antwortete Jonathan. »Warum fragst du das alles? Ich will doch nur glücklich sein und es bleiben.«

»Du weißt nicht viel übers Leben, stimmt's?«

Jonathan ließ die Schultern hängen. Er senkte den Kopf. »Nein. Aber ich gebe mir Mühe. Warum gibt es eigentlich keinen Kurs an der Uni? ›Wie werde ich ein Mensch.‹«

»Wahrscheinlich gibt es einen.« Greeley lächelte schwach.

»Jedenfalls fand ich, dass ich mich ganz gut schlage. Ich habe den Job und eine Freundin und alles.«

»Was alles?«

»Alles, was man angeblich haben soll.«

Greeley seufzte. »Herzlichen Glückwunsch. Und wie funktioniert das bisher?«

»Nicht besonders gut.« Jonathan war bedrückt, ohne recht zu wissen, warum.

»Mhm.« Greeley aß ihr/sein Sandwich auf und bedeutete dem Kellner mit einem Nicken, die Rechnung zu bringen.

Jonathan überlegte, wie Sex mit Greeley wohl wäre. Nicht dass Sex mit Greeley auf der Speisekarte gestanden hätte, aber er sehnte sich danach, von dieser vollendet gelassenen Aura umfangen zu werden.

»Ich wünschte, du würdest das alles für mich klären, anstatt mich zum Essen zu schleppen und mir lauter unmögliche Fragen zu stellen.«

Greeley lachte leise.

»Nein, wirklich. Das ist mein Ernst.«

»Tut mir leid, aber das ist deine Aufgabe, Jonathan.«

Noch eine Aufgabe, die ich hasse und fürchte, dachte Jonathan. Perfekt.

17

Jonathan wollte Julie davon überzeugen, dass er sie über alles liebte – doch dazu musste er während ihres romantischen Wochenendes zu seinem großen Bedauern die Hunde loswerden. Max konnte er nicht bitten, auf sie aufzupassen. Oder vielleicht doch, aber er hatte keine Lust, ihm zu erklären, dass er mit Julie wegfuhr. Er war schon oft an dem hippen neuen Hundehotel in seinem Viertel vorbeigegangen, an diesem Samstagmorgen jedoch biss er die Zähne zusammen und ging hinein. Fideaux Suites stand in schnörkeliger Goldschrift auf der Glastür.

Der Portier stellte sich Jonathan vor (»Hi, ich bin Darren und versorge Ihre Hunde stellvertretend mit familiärer Zuwendung, während Sie verreist sind«) und sagte dann während der folgenden Führung kaum noch ein Wort zu ihm.

»Wir bieten drei verschiedene Unterbringungsniveaus an – von einfach bis fünf Sterne, je nachdem, wie lieb Daddy dich hat.« Darren lächelte Sissy liebenswürdig an.

»Gehen wir davon aus, dass Daddy dich sehr lieb hat«, sagte er mit übertriebenem Enthusiasmus zu Dante, der übermäßige Vertraulichkeiten hasste, und öffnete die Tür zu einem Zimmer, das fast zweimal so groß war wie Jonathans Schlafzimmer, komplett mit Flachbildfernseher, Doppelbett, Nachttischen, Lampen und einem flauschigen kleinen Schaffellteppich.

Jonathan konnte es kaum fassen. »Heilige Scheiße. Darf ich auch hier wohnen?«

»Nein.« Darren strich über die ordentlich gefaltete Kaschmirdecke am Fußende des Bettes. »Natürlich haben wir einen 24-Stunden-Service, falls ihr beiden spätabends noch naschen möchtet.« Sissy schaute sich im Zimmer um und wedelte mit dem Schwanz, dann blickte sie kurz zu Jonathan, um zu sehen, ob sie auf das Bett durfte.

Wie funktionierte der Zimmerservice wohl?, überlegte Jonathan. Bellten die Gäste ihre Wünsche durchs Telefon?

»Ihr könnt euren eigenen Sender wählen, aber wir stellen immer wieder fest, dass viele unserer Gäste Animal Planet bevorzugen.«

Jonathan kicherte, worauf Darren ihn böse ansah.

»Du wirst Freunde fürs Leben finden«, wandte Darren sich vertraulich an Sissy. Und sie schien ihn wirklich zu mögen. Aber wozu brauchten Hunde Nachttischlampen? Und was gehörte noch dazu? Eine Minibar? Yoga? Warmsteinmassage?

Von den Gästezimmern führte Darren sie über einen gedämpft beleuchteten Flur ins Zwischengeschoss. Dort schob er eine Glastür auf.

»Das ist die Küche, hier kreiert unser Chefkoch auf jegliche Ernährungs- und Geschmackswünsche zugeschnittene Mahlzeiten«, fuhr Darren fort und reichte Jonathan eine Speisekarte. Sie enthielt gedünsteten Fisch, Lammbraten, gegrilltes Rind plus eine vegetarische Variante. Gab es so was wie vegetarische Hunde?

Mit den Unmengen an Edelstahl, der neuesten Hightech-Ausstattung, makellosen Arbeitsplätzen, Messern, die mehr kosteten, als Jonathan im Monat verdiente, sowie einem gigantischen Herd hätte die Küche gut in eins von New Yorks besseren kulinarischen Etablissements gepasst. Berge von frischem Fisch und Filetstücken warteten darauf, unter dem aufmerksamen Blick des Souschefs gegrillt oder gedünstet zu werden. Der mürrische Chefkoch in der Ecke kam Jonathan vage bekannt vor. Er erinnerte sich dunkel daran, von einem in Ungnade gefallenen Michelin-Koch gelesen zu haben, der eine Stelle in einem »ähnlichen Bereich« suchte.

Nach der Küche führte Darren sie in den Keller und durch eine schwere Tür in einen dampfigen Vorraum, der nach Chlor roch. »Und das«, sagte er mit einer leichten Verbeugung und einer schwungvollen Geste, »ist das Gesundheits- und Fitnesszentrum.« Darren beugte sich nah zu Jonathan. »Jeder Gast erhält ein auf ihn zugeschnittenes Programm, um seine oder ihre Fähigkeiten zu maximieren.«

Dante erstarrte beim Anblick der Hunde auf Laufbändern, jeder mit einem Trainer im Jogginganzug, auf dem das goldene Fideaux-Logo prangte. Sissy wirkte verwirrt. »Das ist noch nicht alles«, sagte Darren und platzte fast vor Stolz. Er führte die kleine Gruppe zu einem Fenster mit Blick auf den Infinity Pool.

»Er ist nur dreißig Zentimeter tief, und für Dackel gibt es ein flaches Ende, damit niemand ertrinkt. Sehen Sie nur, wie viel Spaß sie haben!« Darren strahlte und faltete die Hände. Es ließ sich nur schwer abstreiten, dass die Hunde Spaß hatten.

Jonathan wünschte, er und Julie könnten in einem Hotel mit Fitnessstudio, Spielzimmern, einem auf sie zugeschnittenen Speiseplan und einem Infinity Pool wohnen. Er wünschte, er könnte sich das leisten. Er wünschte auch, dass alle auf der Welt genug zu essen, sauberes Wasser und sanitäre Anlagen hätten, dass irgendwann Frieden auf der Welt herrschen würde, dass Kinder in Dritte-Welt-Ländern Schulbildung bekämen, dass Polarbären genug Eis hätten und dass empfindungsfähige Tiere wie Schweine und Kühe nicht geschlachtet würden, um als Nahrung zu dienen. Bisher war ihm nie in den Sinn gekommen, dass man sich einen Inifinity Pool für Hunde wünschen könnte. Trotzdem. Es war nicht das erste Mal, dass das Leben in New York solche Widersprüche aufwarf.

Zurück an der Rezeption, erkundigte sich Darren, ob die Hunde eine eigene E-Mail-Adresse hätten, und schien verstimmt zu sein, dass er sie über ihren Halter kontaktieren müsste.

»Jeder Gast erhält automatisch eine sechsmonatige Mitgliedschaft bei Privileged Pets. Wir erstellen ein Hotelprofil«, meinte Darren, »dann bekommen die Hunde von Privileged Pets eine Karte und eine Tüte mit Lebersnacks zum Geburtstag.« Dantes Augen schwenkten in Jonathans Richtung.

An ihrem Geburtstag, dachte Jonathan, sind sie viel zu sehr damit beschäftigt, Servietten zu Schwänen zu falten, Profiteroles zu backen und Reise nach Jerusalem zu spielen.

Als sie zu dritt aus der ruhigen, sanft erhellten Lobby in das grelle Licht der Park Avenue traten, betrachtete Jonathan seine Hunde. »Das Hotel ist gestrichen«, sagte er. »Für den Preis könnten wir alle im George V in Paris wohnen.« Bei dem Gedanken an das George V schnellten Dantes Ohren hoch, während Sissy Jonathan treuherzig ansah. Solange wir nur bei dir sind, sagte ihr Blick.

Jonathan zog die Hunde zur Seite, um einer jungen Frau Platz zu machen, die mit einem großen braun gefleckten Hund auf die Hoteltür zusteuerte.

»Entschuldigen Sie«, rief er. »Es tut mir leid, aber Sie dürfen mit Ihrem Hund da nicht rein.«

Als die Frau sich umdrehte, erkannte er entsetzt Dr. Clare.

»Nanu«, sagte sie und bemerkte die Hunde zuerst. »Was macht ihr denn hier?«

Im richtigen Leben sah Dr. Clare anders aus. Ihr Haar war unordentlicher, und sie trug dunkle, knöchellange Jeans und klobige Stiefel. Sie war groß, über einen Meter achtzig, und sah aus, als wäre sie eben aus dem Bett gefallen: kein Make-up, kein Schmuck, keine Handtasche, nur ein großer, braun gesprenkelter Hund an einer grünen Lederleine. Sie sah Jonathan an und lächelte. Es war nicht ihr professionelles Lächeln; es war breiter, herzlicher.

Sissy und Dante begrüßten sie stürmisch. »Hallo, ihr zwei«, sagte sie und kniete sich auf den Gehsteig, um sie zu streicheln.

Als sie wieder aufstand, streckte er ihr die Hand entgegen. »Hallo, Dr. Clare.«

Sie ergriff seine Hand, ohne zu zögern. Jonathan mochte sie nur ungern loslassen; ihr Händedruck war warm und fest.

»Warum kann ich da nicht reingehen?«, fragte sie. »Ist es geschlossen?«

»Nein, nicht geschlossen. Aber moralisch falsch.«

Sie sah ihn fragend an. »Angeblich soll es hervorragend sein. Waren Ihre Hunde schon dort?«

Er dachte kurz nach. »Ich will nicht anmaßend sein. Vielleicht gefällt es Ihnen ja, keine Ahnung.« Er neigte den Kopf und musterte sie. »Aber ich glaube, eher nicht.«

»Ich möchte wegfahren. Mit meinem Freund.« Sie trat einen Schritt zurück. »Alle sagen, das sei das beste Hundehotel in der Stadt. Er dachte, es ist bestimmt gut.«

»Kommt drauf an, was er mit gut meint«, sagte Jonathan. »Wenn er mit gut das Ende der Zivilisation meint, wie wir sie kennen, dann ist es durchaus gut. Wenn er mit gut etwas meint, das einem große Angst um die Zukunft der Menschheit macht, dann ist es sogar hervorragend. Wenn er aber etwas Anständiges, Normales und Vernünftiges meint, dann fürchte ich, nein. Nein, es ist ganz und gar nicht gut.«

Dr. Clare sah einen Moment lang verwirrt aus. Dann hoben sich ihre Mundwinkel ein klein wenig, und sie sah ihn an.

Er spürte eine prickelnde Freude, und weil sie den Bann nicht brechen wollten, standen sie etwas zu lange so da.

Schließlich wandte sie den Blick ab und unterdrückte

ein Lächeln. »Nun, wo ich schon mal hier bin, überzeuge ich mich lieber selbst. Aber danke, dass Sie mich gewarnt haben.« Sie verstummte. »Sie waren schon länger nicht mehr bei uns. Nicht dass ich mich beschwere. Ich hoffe, das heißt, alle sind gesund?«

»Sie sind zufriedener«, sagte Jonathan. »Ich schätze, das ist gut.«

»Brave Hunde«, sagte sie und lächelte ihnen zu. »Freut mich sehr, das zu hören.«

Jonathan spürte Freude in sich aufsteigen. »Und das ist?«

»Wilma«, sagte sie. »Wie bei den Feuersteins.«

»Freut mich, dich kennenzulernen, Wilma.«

Als sie ihren Namen hörte, stürzte sich Wilma begeistert auf Jonathan und brachte Dr. Clare aus dem Gleichgewicht. Jonathan packte sie am Arm, Sissy bellte, und Dante zerrte in die entgegengesetzte Richtung. Einen Moment lang gerieten Hunde und Menschen gefährlich ins Wanken und fanden erst in letzter Sekunde wieder den Neunzig-Grad-Winkel zum Boden. Wilma hechelte. Jonathan hielt noch immer Dr. Clares Arm.

»Alles in Ordnung?«

Sie lächelte leicht verwirrt. »Meine Hündin ist stärker, als sie aussieht.«

»Eigentlich sieht sie sehr stark aus.« Er ließ ihren Arm los.

Sie standen da, ohne sich wirklich anzusehen, wollten sich jedoch beide nicht so recht trennen. Ihre Augen, die ihm bisher nicht sonderlich aufgefallen waren, waren groß, braun und lebhaft; sie erinnerten ihn an Sissys.

Hatte sie gesagt, dass sie mit ihrem Freund wegfahren wollte? Warum hatten alle einen Freund? Und warum lächelten ihn alle attraktiven Frauen in New York ausgerechnet dann an, wenn er heiraten wollte?

»Ich heirate bald«, platzte er heraus.

»Herzlichen Glückwunsch«, sagte sie. »Wie schön.«

»Eigentlich nicht«, meinte Jonathan.

Sie sah ihn entsetzt an.

»Das ist eine lange Geschichte.«

Dr. Clare hustete verlegen. »Ich fürchte, ich muss jetzt los.«

»Ich habe Sie gewarnt«, sagte Jonathan und zeigte auf das Hotel. Er beobachtete, wie sie durch die Tür verschwand, und fühlte sich etwas ernüchtert, als hätte er gerade einen entscheidenden Augenblick verpasst.

Auch Dante beobachtete die Szene mit nachdenklichem Blick.

18

Julie nahm ein Werbegeschenk von einem Bed & Breakfast in Südvermont an, das in der Hochzeitsbranche Fuß fassen wollte und Hunde im Haus erlaubte. Als Gegenleistung musste sie nur ein paar Absätze darüber für den *Bridal-360*-Blog schreiben. Finanziell gesehen war es die perfekte Lösung, denn eigentlich hatten sie beide nicht das Geld für ein langes Wochenende auf Sanibel.

Es dauerte nicht lange, bis Julie sich in ihrer Vorstellung neu erfand, als jemanden, der in regelmäßigen Abständen nach Vermont flüchtete. *Ach, tut mir leid, dieses Jahr verbringen wir Weihnachten in Vermont.* Oder: *Ich kann nicht fassen, dass ihr noch nicht bei uns in Vermont wart!* Oder: *Wie ärgerlich, jedes Mal vergesse ich irgendwas in Vermont.* Vermont-Julie hatte ein Haus voller antiker Kommoden, verwitterter alter Tankstellenschilder und Traktorteilen als Buchstützen. Vermont-Julie sammelte antike Steppdecken und gehäkelte Plaids, die irgendeine Ururgroßmutter im schrecklichen Winter 1915-16 in mühevoller Kleinarbeit hergestellt hatte. Vermont-Julies ungewöhnliche Wetterfahne war ein beliebtes Gesprächsthema, während ihr Sauerteigbrot am Kamin aufging. Vermont-Julie band sich teure Kaschmirpullover (online gekauft) lässig um die Schultern.

Als sie am Freitagnachmittag losfuhren, war Vermont-Julie wegen der Passagiere auf der Rückbank nur leicht gereizt. Kurz vor dem Abendessen kamen sie an. Zur Begrüßung gab es eine Flasche Wein, eine Schale Wasser für die Hunde und ein loderndes Kaminfeuer im gemeinsamen Wohnzimmer. Die Besitzer des B&B, ein pensionierter Investmentbanker und sein Ehemann, machten Dante und Sissy mit ihren gelben Labradors Sunny und Sally bekannt und schlugen einen Spaziergang vor dem Abendessen vor, um den Sonnenuntergang und die Ruhe zu genießen. Die Hunde freuten sich, nach der langen Fahrt draußen im Wald zu sein. Sogar Dante vergaß vorübergehend seine Würde und jagte Schatten und Eichhörnchen.

Jonathan legte den Arm um Julie, die ihren Kopf an seine Schulter lehnte. Sie schien ausnahmsweise richtig glücklich zu sein. Beim Abendessen bestellten sie Wild und Ente mit Babykarotten, Spinat und Bratkartoffeln, teilten sich dazu eine Flasche kalifornischen Pinot Noir und aßen zum Nachtisch Panna cotta mit Feigen.

»Zum Glück gefällt es mir«, flüsterte Julie, als sie ausgestreckt unter hochwertiger Baumwollbettwäsche und silbrigen Seidensteppdecken lagen. »Es ist ein Albtraum, wenn etwas Kostenloses schrecklich ist.« Vor dem Schlafengehen tippte sie eine begeisterte Kritik für TripAdvisor, stellte das B&B in den *Bridal-360*-Blog und postete Bilder auf Pinterest und Tumblr. Ihr Bericht würde dem B&B helfen, das war ihr klar, und zwar zu Recht, denn eine romantischere Hochzeitslocation war kaum vorstellbar. Sie überlegte, ob sie es Lorenza empfehlen sollte, aber ihrer Artdirektorin würde es hier vermutlich nicht gefallen, denn das WLAN war wacklig, und es gab nur Vollmilch; außerdem gab es im Umkreis von fünfhundert Kilometern kein Designerschuhgeschäft. Auster und Phil (die das Haus mit Phils Abfindung von der Investmentbank Bear Stearns gekauft hatten) saßen mit Julie in der Küche und erzählten von ihrem Traum, Hochzeitsarrangements für schwule Männer und ihre Hunde anzubieten, und Julie versprach, Leser auf die Webseite und das Videotagebuch der beiden zu verweisen.

»Es ist eine Nische«, erklärte Julie Jonathan, »aber eine Nische mit Markt.«

Nach dem Frühstück mit hausgelegten verlorenen Eiern, hausgemachtem Toast, selbstgebackenen Blueberry Muffins, selbstgeräuchertem Schinken und frisch gemahlenem Kaffee brachen sie in einen Nachbarort auf, wo ein Flohmarkt stattfand, der auf Schnickschnack aus New England spezialisiert war (Gießkannen, alte Fotos, Modeschmuck, Bücher und Vintage-Möbel). Jonathan entdeckte eine silberne Gliederkette aus den 1950ern für Julie, obwohl Julie ihm zu sagen versuchte, dass sie sie nicht brauche.

Die Frau, die sie verkaufen wollte, wirkte aufrichtig verblüfft. »Brauchen? Natürlich brauchen Sie sie nicht, Schätzchen. Den brauchen Sie auch nicht«, sagte sie und zeigte auf Jonathan, »aber er macht Sie glücklich.«

Doch genau das war die Frage, und sowohl Julie als auch Jonathan waren so verlegen, dass sie einander nicht ansehen konnten. Jonathan, der sich zum Handeln gezwungen fühlte, um nicht als Bauerntrampel dazustehen, fragte die Frau, ob sich beim Preis etwas machen ließe.

»Klar kann ich Ihnen einen günstigeren Preis machen«, antwortete die Frau mit leerem Blick. »Wenn es Sie nicht stört, dass Sie damit meinen Kindern das Essen aus dem Mund stehlen.«

Jonathan lächelte peinlich berührt und zahlte den Preis, der auf dem Etikett stand, während Julie so tat, als hätte sie die Unterhaltung nicht gehört. Aber der Kauf war für beide ruiniert. Julie trug die Kette zwar den ganzen Tag, zupfte aber unbewusst daran herum und fuhr ständig nervös mit dem Daumen an ihr entlang.

Jonathan durchstöberte die Sachen auf den Flohmarkttischen. Besaßen die meisten Leute nicht schon genügend Ramsch? Mussten sie auch noch Dinge kaufen, die andere nicht haben wollten? Er fand es falsch, Geld für die Patina von Fast-Antiquitäten auszugeben, nur um anzudeuten, dass man alte Verwandte mit wertvollen Habseligkeiten hatte. Doch er sagte nichts, was Julie den Spaß daran verderben könnte, mit Hunderten anderen von Tisch zu Tisch zu wandern und das schwer Fassbare zu suchen, das ihr Leben verschönern würde.

Die Hunde entdeckten das Leben dicht über dem Boden und fanden das eine oder andere weggeworfene Stück Kuchen oder ein unbewachtes Sandwich. Für sie war das Landleben mit den langen Spaziergängen und Stöberaktionen zu schön, um wahr zu sein.

Jonathan war froh, dass sich ihr Wochenende nicht zum Albtraum entwickelte, dass Julie die Hunde nicht verabscheute und dass ihr Ausflug nur wenig gekostet hatte. Hin und wieder blinzelte er und versuchte, sich vorzustellen, wie er jedes Jahr zurückkehrte, um bei Auster und Phil ein Wochenende mit Blaubeermuffins und Flohmarktbesuchen zu verbringen, doch es war ein anderer Jonathan, der an seiner Stelle zurückkehrte, ein abwesendes, mittelaltes Produkt seiner verschrobenen Phantasie. Dieser Jonathan ähnelte in nichts dem gegenwärtigen, eine grobe Zeichnung auf einer Zaubertafel, unnatürlich und kurzlebig und durch die kleinste Erschütterung des Lebens mühelos auszulöschen.

Julie verlieh ihm Profil. Er war ihr Freund. Ihr Verlobter. Ihre Herausforderung. Wenn er neben ihr stand, wurden seine Konturen scharf, auch wenn der Mensch neben ihr meistens nicht er war.

Er betrachtete die Hunde. Bei ihnen war er der Jonathan, der gern durch die Stadt bummelte, der ihnen nicht verbot, Hotdogs aus dem Rinnstein zu fressen, der sich um sie sorgte, um sie kümmerte und sie liebte. War eine Beziehung zu Hunden das Beste, was er vom Leben erwarten durfte? Er kam sich schon treulos vor, wenn er nur dachte, dass dergleichen eine Einschränkung sein könnte. Von Hunden geliebt zu werden, nun, das war schön. Nicht so schön vielleicht, wie von einem Menschen geliebt zu werden, aber trotzdem.

Überall auf dem Flohmarktgelände liefen Männer und Frauen mit ihren Hunden herum, redeten mit ihnen, hielten sie fest, rückten Hundemäntel und -pullover zurecht und fragten nach ihrer Meinung zu hoffnungslosem Ramsch. Und nicht ein Hund machte ein verächtliches Gesicht, drehte sich weg und murmelte: »Wenn du mich fragst, ist das eine gottverdammte Geldverschwendung.«

Wer würde da nicht Hunde vorziehen?

Julie rief nach ihm; er sollte eine braun-orangefarben glasierte Vase begutachten, die besonders hässlich war. »Solche Keramiken sind durchaus sammelnswert«, flüsterte sie ihm ins Ohr, und es gelang ihm, ein fast Sissyähnlich begeistertes Gesicht aufzusetzen. Sammelnswert? Wow! Dann nimm sie, sagte seine Miene, doch als er den Preis sah, wandte er sich ab. Zweihundert Dollar für etwas Hässliches zu verlangen machte es nicht schöner, oder? Verwandelte der Preis die Vase in Julies Augen in etwas Kostbares?

»Was meinst du, Jonathan? Soll ich sie kaufen?« Ihre Augen funkelten, und er merkte genau, dass sie die Vase aus unerfindlichen Gründen haben wollte. Unbedingt haben wollte. Er hätte sie glücklich machen und sagen können: Ja! Sie ist toll! Du wirst sie lieben! Ich kaufe sie dir!

Doch das tat er nicht.

Julie seufzte und stellte sie zurück.

Den Rest des Wochenendes verbrachten sie mit gutem Essen und langen Spaziergängen in wunderschöner Landschaft. Sie verabschiedeten sich von Phil und Auster wie von alten Freunden, mit Einladungen für künftige Weihnachtsfeste und dem Versprechen, Bilder von den Hunden auszutauschen und für alle Zeit großzügige Ferienrabatte zu erhalten.

Auf der Rückfahrt nach New York wirkte Julie nachdenklich.

»Was ist?«, fragte Jonathan, und sie erwiderte: »Ich wünschte, ich hätte die Vase gekauft.«

Er hatte keine Ahnung, was er darauf antworten sollte, deshalb sagte er gar nichts.

19

Das Treffen mit Lorenza war für Dienstagnachmittag um sechs angesetzt.

Jonathan kam um Viertel vor sechs mit den Hunden. Er hatte den ganzen Tag Kaffee getrunken und zitterte merklich. Julie begrüßte ihn am Empfang.

»Alles okay?«

»Bestens«, sagte er und küsste sie. Dante und Sissy saßen höflich neben ihm.

Julie zögerte. »Was machen wir mit ihnen?«

»Ich dachte, du drehst vielleicht eine Runde mit ihnen, solange das Gespräch dauert.« Insgeheim dachte er, dass zehn Minuten doch reichlich Zeit wären, um die Hochzeit ein für alle Mal zu besprechen.

»Sie will mit uns beiden reden. Um die Dynamik herauszufinden. Du weißt schon, ein Gefühl für unsere Beziehung entwickeln.«

Jonathan erschrak. Er war sich nicht sicher, ob ihre Beziehung Lorenzas Gefühlsfindungsprozess standhalten würde. Er sah etwas vor sich, das aus einer Höhle hervorkam wie Smaug und sie alle zu Asche verbrannte.

Je länger er darüber nachdachte, umso mehr sehnte er sich danach, dass die Beerdigung vorbei war.

»Hast du eben Beerdigung gesagt?«

»Nein.« Jonathan wirkte verdutzt. »Warum sagst du ständig Beerdigung?«

»Ich bin nicht diejenige, die ständig Beerdigung sagt.«

»Ich auch nicht. Könnten wir also bitte damit aufhören?«

Julie seufzte. »Komm jetzt mit zu Lorenza.«

»Freut mich«, sagte Lorenza, als Julie sie einander vorstellte. Sie reichte ihm schlaff die Hand und musterte ihn von oben bis unten wie ein Computertomograph. Dann verzog sie das Gesicht. Das fehlende Verbindungsstück bestätigte ihre schlimmsten Befürchtungen.

Sie setzten sich, und Jonathan starrte Lorenza an. Sie sah aus, als käme sie direkt aus einem Schwarzweißkopierer. Sie hatte schwarzes Haar und helle Haut, trug ein schwarzes Jackett über einem weißen Herrenfrackhemd, schwarze Halbschuhe ohne Socken und eine gerade geschnittene schwarze Hose. Ihr Haarschnitt war streng geometrisch, ihre schwarzen Augenbrauen perfekt gewölbt. Sie trug anthrazitfarbenen Nagellack und schwärzlich roten Lippenstift.

»Sie sind also die Artdirektorin«, sagte Jonathan. »Wer hätte das gedacht?«

Lorenza sah erst Jonathan und dann Julie an. »Schöne Hunde. Wollt ihr sie bei der Zeremonie dabeihaben?«

Jonathan sah Julie plötzlich in einem schlichten weißen Leinenkleid vor sich, unter dem eine Spitzenhose hervorlugte, in der Hand einen mit einer rosa Schleife geschmückten langen Hirtenstab. Dante trieb auf einer hellgrünen Wiese Grüppchen von niedlichen Lämmern zu den Buchstaben »JA, ICH WILL« zusammen. Eine Kinderreim-Hochzeit, in der es eigentlich keine Rolle für ihn gab, doch das störte ihn nicht. Er würde dann später zur After-Show-Party kommen.

»Jonathan.« Julie sprach seinen Namen wie eine deutliche Warnung aus.

»Die Hunde.« Jonathan riss sich zusammen. »Was meinst du, Julie?«

»Keine Hunde.«

Die Hunde blickten zu ihr auf – Sissy fassungslos, Dante mit undurchdringlich leerem Blick.

»Meinetwegen.« Er verzog das Gesicht zu einer Mischung aus Interesse und Besorgnis, fürchtete jedoch, er könnte versehentlich grotesk grinsen. In letzter Zeit hatte er vergessen, wie man ein normale Miene macht.

Julie ignorierte ihn und lächelte Lorenza liebenswürdig an. »Vielleicht verrätst du uns einfach deine Vision.«

Lorenza blickte sinnierend zur Decke und dann wieder nach unten. Sie holte tief Luft und atmete aus, als rauchte sie eine unsichtbare Zigarette, starrte ins Nichts, legte einen langen Unterarm auf den Tisch und ergriff das Wort.

»Ich sehe kunstvolle Cocktails in frischen Frühlingsfarben«, sagte sie. »Minzgrün, Pfirsichgelb und Veilchenblau. Taupe für die Brautjungfern, mit Schneeglöckchen und weißem Flieder. Ein Gefühl von Frühlingserwachen, Erde und frischen Schösslingen.«

Julie beugte sich auf ihrem Stuhl vor. »Wow.«

Jonathan starrte zum Fenster hinaus und versuchte hektisch, eine normale Antwort zu formulieren. Was war Taupe überhaupt?

»Und das Brautkleid?«

Lorenza hielt inne. Sie wandte sich ab und überlegte ziemlich lange. »Seladon«, sagte sie schließlich und schlug eine mit einem Stoffbändchen markierte Seite in einem großen Bildband auf. »Seidenjersey, nach diesem Modell von 1961 für Jackie Kennedy. Ein Klassiker von Oleg Cassini.« Sie verstummte und musterte Julie. »Nicht jeder könnte das tragen, aber bei deinem Teint …« Sie verzog den Mund zu einer wohlwollenden Schnute.

Julie hob verzückt die Hände an die Wangen. »Seladon! Oh!«

Ihr Tonfall verkündete Jonathan, dass etwas Wichtiges geschehen war. »Seladon«, wiederholte er. »Wahnsinn.« Er schaute nervös von Lorenza zu Julie.

Julies Gesicht hatte sich verändert, als würde sie gerade zu einer neuen Religion bekehrt. »Ich glaube, ich verstehe deine Vision. Ich glaube … es verschlägt mir fast den Atem.«

Lorenza sah Jonathan fragend an. Er erwiderte ihren Blick ohne jeden Gedanken.

»Nun«, setzte er an. »Ich denke … ja.« Er hatte keine Ahnung, wozu er Ja sagte.

»Dann hätten wir das also«, sagte Julie triumphierend zu der Artdirektorin. »Uns gefällt deine Vision. Wir sind eins.«

Jonathan war drei. Sissy hatte sich an seinen Stuhl herangeschoben und lag jetzt zusammengerollt darunter, den Kopf auf den Pfoten und mit besorgtem Gesicht. Dante hatte sich ein wenig von dem Geschehen abgewandt, doch die gespitzten Ohren zeigten, dass ihm nichts entging.

Plötzlich war Jonathan unendlich dankbar, dass die Hunde bei ihm waren. Sie waren auf seiner Seite, auch wenn sie im Herzen nicht unbedingt die besten Wünsche für seine Zukunft mit Julie hegten. Er streichelte Dante, der konzentriert zu ihm aufblickte.

»... kein Schwarz. Ein dunkler, gebrannter Schokoton.«

Julie nickte heftig, und Jonathan wurde klar, dass sie über seinen Anzug redeten. Er riss den Blick von Dante los und fragte sich, ob die Schokolade gebrannt würde, während oder bevor er ihn trug. In Gedanken fügte er die Szene der *Jonathan-Datei* hinzu: Er, der Bräutigam, rannte von Flammen ummantelt schreiend durch die Hochzeitsmenge, während aus Ärmeln und Kragen Funken schlugen.

Er war klug genug, das Bild für sich zu behalten.

»Ich muss jetzt los«, sagte er und schob, ohne die Erlaubnis der Frauen abzuwarten, seinen Stuhl zurück und verschwand mit den Hunden. Julie schien es kaum zu bemerken, Lorenza jedoch schüttelte den Kopf, sodass ihr glattes schwarzes Haar wie ein Vorhang hin und her pendelte.

Ungeheuer erleichtert stürzte er aus der Tür. Hatten sie etwa die ganze Luft aus diesem Besprechungszimmer gepumpt? Er war schweißnass und konnte kaum atmen. Von der anderen Straßenseite blinkte ihm das Neonschild einer der ältesten New Yorker Bars entgegen. Abgesehen von einigen abgebrühten Säufern war sie fast leer. Niemand störte sich daran, als er mit den Hunden eintrat.

»Einen doppelten Brandy, bitte«, sagte er und schüttelte den Kopf, nein danke, kein Eis. Er hatte noch nie Brandy getrunken, aber angeblich war es ein beruhigendes Getränk. Und ein doppelter Brandy war bestimmt doppelt beruhigend. Der Brandy kam und war größer als erwartet, aber er kippte ihn hinunter, klopfte auf den Tresen und bestellte noch einen. Er konnte sich nicht erinnern, ob er heute schon etwas gegessen hatte, und seine Gedanken schweiften zu einem schönen, von Clémence gebackenen Croissant. Eine Träne entkam aus einem Auge. Er trank den zweiten Brandy, bestellte einen dritten, trank ihn aus und zahlte. Als er aufstand, um zu gehen, schwankte er wie ein Hulatänzer. Die Hunde erkannten, dass es sich um einen Notfall handelte, und flankierten ihn schützend. In dieser relativ stabilen Dreipunktformation taumelten sie zurück zur Arbeit.

Vielleicht könnte er die Nacht im Büro verbringen, zusammengerollt in der Ecke des Konferenzraums. Vielleicht würden die Hunde ihre bequemen Betten mit ihm teilen. Sein trunkener Zustand wirkte ernüchternd auf sein Denken und ließ ihn erkennen, wie gründlich neben der Spur er war. Es war fast schon komisch, wie schnell ihm alles entglitt. Warum hatte er einen Job, der ihn nach tödlichen Injektionen lechzen ließ? Warum konnte er nicht eine Frau wie Clémence heiraten? Warum war Clémence mit einem anderen verheiratet? Warum war Julie es nicht?

»Greeley? Greeley!« Wenn er je spirituellen Beistand gebraucht hatte, dann jetzt. Er hatte gesehen, wie Greeley beim Ablegen von Eduardos Spesen Qigong-Meditation geübt hatte. Ihm war aufgefallen, dass Greeley beim Führen des Bürotagebuchs makrobiotisches Gemüse verzehrte. Greeley schien irgendeinen Schlüssel zu einem besseren Leben zu haben, und Jonathan brauchte dringend einen Schlüssel. Nicht nur einen Schlüssel. Einen Führer. Einen Ratgeber. Einen Guru. Aber Greeley war nirgends zu finden. Nicht einmal in der Vorratskammer, wo Jonathan länger verweilte als geplant, weil er den Türgriff nicht finden konnte.

Auf allen vieren kroch er zu Eduardos Büro, streckte den Kopf auf Kniehöhe um die Tür. Sein Chef saß allein an seinem massiven stalinesken Schreibtisch und sah sich einen Porno an.

»Hallo, Jonathan«, sagte er freundlich. »Was machst du denn hier? Es ist spät.«

»Aber nicht zu spät?« Eine ungeheure Panikwelle gesellte sich zu dem Wirbeln hinter seinen Augäpfeln. »Ich brauche so viel Hilfe, dass ich gar nicht weiß, wo ich anfangen soll. In allen Lebensbereichen mache ich das Falsche. Ich brauche Greeley. Oder kennst du jemand anders, der so klug ist wie sie? Ich bin verzweifelt, Ed. Und so müde. Ich glaube, ich bin kurz vor einem Nervenzusammenbruch. Übrigens heirate ich immer noch. Willst du die Gehaltserhöhung wiederhaben?«

»Welche Gehaltserhöhung?« Eduardo sah gequält aus. »Ich glaube, es ist nur fair, wenn ich dir sage, dass du's total vermasselst, Jonathan. Ich bin ein Risiko eingegangen und hab dich eingestellt, weil Max meinte, du wärst gut. Aber du bist nicht gut. Du bist im Arsch. Ich fürchte, du musst mächtig zurückrudern, wenn du mein Vertrauen zurückgewinnen willst.« Im Hintergrund stöhnte der Computer. Ungh ... ungh ... ungh ...

Erschöpft und verwirrt vom Brandy legte Jonathan sich hin und schloss die Augen. Das Zimmer drehte sich noch schneller, und aus Angst, er könnte in den Abgrund geschleudert werden, hielt er sich am Boden fest. »Ich möchte, dass du mir wieder vertraust, ehrlich, Ed. Aber ich glaube, im Augenblick bin ich wirklich nicht fähig zu rudern.« Der Berberteppich fühlte sich gut an seiner Wange an. »Verzeih mir.«

Eduardo hatte sich wieder dem Computer zugewandt. »Klar.«

»Ich möchte, dass du mir vertraust. Aber ich hasse es hier. Ich hasse dich. Ich hasse Broadway Depot. Ich kündige.«

Dank des Wunders der Trunkenheit kam die ehrlichste Erklärung seines Lebens wirr und unverständlich heraus.

Eduardo blickte auf den Angestellten zu seinen Füßen und wollte gerade seinerseits eine Erklärung abgeben, als Dante rettend eingriff und Jonathan anstupste, um ihn zum Aufstehen zu bewegen, ehe er die Situation noch verschlimmerte, indem er sich auf den teuren Teppich übergab.

Jonathan hievte sich auf die Knie und kroch langsam zur Tür, Dante an seiner Seite.

»Bis bald«, nuschelte er kaum verständlich.

Sissy, deren Kopf auf Eduardos Schoß lag, setzte ihren treuherzgisten großäugigen Hündchenblick auf, und *Ich darf nicht vergessen, dieses Arschloch rauszuschmeißen,* ging nahtlos über in *Ach, was für ein unglaublich süßer Hund*.

Geführt von seinen treuen Freunden, schaffte es Jonathan zu einem Taxi, kam zu Hause an und fiel vollständig angezogen ins Bett. Julie schrieb ihm eine SMS: Sie hatte Redaktionsschluss und musste wieder mal eine Nachtschicht einlegen.

Julie? Er musste kurz überlegen.

Ach ja. Julie!

Dann war er weg.

20

Im Le Grand Pain war Clémence am nächsten Tag immer noch mit Luc verheiratet.

»Sehen Sie denn nicht, wie sehr ich Sie liebe?« Jonathans Schädel brummte, und er hatte das Gefühl, dass er vielleicht noch vom Vorabend betrunken war.

Clémence sah ihn stirnrunzelnd an. »Sie haben doch eine Freundin. Aber ich kann Ihnen Kaffee geben. Den brauchen Sie im Augenblick viel dringender als Liebe.«

»Stimmt nicht«, sagte er. »Wenn Sie mich lieben würden, würden Sie mir die Stirn mit kühlem Wasser abtupfen, mir Zärtlichkeiten ins Ohr flüstern und den Kaffee umsonst geben.«

Clémence lachte und hob beide Augenbrauen.

»Etwa nicht?«

»Nein.«

»Sind Sie sicher?« Jonathan war schrecklich übel, und er war ein bisschen verzweifelt.

»Ganz sicher. Warum flüstern Sie denn?«

»Ist Jean-Pierre nicht da?«

»Luc ist in Paris.«

»Paris? Dann könnten Sie mich doch küssen. Er sieht es ja nicht.«

Sie drückte ihm einen Kaffee in die Hand und führte

ihn zur Tür. »Wiedersehen, *Cheri*. Trinken Sie nächstes Mal nicht so viel.«

»Aber was ist mit unseren Kindern? Celeste und Raoul? Und der kleinen Alouette? Wie können Sie Ihre eigenen Kinder zurückweisen?«

Clémence verschwand im hinteren Teil des Cafés.

Jonathans Beerdigung war in knapp einem Monat. Er hatte eine bescheidene Gästeliste zusammengestellt, einschließlich seiner unmittelbaren Familie – Vater, Mutter, James –, ein paar übrig gebliebenen Collegefreunden sowie Max und Greeley von der Arbeit. Das war's auch schon. Der Rest der Jubelgemeinde kam von Julie, die nicht nur mehr Freunde und eine größere Familie hatte als Jonathan, sondern auch die gesamte Belegschaft von *Bridal-360* eingeladen hatte, deren Aufgabe es war, an diesem Tag für die Doppelseiten des Magazins jung, sorgenfrei und fotogen auszusehen. James schrieb in einer E-Mail, dass er einen Flug gebucht hatte, dass sein Vertrag in Dubai langsam auslief und er sich schon darauf freute, die Hunde zu übernehmen.

Die Hunde übernehmen? *Seine* Hunde? Jonathan hatte halbwegs vergessen, dass die Hunde James gehörten. In düsteren Augenblicken dachte er zwar mitunter, dass sie einen anderen Halter haben sollten als ihn, einen, der sie jeden Tag in den Wald führte, wo sie Nagetiere aufspüren und Löcher in die Erde buddeln konnten, allerdings war nicht von der Hand zu weisen, dass ihnen das Leben im zweiten Stock recht gut gefiel. Der Gedanke, sein Bruder könnte sie wieder zu sich holen, erfüllte ihn mit Verzweiflung.

Aber wenn sie James nun mit einem Übermaß an Liebe und Erleichterung empfingen und ihm, sobald Jonathan aus dem Zimmer war, ins Ohr flüsterten, dass ihr Ersatzherrchen ein Loser sei und die vergangenen Monate die Hölle gewesen wären? Bei diesem Gedanken hätte er am liebsten geheult. Er hatte sich an ihre durchtriebenen Hundegesichter gewöhnt und konnte sich ein Leben ohne sie nicht mehr vorstellen. Aber er hatte *Die unglaubliche Reise* gelesen. Vielleicht warteten sie nur auf die Gelegenheit, zu türmen und die zehntausendneunhundertneununddreißig Kilometer lange Reise zu ihrem Herrchen anzutreten. Er hatte die schreckliche Vision, wie sie sich nach Dubai schleppten, schlaff und ausgehungert, schließlich ein vierhundert Stockwerk hohes Wohnhaus erreichten und vom Pförtner abgewiesen wurden, weil sie keine Barsois waren.

Tränen liefen ihm übers Gesicht. Die Loyalität des Hundes traf ihn mit unerträglichem Schmerz.

Seine Eltern indes hatten viel Zeit, über seine bevorstehende Hochzeit nachzudenken, und wurden zunehmend unruhig.

»Julie ist schwanger, stimmt's?«, fragte seine Mutter mit gesenkter Stimme, damit es niemand hörte. (Gott?, die CIA?)

»Nein, sie ist nicht schwanger, Ma. Warum denken alle, dass sie schwanger ist? Ich hab's dir doch gesagt – das Ganze ist Teil einer Zeitschriften-Promotion. Unsere Hochzeit wird im Internet per Lifestream übertragen, für Tausende von Leuten.« Aber sie hatte den Hörer bereits an seinen Vater weitergereicht, der sagte: »Ach, Jonathan, ausgerechnet Julie. Ich hoffe wirklich, du weißt, was du tust. Auch wenn du uns für diese Hoffnung bisher nicht viel Grund gegeben hast.« Dann legte er auf, und Jonathan starrte irritiert den Hörer an.

Inzwischen war ohne sein Zutun eine Location ausgewählt worden: Die Hochzeit mit dem Frühlingsfarbenthema sollte im Palmenhaus des Botanischen Gartens in Brooklyn stattfinden. Die Getränkekarte war fertig, die Caterer gebucht. In einem heißen, von Dürre geplagten Land in Afrika wuchsen nordamerikanische Wildblumen in unnatürlichem Tempo, um bald zu einer gefürchteten und von einer Zeitschrift gesponserten Hochzeit um die halbe Welt geflogen zu werden.

Jonathan legte einen Stopp in einem unscheinbaren Café ein (Hunde waren verboten, durften aber draußen unter den Tischen warten) und bestellte einen dringend benötigten zweiten Kaffee und ein Frühstück, das er Stück für Stück an Dante und Sissy verfütterte. »Wir müssen etwas unternehmen, Freunde«, sagte er und stellte fest, dass ihm sein Leben in die Hände eines digitalen PR-Teams entglitt.

Mit konzentrierter Miene dachten die Hunde über sein Schicksal nach. Oder galt die Konzentration dem leeren Teller?

»Ich weiß, es sieht nicht gut aus«, fuhr er fort, »aber vielleicht sollte ich die Hochzeit einfach durchziehen und dann hinterher alles regeln. Ich werde befördert, bekomme eine Gehaltserhöhung, Julie und ich leben glücklich bis ans Ende unserer Tage.« Er seufzte tief. »Wenn ihr doch nur euer Schweigegelübde gegenüber den Menschen brechen und mir sagen könntet, wie ich das Ganze regeln soll.« Sissy legte ihm eine Pfote aufs Knie und sah ihn aufmunternd an. Er seufzte wieder.

»Na, dann kommt. Auf zur Arbeit.« Den Rest des Wegs legte er mit fester Bestimmtheit zurück und setzte gleichmäßig einen Fuß vor den anderen, um sein Verhältnis mit der Schwerkraft nicht zu stören.

Das Erste, was er bei Comrade sah, waren ein Norwegerpullover mit silbernen Knöpfen und ein Kilt. Greeleys Gesicht erschien zum Schluss.

»Ist alles in Ordnung?«

»Ja, gut, bestens. War noch nie besser.« Einen Moment lang stand Jonathan da und versuchte, sein Gleichgewicht zu optimieren und mit dem Schielen aufzuhören. Schließlich flüsterte er: »Dein Outfit gefällt mir. Und weil du schon fragst, um ehrlich zu sein, es ist nichts in Ordnung. Ich hasse mein Leben.«

Greeley sah ihn nachdenklich an.

Vielleicht hatte er zu viel gesagt. Er zwang seine Züge in eine Art Lächeln. »Vergiss es. Alles super. Ich mach mich an die Arbeit.« Auf dem Weg zu seinem Schreibtisch spitzte er die Lippen und sah vor seinem geistigen Auge die sieben Zwerge mit Schaufeln über der Schulter fröhlich pfeifend arbeiten. Aus einem unerfindlichen Grund half ihm dieses Bild.

Am Schreibtisch erwartete ihn eine Mail von Wes an das gesamte Team, in der es hieß, die Geschäftsleitung von Broadway Depot habe die Jahresbilanzsitzung für den folgenden Freitag um 14.00 Uhr anberaumt. Ein solcher Jahresrückblick fand jeden Monat statt und sollte dazu dienen, neue und noch wirksamere Werbestrategien auszutüfteln, was dazu führte, dass in der Agentur Hunderte nicht verrechenbarer Arbeitsstunden aufliefen, in denen man sich neue Kampagnen und noch umfassendere Marktforschung zum Thema Ringmappen und Ablageboxen ausdachte. Jeden Monat versicherte Broadway Depot seine Zufriedenheit mit dem Ideeninput, den Comrade in den elenden, nutzlosen Bericht eingebracht hatte, bevor jeder einzelne kreative Gedanke zugunsten von »Kugelschreiber: 3 für 2!« abgeschmettert wurde.

Eine E-Mail von Louise Crimple folgte der von Wes: *»Bin schon gespannt, was Sie und das Team diesmal ausgeheckt haben, Johnny. Büroklammern Sie Ihre Träume an einen Stern (Sie dürfen diese Zeile gern benutzen!).«*

Jonathan löschte die Mail und legte den Kopf auf den Schreibtisch. Er sah Eduardo vor sich, der ihm einen schleimigen, knochenlosen Arm um die Schultern legte und sagte: »Versuchst du immer noch, im Marketing Fuß zu fassen, Junge?« Im *New York Inferno* war Eduardos Platz im zehnten Höllenkreis, er steckte bis zu den Nasenflügeln in Teer und winkte wild und vergeblich mit einer Hand, während eine muntere Zuschauermenge mit Formaldehyd gestreckten Wein süffelte.

Jonathan richtete sich auf, fuhr sich mit den Händen übers Gesicht und hoffte, es wieder in halbwegs menschliche Form zu bringen. Er nahm sich vor, das Briefing ernst zu nehmen. Das wäre neu und anders. Er würde über die abgelehnten Vorschläge der letzten Monate hinwegsehen und von vorn anfangen, als wäre Broadway Depot ein neuer Kunde mit großem Bedarf an neuen Ideen und neuen Gedanken und kein staubiger Käfig voller Affenroboter im mittleren Management, geleitet von der skurrilen und nervigen Crimplemeisterin. Was würde geschehen (fragte er sich), wenn er, statt das Unvermeidliche zu akzeptieren, seine geballte Intelligenz und Kreativität aufbieten würde, seine gesamte Herzens-, Verstandes- und Seelenkraft, um etwas Wertvolles für seinen Angstgegner zu schaffen?

Er wusste genau, was geschehen würde. Was geschehen würde, würde vom Rauschen einer Toilettenspülung begleitet. Negatives Nichts.

In einem Anflug von merkwürdigem Optimismus begann er zu schreiben.

Gegen Mittag waren seine Kopfschmerzen verschwunden, und er hatte den Anfang eines Comics gezeichnet, einer Mordgeschichte im Büro mit Büroutensilien als Requisiten. Dick wurde mit einem Gelschreiber im Rücken tot aufgefunden (3 für 2: Drei Gelschreiber kaufen, zwei bezahlen. Nur diese Woche!), während Letitias Drehstuhl (20% auf alle Marken-Bürostühle!) außer Reichweite wirbelte, gerade als Benedict sie mit einem Neu! Universalladegerät (nur $89.95) erdrosseln wollte, weil sie ihn mit Sybil betrogen hatte. Alex lauerte in einer Ecke und lud Erpressermaterial herunter, das er laminierte (Laminiermaschine: $259! Nur eine Woche), während Otis und Salena heißen Sex auf dem Kopierer hatten (Abdeckhülle für Kopierer, schützt vor Staub und Schmutz, nur $39.95).

Er zeichnete Seite um Seite, baute Büroklammern und Briefköpfe in einen Plot ein, Computertastaturen und metallene Posteingangskörbe in einen anderen.

Und allmählich, im Laufe des Nachmittags, entwickelte Broadway Depot eine Persönlichkeit. Aus einem beschissenen Billighändler für beschissenen Billigbüromist wurde ein Laden voller Helden und Schurken mit faszinierenden und begehrenswerten Requisiten, die vor Gericht als Beweismittel dienten (Tagesangebot: Spiral-Notizblöcke, fünf für $12).

Jonathan war in Hochstimmung. Er würde den Comic selbst zeichnen. Das wäre nicht teurer als die jetzige Kampagne, könnte aber mit hoher Sichtbarkeit auf kleinen Werbeplätzen im Internet laufen, als Pop-up, Spruchband, auf Werbetafeln, in Lokalzeitungen, überall. Broadway Depot wäre über Nacht ein bekannter Name; die Leute würden danach suchen und sehnsüchtig auf den Ausgang des nächsten Mordversuchs und der nächsten enttäuschten Liebe warten. Dicks Mordwaffe – der BD-eigene Gelschreiber – würde zum Kultobjekt werden, das jeder haben wollte.

Jonathan arbeitete das ganze Wochenende, schrieb, zeichnete, scannte und zog seine Ergüsse auf Tafeln auf, bis er einen beträchtlichen Stapel düster-fesselnde Broadway Depot-Dramen zusammenhatte.

Jeden Abend kam er nach Hause und fiel ins Bett. Julie sah er kaum noch. Sie investierte ihre erstaunliche Energie in den wichtigsten Tag ihres Lebens, der mit der Geschwindigkeit einer Langstreckenrakete nahte. Manchmal wachte er morgens auf und sah sie neben sich liegen, bewusstlos, warm und von maßgemixten Cocktails träumend.

Am Mittwoch zeigte er seine Ideen Wes, der die Bildtafeln betrachtete, während Jonathan ihm den Grundgedanken erklärte. Wes hörte zu, las die Comics, nickte langsam, klopfte ihm dann auf den Rücken und lobte sein großes kreatives Talent. Sissy wedelte doppelt so schnell mit dem Schwanz, und selbst Dante vergaß seinen stoischen Blick.

Wes wollte die Bildtafeln mit Eduardo besprechen, sah dessen Zustimmung jedoch als reine Formsache. Zehn Minuten später kam er mit erhobenem Daumen heraus und grinste Jonathan an, dessen erschöpftes Herz vor Stolz einen Satz machte. Er war ein im Aufstieg begriffener junger Mann, sein Talent unübersehbar, er war bereit, erkannt und belohnt zu werden! Er würde allen zeigen, dass er eine Kraft war, ein Neuerer für die Zukunft. Zum Glück fand die Hochzeit zwei Wochen nach der Broadway-Depot-Präsentation statt, sonst hätte er womöglich nicht daran teilnehmen können.

Während Patterson, der Account-Manager, und Dora, die Leiterin der Marktforschung, für die Präsentation mit Zahlen jonglierten und am Marketingansatz feilten, ließ Jonathan seiner Phantasie freien Lauf. Eine Beförderung, eine dicke Gehaltserhöhung, ein eigener Kunde, eine leitende Position in der Agentur, vielleicht sogar sein Name an der Tür. Comrade Trefoil. Trefoil & Comrade. Trefoil and Sons.

Obwohl er seit Tagen nicht mehr richtig geschlafen hatte, verfügte er über mehr Energie denn je. Jedes Wort kam gestochen scharf aus seinem Mund, er verspürte weder Hunger noch Durst, sein Körper schien von reinem hochoktanigem Adrenalin betrieben zu werden.

Clémence musterte ihn kritisch. »Sie sehen schrecklich aus«, sagte sie.

»Das täuscht. Mir geht es besser denn je. Ich bin scharf wie ein Jedi-Schwert. Wusch-wusch.«

»Wusch-wusch? Okay.« Sie zuckte die Schultern und machte ihm einen Kaffee.

Er kaufte dreißig Croissants und verteilte sie im Büro. Dante verzehrte seines bedächtig. Max schickte Jonathan eine Mail.

VON: max@comrade.com
AN: jonathan@comrade.com
BETREFF: Egal, auf was du bist.
Das Zeug ist toll.

Jonathan antwortete nicht. Da er nichts mehr für die Kampagne tun konnte, schlug Wes ihm vor, einen Tag freizunehmen.

»Du wirkst ein bisschen zitterig«, sagte Wes. »Schlaf dich aus. Am Freitag bei der Präsentation musst du frisch sein.«

Von Bestätigung durchflutet ging er in eine Herrenboutique und kaufte vier überteuerte T-Shirts in lindgrün, colabraun, perlrosa und graubeige, dazu ein kobaltblaues Leinenjackett und eine aus Japan importierte echte Raw-Jeans mit Webkante, deren Preis ihm das Wasser in die Augen trieb. »Und vergessen Sie nicht«, sagte der Verkäufer, »mindestens ein Jahr lang nicht waschen.«

Am Abend bestellte er Pizza mit Ziegenkäse, Artischocken und Kohl (die mochte Julie am liebsten). Die Kampagne, da war er sich sicher, würde Julie zeigen, was für einen Wahnsinnspartner sie heiratete, was für ein lebensstrotzender, tatkräftiger Mann er in Wirklichkeit war.

In der Wohnung trafen sich ihre Blicke. *Ich bin ein richtiger Kerl*, vermittelte er ihr per Telepathie. *Ich brilliere in meinem Job und bin so viril, dass wir auf der Stelle Sex auf dem Tisch haben könnten.*

Für Julie ging das einen Schritt zu weit. Sie vermittelte ihm per Telepathie zurück, dass so etwas nur in Frage käme, wenn in der Hölle Eskimotorten verkauft würden.

Beim Abendessen plapperte er fröhlich über ihre gemeinsame Zukunft. Julie schien über etwas verärgert zu sein, sagte aber nicht, was es war. Ihre Mundwinkel bogen sich nach unten, und seine Geschichte erstarb in Gestammel. Sie wartete, bis er schließlich schwieg.

»Interessiert dich denn gar nicht, wie die Hochzeitsvorbereitungen laufen?«

Die Hochzeit! Jonathan hielt sich entsetzt eine Hand vor den Mund. »Natürlich!«, sagte er. »Natürlich interessiert mich das. Es wird der glücklichste Tag unseres Lebens! Du in Seladon, ich in gebrannter Schokolade! Dürfen wir unser eigenes Gelöbnis schreiben? Ich würde gern eine kurze Rede über den Begriff ›für immer‹ halten, weißt du, aus geologischer Sicht.«

Ihre Miene ließ ihn verstummen.

»Nein?«

Ein kleines Samenkorn des Zweifels hatte sich in ihrem Herzen festgesetzt. Lorenza schätzte ihre Überlebenschancen als Paar sehr gering ein, und auch wenn sie Lorenza nicht unbedingt vertraute, waren null von zehn

Punkten mehr als entmutigend. Aber liebte sie Jonathan nicht trotzdem? Was, wenn nicht Liebe, könnte ihr Gefühl der absoluten Unabwendbarkeit erklären?

»Keine geologischen Themen«, sagte sie. »Keine Fossilien. Keine Verwendung des Worts Beerdigung. Keine Witze. Alles nicht verhandelbar, Jonathan.«

Mit einem Mal empfand Jonathan eine große Leidenschaft für seine künftige Frau. Wenn sie am unerbittlichsten war, liebte er sie am meisten.

»Bist du sicher, dass du mich heiraten willst?« Seine Augen suchten in ihren nach, nun ja, nach was eigentlich?

»Natürlich will ich dich heiraten.«

»Warum?«

»Warum?«

»Ja. Warum willst du mich heiraten?«

Sie schüttelte den Kopf.

»Nein, ich meine es ernst. Du könntest einen Besseren finden. Einen, der organisierter ist, mehr Geld verdient und keine Hunde hat.«

Ihre Augen füllten sich mit Tränen. »Ich will keinen anderen. Ich hab mich an dich gewöhnt.«

Das stimmte. Nach vier Jahren wusste er, wie sie auf bestimmte Dinge reagierte, er kannte ihre Abneigung gegen Chaos, Veränderung und Aufregung. Dort draußen gab es mit Sicherheit jemanden, der besser zu ihr passte als er, aber war das wirklich so wichtig? Wenn dies eine arrangierte Ehe wäre, würden sie sich dann ständig fragen, ob sie füreinander bestimmt waren? Oder würden sie das Beste aus dem Gegebenen machen und einfach weiterleben? Dieser Ansatz schien ziemlich vielversprechend.

Er sah sie an, und wie so oft in der Vergangenheit rührte ihn ihre Verletzlichkeit. Ihre kontrollierte Herangehensweise an das Leben hielt das Chaos in Schach.

»Julie?«

»Ja?«

»Bist du sicher?«

Sie nickte und legte ihm eine Hand auf die Wange. Er küsste sie, und in diesem Augenblick war sie alles, was er im Leben brauchte, alles, was er am meisten liebte und fürchtete.

Wie gut, dass sie darüber geredet hatten. Es ging ihnen beiden besser.

Ihre Beerdigung würde phantastisch werden.

21

Am Morgen der großen Broadway Depot-Präsentation wachte Dante mit einem Husten auf. Schwankend stand er da, die Nase knapp über dem Boden, die Augen wässrig. Ein besorgter Jonathan drehte mit beiden Hunden eine Runde um den Block, doch schon an der Ecke blieb Dante stehen und hustete nur noch. Es klang schrecklich, ein raues Röcheln, das beim bloßen Hören schmerzte. Jonathan wickelte ihn in seine Jacke, hob ihn hoch, winkte ein Taxi und fuhr geradewegs zur Tierarztpraxis.

Dr. Clare rief ihn herein. »Das klingt gar nicht gut.«

»So hustet er schon den ganzen Morgen. Vielleicht ist es die Vogelgrippe.«

»Braver Junge«, sagte sie zu Dante. »Können Sie ihn bitte auf den Tisch heben?«

Jonathan hob den Hund hoch. »Glauben Sie, er ist in Ordnung?« Die Vorstellung, Dante könnte etwas Schlimmes haben – Krebs, Herzleiden, eine neurologische Störung –, war unerträglich. Schlagartig wurde ihm bewusst, wie sehr er inzwischen auf die Hunde angewiesen war. »Könnte es Staupe sein? Verläuft die nicht meistens tödlich?« Ihm war zum Heulen zumute.

»Staupe hat er nicht. Dagegen ist er geimpft.« Dr. Clare stülpte sich eine Stirnlampe über. »Können Sie ihn mal kurz halten? Das wird ihm nicht sehr gefallen.« Vorsichtig packte sie seinen Ober- und Unterkiefer. »Komm, Süßer«, murmelte sie, »mach mal weit auf.«

Dante wollte nicht weit aufmachen. Auf dem Boden winselte Sissy mitfühlend.

»Sie glauben doch nicht, dass ich sozusagen stellvertretend am Münchhausen-Syndrom leide, oder?«

»Nein, das glaube ich nicht. Braver Hund.« Dr. Clare hatte Dantes Schnauze geöffnet und spähte in seinen Rachen. »Hmm.« Sie ließ mit einer Hand los und drückte auf den Knopf der Sprechanlage. »Iris? Ich brauche mal Hilfe.« Dante wand sich, und als Iris eintrat, ließ sie ihn los.

»Sie halten ihm die Schnauze auf, Iris«, sagte Dr. Clare, »und Sie, Jonathan, halten ihn fest. Wenn es schnell geht, muss er nicht sediert werden.«

Als alle Hände am Hund waren, nahm Dr. Clare eine Pinzette und steckte sie Dante in den Hals. Gleich darauf zog sie sie wieder heraus, und zwar mit einer großen, gummibeschichteten knallrosa Büroklammer von Broadway Depot. Dante würgte einmal, setzte sich auf den Tisch und sah sich gelassen im Zimmer um.

»Was für ein tapferer Junge«, sagte Dr. Clare und zauste ihm die Ohren.

Jonathan war entsetzt. Eine Büroklammer von Broadway Depot?

Dr. Clare hielt den Missetäter mit der Pinzettenspitze fest. »Das war's«, sagte sie. »Fieses Ding.«

Jonathan schüttelte den Kopf. »Diese Schweine«, stieß er hervor. »Nicht mal vor meinem Hund machen sie Halt.«

Die Tierärztin blinzelte. »Jonathan? Wer sind *sie?* Oder spricht jetzt schon der Fernseher zu Ihnen?«

»Nein, Dr. Clare. So verrückt bin ich nicht, noch nicht, allerdings ist das vermutlich nur eine Frage der Zeit.« Er sah sie an. »Sie verstehen das nicht. Sie, die wie eine Heilige Verwundete wiederherstellen und umsorgen. Ein Mensch mit Ihren Eigenschaften kann nicht verstehen, wie es ist, auf der dunklen Seite zu leben.«

Sie runzelte die Stirn. »Ist alles in Ordnung mit Ihnen, Jonathan? Sie wirken ein bisschen ...«

»Aufgelöst?« Jonathan nickte. »Ich weiß.« Er sah sie kurz an. »Ich bin so dankbar, dass Sie meinem Hund das Leben gerettet haben. Sie sind ein Lichtschimmer in der großen Dunkelheit des Universums.« Er drückte Dante an sich und umarmte dann nach kurzem Zögern Dr. Clare. Es war ein schönes Gefühl. Ein sicheres. Mehr schön als sicher.

Nach einer angemessenen Zeitspanne machte sie sich behutsam los. »Jonathan?«

Er fuhr sich mit der Hand über die Augen. »Danke, Dr. Clare. Danke für Ihre Freundlichkeit.«

»Jonathan? Haben Sie schon mal daran gedacht, eine Auszeit zu nehmen?«

»Keine Sorge. Es ist nicht so schlimm, wie es aussieht. Mir ist alles nur einen Tick zu ...« Er wackelte mit den Händen in der Luft und machte Stielaugen. »Aber Sie sind keine Psychiaterin, und ich bin kein Hund, wir sind also in einer Sackgasse gelandet.«

Iris schaute von einem zum anderen. »Bin ich hier fertig?«

»Ja. Danke, Iris.« Dr. Clare öffnete ihr die Tür.

Jonathan merkte, dass ihre Zeit sich dem Ende näherte, und bemühte sich, das Thema zu wechseln. »Sie haben mir nicht erzählt, wie Sie das Fideaux Hotel fanden.«

»Es war grässlich. Ich wollte nur schnell wieder weg.« Sie lächelte ihn so besorgt an, dass er sich am liebsten auf einer Wiese neben sie gelegt und ihre warme, feste Hand gehalten hätte. Er bewunderte ihr medizinisches Geschick, ihr kurzes Haar, ihren Akzent, ihr Gesicht, ihre Berufswahl, ihre auffallend großen Füße. Er wusste, dass manche Leute sich aufgrund solcher Dinge verliebten. Es war ein Klischee. Das Florence-Nightingale-Syndrom. Ein reales Syndrom.

»Und was machen Sie jetzt mit Wilma, wenn Sie mit Ihrem Freund verreisen?«

Ihr Lächeln erlosch. »Im Augenblick verreisen wir nirgendwohin.«

Er musterte sie eindringlich, und sie wandte sich mit verkniffenem Mund ab.

Hieß das, ihre Beziehung steckte in der Krise? Er hätte sie gern gefragt, aber er heiratete schon bald, und unter den gegebenen Umständen fand er die Frage unangebracht. Eine attraktive Tierärztin zu fragen, warum sie so traurig aussah, gehörte zu den Dingen, die jetzt, da er Julie heiratete, nicht mehr erlaubt waren, und wenngleich Dr. Clare sich weder an einer Beziehung zu ihm interessiert zeigte noch in keiner Weise single war, deprimierte ihn dieser Gedanke.

»Tja, ich geh jetzt lieber. Tausend Dank, dass Sie sich so gut um meine Hunde kümmern. Ich hoffe … ich hoffe, wir sehen uns bald wieder«, sagte er und merkte sofort, dass das nicht die passende Art war, sich nach einem Notfall von einer Tierärztin zu verabschieden. Er machte keine Anstalten zu gehen.

»Dr. Clare?«

»Ja?«

»Mögen Sie Ihren Job?«

Sie sah ihn verblüfft an. »Ja, natürlich.«

»Mögen Sie ihn wirklich gern?«

Sie nickte. »Ich wollte immer Tierärztin werden. Schon seit ich fünf war.«

»Und, hat es sich gelohnt?«

»Was gelohnt?«

»Die viele harte Arbeit. Und jetzt das Leben in New York. Die Enten zurückzulassen.«

Sie lächelte. »Und die Fischreiher?«

»Und die Fischreiher! Ja! Hat es sich gelohnt, das alles aufzugeben?«

Sie nickte wieder. »Ja«, sagte sie. »Es hat sich gelohnt.«

»Dann können Sie sich glücklich schätzen.«

»Ich weiß.«

»Und ich auch«, sagte er. »Ich meine, weil ich Sie kenne.«

Ich möchte dich wieder umarmen, dachte er. Ich möchte mein Gesicht an deinen Hals schmiegen, aber ich bin mir ziemlich sicher, das ist nicht erlaubt.

Dann lag ihre Hand auf seinem Arm, ihr Gesicht war ganz nah an seinem. »Jonathan«, flüsterte sie. Er schloss die Augen ein wenig, legte den Kopf zurück, und sie beugte sich vor, ihr Atem war warm, und sie streifte mit ihren Lippen die seinen.

»Jonathan?«

Er öffnete die Augen. Sie stand auf der anderen Seite des Zimmers und sah ihn etwas verwirrt an. Er versuchte, den Augenblick festzuhalten, doch es gelang ihm nicht.

Sie schloss die Tür hinter ihm.

Es war kurz nach neun, als sie Le Grand Pain erreichten und Clémence ihm seinen Kaffee reichte, wie er ihn mochte. Luc erschien aus dem hinteren Teil des Cafés (schon so schnell von Paris gelangweilt?), redete in einem Schwall kaum hörbaren Französischs auf seine Frau ein, dann küsste er sie auf die Lippen. Jonathan kam sich vor, als wäre er unsichtbar.

Sie geben ein schönes Paar ab, dachte er verdrossen. Er musste zugeben, dass Clémence' Kinder mit Luc genauso schön wären wie Celeste, Raoul und Alouette. Er hasste die Vorstellung, die Sprösslinge zweier Väter in Konkurrenz miteinander zu sehen, und funkelte Luc böse an, der das nicht bemerkte.

Alle Frauen, die er mochte, liebten andere Männer. Außer Julie natürlich.

In der Agentur war der Konferenzraum mit Broadway Depot-Produkten dekoriert. Jonathans Kampagne hing aufgereiht an den Wänden und war mit Transparenzpapier verdeckt, das mit dramatischem Effekt entfernt werden würde. Er trug sein neues blaues Leinenjackett, das lindgrüne T-Shirt und die japanische Jeans; er sah, wenn man ihn gefragt hätte, unglaublich hip aus.

Im Lauf der vergangenen achtundvierzig Stunden hatte er nicht viel gegessen. Schon seit Tagen fehlte ihm jeglicher Appetit. Mit dem Schlafen verhielt es sich nicht viel besser, doch er stellte erfreut fest, dass er sich umso wacher fühlte, je dünner und hungriger er wurde. *Wusch.*

Am Morgen versammelte sich das gesamte Team für einen Probelauf: Jonathan und Wes, Eduardo als Geschäftsführer, Greeley als offizielle/r Zeuge/in, der Buchhalter Patterson und die Marktforscherin Dora sowie Dante und Sissy als Hiwis. Wes bestand darauf, dass sie jede Kleinigkeit durchspielten, bis alles wie am Schnürchen lief. Gegen Mittag war es so weit.

»Gut gemacht, Leute«, sagte er. »Wir sehen uns um drei.«

Um fünf vor drei marschierte das Broadway Depot-Team ein, angeführt von Louise Crimple, die zu Jonathan trat, ihm die Hand auf den Arm legte und ihm ins Ohr flüsterte: »Zeigen Sie mir das Paradies, Sie verrückter Idiot.« Jonathan blickte erschrocken auf, doch sie zwinkerte ihm lediglich zu und hüpfte zur Kaffeebar davon. Bei Kaffee und Macadamia-Brownies mit weißer Schokolade wurden Höflichkeiten ausgetauscht, und wie es aussah, fühlte sich das BD-Team bei diesem erneuten monatlichen Jahresmeeting wohl. Jedes Mal, wenn Jonathan Louise ansah, zog sie die Nase kraus wie ein Karnickel. Er fing an zu hyperventilieren.

»Na schön«, sagte Wes. »Natürlich erzählen alle Agenturen ihren Kunden, dass jede neue Kampagne einen großen Durchbruch verspricht, und vermutlich sind Sie es ebenso leid, solche Versprechen zu hören, wie wir es sind, sie zu geben. Doch in diesem Fall, in *diesem* Fall, meine Damen und Herren, wäre es untertrieben, wenn ich Ihre neue Kampagne nicht als Geniestreich bezeichnen würde.« Jonathan fragte sich, ob er wirklich ein Genie war. Und wenn ja, warum arbeitete er dann für Ed?

Dora erhob sich als Erste und betäubte den Raum mit einer so atemberaubend banalen PowerPoint-Präsentation, dass Jonathan große Lust hatte, aus Protest sein Nervensystem abzuschalten.

Bleib am Leben, bleib am Leben! Sein Puls war schwach und unstet; noch fünf Minuten, und alle Anwesenden würden einen Herzstillstand erleiden. Ihm gegenüber war Wes' letzter Gedanke, bevor seine Großhirnrinde Feierabend machte, dass er unbedingt Zahnpasta kaufen musste. Louise Crimple war bereits mit ihrem dritten Brownie halb fertig und schien nicht zuzuhören.

Patterson übernahm den Staffelstab und zerrte alle von der Schwelle des Untergangs fort. Broadway Depot, so erklärte er, brauche einen Startbeschleuniger, wenn die Firma beim Wiedereintritt in die überhitzte Bürobedarfsatmosphäre nicht verglühen wolle.

Jonathan, dem langsam merkwürdig heiß wurde, war ziemlich beeindruckt von Pattersons Fähigkeit, eine Metapher weit über ihre natürliche Lebensspanne hinaus in die Länge zu ziehen.

»Aber hier ist der Mann, den Sie wirklich hören wollen. Das Genie hinter Ihrer neuen Kampagne, Jonathan Trefoil.«

Er war ein Genie. Ganz bestimmt. Alle sagten es immer wieder.

Langsam stand Jonathan auf. Warum war es so heiß in diesem Raum? Er sah Louise an, die seinen Blick unangenehm lange erwiderte, dann kam er jäh zum Stillstand und schien zu vergessen, weshalb er im Konferenzraum war oder überhaupt auf dem Planeten Erde. Er lächelte verzückt und fing an, »Daisy, Daisy, give me your answer do« zu summen.

Wes warf Greeley einen nervösen Blick zu, doch sie/er starrte ausdruckslos geradeaus.

Im allerletzten Moment ergriff Jonathan das Wort. Seine Kollegen schnappten hörbar nach Luft, als er Louise Crimple unverwandt in die Augen sah und ihr deutlich sagte, wie nervtötend es sei, für ihre Firma zu arbeiten. Er erklärte ihr liebevoll und behutsam, dass es Tage gab, da ihm das ewige Nichts wünschenswerter schien als die Arbeit für Broadway Depot.

»Nichts für ungut, Louise«, sagte er und lächelte sie an. Sie lächelte zurück.

Gemurmel ging durch den Raum. Dante kippte ein Ohr in Richtung seines Herrchens. Mit seinem außergewöhnlich guten Gehör konnte er in der Ferne eine Lawine donnern hören.

Wes wies bedeutungsschwanger auf die Blätter an der Wand, worauf Jonathan mit der quälenden Langsamkeit einer in den New Yorker Hafen einlaufenden *Queen Mary* den Kurs änderte. Endlich fing er an, die Idee hinter seiner neuen Kampagne zu erläutern. Er war überzeugend, wortgewandt, es lief gut; er trug seine Ausführungen mit charmanter Bestimmtheit vor, bis er schließlich mit dramatischer Geste das Transparenzpapier von der ersten Geschichte riss. Angeführt von einer lippenzitternden Louise Crimple erhob sich das BD-Team und näherte sich dem Werk. Jonathan beobachtete ihre Gesichter; seine

Augen leuchteten unnatürlich hell, sein Gesicht glühte. Als sie fertig waren, riss er das Papier vom nächsten Comic. Und vom übernächsten. Das Team sah ratsuchend zu Louise. Wie reagieren?

Louise sagte nichts. Mit zusammengekniffenen Augen betrachtete sie die Comics, ihr Gesicht eine Maske tiefer, unnachgiebiger Leere.

Dann wandte sie sich an Jonathan.

»Wow«, sagte sie. Und dann: »Spitzenmäßig.«

Und sofort folgten dankbares Lächeln, anerkennendes Glucksen und immer mehr halblaute »Wow«, »Spitzenmäßig« und »Wow, spitzenmäßig!«

Schließlich bedeutete Jonathan allen, sich zu setzen. »Bevor Sie mir offiziell antworten, möchte ich gern ein paar Worte über den Nutzen dieser Kampagne für Ihr Unternehmen an Sie richten.«

Nunmehr völlig Herr der Lage, hielt er inne, bis absolute Ruhe herrschte und alle Blicke auf ihn gerichtet waren. Er lächelte Louise strahlend an, die auf ihren Stuhl sank, als könnte sie gleich in Ohnmacht fallen. Und dann begann er.

»Von ganzem Herzen hat das Leben alles Leid der Zitrone geschenkt«, setzte er dramatisch an. »Einst schlief ein Frettchen in der Goldgrube.«

Das Lächeln auf den Gesichtern der Kunden verblasste etwas.

Jonathan ging zur nächsten Werbetafel. »Freunde genießen Fleisch. Zu viele Ellbogenstöße.« Er sah sich im Raum um und schätzte die Reaktion ab. Sie entsprach nicht ganz dem, was er sich erhofft hatte. Waren seine

Werbeideen letztlich doch nicht gut? War er am Ende kein wahres Genie?

Er ackerte weiter. »Vergrößert Hektik die Lunge? Zustimmung, mein Herr, berauschende Ballonkunststücke. Beratung erfordert Schlafzimmeroffenheit.«

Sie starrten ihn mit offenem Mund an. Hatte er eben Schlafzimmeroffenheit gesagt?

»Mutter befriedigt Immobilienkamel.« O Gott. Er hörte sich jetzt selbst. Was er sagte, war reiner Zufallstext. Im Kopf bildete er normale, zusammenhängende Sätze, aber sie kamen völlig falsch heraus.

Verzweifelt fuhr er fort. »Diese Werbetafeln ...« Schon besser! »Diese Werbetafeln liefern kannibalistischen Stumpfsinn für Ponyzwilling.« Kannibalistischen Stumpfsinn für Ponyzwilling? Was bedeutete das? »Neues Blattwerk und Glücksfinger. Der vereinzelte Bohnenbaum im Flirt mit einer fernen Eule. Platschklatsch, helle Freude.«

Er verstummte und bereitete seinen letzten Trumpf vor.

»Rattenstern. Ponton. Gefühllose Technikfeindlichkeit.« Und schließlich: »Amen.«

Unter erstarrtem Schweigen nahm er wieder Platz.

Greeley stand auf, ging ruhig zu Jonathan und legte ihm eine Hand auf den Arm. »Machen wir fünf Minuten Pause.« Sie/er nahm ihn am Arm, nickte den verwirrten Kunden beruhigend zu und führte ihren Schützling in Wes' Büro, schloss die Tür und setzte ihn auf einen Stuhl.

»Halt den Kopf zwischen die Knie. So ist es gut. Und schön atmen.«

Durch die Glaswand sahen sie, wie Wes die offenbar schluchzende Louise Crimple aus dem Konferenzraum führte.

Jonathan atmete tief ein und aus, doch es half nichts. In seinem Kopf ergaben die Worte einen Sinn, als er jedoch den Mund öffnete, um Greeley zu versichern, dass alles in Ordnung sei, sagte er: »Bleistift des Verderbens.«

Wes wählte den Notruf und winkte Max durch die Glastür. »Einen Krankenwagen bitte«, sagte er und nannte die Adresse.

Max kam besorgt herein. »Hey, Jay. Was ist los?« Er legte seinem Freund die Hand auf die Schulter, und Jonathan hob den Kopf.

»Zyklopen«, sagte er.

Max sah Greeley an, der/die ein ernstes Gesicht machte.

Hatte er gerade einen Schlaganfall? Sissys Kopf lag auf seinem Schoß, Dante stand neben ihm. Es dauerte zehn Minuten, bis der Krankenwagen kam. Die Sanitäter maßen seinen Blutdruck, erkundigten sich nach Schmerzquellen und früheren Beschwerden einschließlich Diabetes und Schlaganfall, leuchteten ihm mit einer Stablampe in die Pupillen und steckten ihm eine Nadel in den Arm. Die Frage nach seinem Namen und dem Datum beantwortete er mit: »Cribbage-Alarm? Ananas-Trübsal.«

Die Sanitäter wechselten einen Blick, als sie ihn auf eine Rolltrage hoben. »Keine Schläge auf den Kopf in den letzten achtundvierzig Stunden?«

»Keine, von denen wir wüssten«, antwortete Greeley.

»Schwer zu sagen, was genau los ist«, meinte der andere Sanitäter zu Wes, als sie Jonathan zur Tür hinausrollten. »Wir behandeln ihn auf Hirntrauma und machen ein paar Untersuchungen. Können Sie die Hunde festhalten?«

Die Hunde wollten nicht festgehalten werden. Sissy stimmte ein furchterregendes Geheul an, während Dante die Sanitäter hektisch umzuleiten versuchte. Max schloss sie im Vorratsraum ein.

»Waldhörner!«, schrie Jonathan und versuchte, sich von der Trage zu erheben.

»Mach dir keine Sorgen um die Hunde, Jay. Ich pass auf sie auf. Halt durch, Kumpel.«

Die Sanitäter rollten ihn in den Fahrstuhl und verschwanden.

Im Konferenzraum hatte sich, mit Ausnahme von Louise, niemand gerührt oder ein Wort gesagt. Es war einfacher, aufzustehen und durch die Tür zu verschwinden. Es war einfacher, und deshalb taten alle genau das. Wes und Greeley blieben zurück, ohne sich anzusehen. Eduardos perfekt gebräuntes Gesicht war aschgrau geworden. Er ging in sein Büro und schloss die Tür.

Jonathan fühlte sich schläfrig, noch ehe der Krankenwagen beschleunigte, und als er fragen wollte, was da vor sich ginge, brachte er nur heraus: »Länglicher Fischprinz.« Der nette junge Sanitäter versicherte ihm, er brauche nicht zu sprechen und befinde sich nicht in unmittelbarer Gefahr. Zum ersten Mal seit Tagen fiel er in tiefen Schlaf.

22

Jonathan träumte von einer hochgewachsenen Ärztin, die reizend lächelte. Sie sagte, sie habe schon Hunderte von Patienten kastriert, und er solle sich keine Sorgen machen. Schwitzend und orientierungslos wachte er auf und stellte (nach diskretem Tasten) erleichtert fest, dass er noch alle relevanten Körperteile besaß, dann dämmerte er wieder ein und wachte einige Zeit später in gestärkter weißer Krankenhausbettwäsche auf. Felix der Kater schaute auf ihn herab. Er blinzelte.

»Jonathan?«, sagte Felix.

Er starrte in das Gesicht mit diesen irren schwarzweißen Augen und dem gigantischen Grinsen, das wie ein »U« von einem Ohr zum anderen reichte.

»Wie geht es dir?«

Die Stimme war Julies, doch das Gesicht gehörte eindeutig Felix. Jonathan war verwirrt. »Rosa Papierbaum.«

Felix runzelte die Stirn. »Sei still. Die Ärzte sagen, du sollst dich nicht anstrengen. Ruh dich einfach aus, ich bleibe bei dir.«

»Limpopo Föhn?«

»Mach die Augen zu und schlaf jetzt.«

Mit einem Mal stieg Panik in ihm auf, und er versuchte, sich aufzusetzen. »Zugpferde!«

»Keine Angst, Max hat die Hunde nach Hause gebracht. Ich kümmere mich um sie.«

Er sank zurück und ergab sich erneut der Bewusstlosigkeit.

Als er wieder aufwachte, unterhielt sich Wilma der Hund mit Felix. Jonathan schloss einen Moment lang die Augen.

Als er sie wieder öffnete, stand ein junger Arzt in grünem OP-Kittel an seinem Bett und studierte sein Krankenblatt. »Hallo, Jonathan. Ich bin Dr. Devi. Sie hatten ja einen aufregenden Tag.«

Er sah den Arzt an. Dr. Devi hatte langes schwarzes Fell und Knopfaugen.

»Verstehen Sie, was ich sage?«

Jonathan nickte.

»Wie fühlen Sie sich jetzt?«

»Ghetto«, antwortete Jonathan und spähte aus den Augenwinkeln zu dem Arzt, dessen Ohren offenbar aus Filz waren.

»Keine Schmerzen, kein Kopfweh, kein Kribbeln in den Fingern?«

Jonathan schüttelte den Kopf.

»Der Arme ist völlig verwirrt«, sagte Julie.

»Hören Sie komische Geräusche? Stimmen, Rauschen, Klingeln in den Ohren?«

Wieder schüttelte er den Kopf, während Dr. Devi sich Notizen machte. Jonathan hob die Hand und konnte nur mühsam dem Drang widerstehen, dem Arzt über das weiche Fell zu streichen.

»Keine Kopfverletzung in letzter Zeit?«

»Nein«, sagte Julie.

»Gibt es psychische Erkrankungen in der Vorgeschichte?«

Julie blickte zu Boden.

»Schizophrenie, bipolar, affektive Störungen, Manie, Paranoia?«

Jonathan schüttelte entschieden den Kopf.

»Irgendetwas anderes, das ich wissen sollte?«

Jonathan wusste nicht, wie er Dr. Devi erklären sollte, dass fast alle um ihn herum sich in Zeichentrickfiguren verwandelt hatten und der Arzt ein Stofftier war.

»Cattoons«, sagte er. »Weichenfickliguren.«

Die beiden sahen ihn verständnislos an.

»Weichenfickliguren! Fallwinkel!« Verzweifelt ballte er die Hände zu Fäusten. »Nicky raus!«

Julie zuckte die Schultern.

Dr. Devi warf ihr einen mitfühlenden Blick zu und machte Notizen auf der Karte. »Der Neurologe hat noch ein paar Scans angeordnet ...« Als er wieder aufblickte, starrte Jonathan ihn merkwürdig durchdringend an.

Ein paar Minuten später, als Dr. Devi vor dem Stationszimmer stand, trat Julie zögernd zu ihm. »Entschuldigen Sie.«

»Hallo.«

»Ich bin Jonathans Verlobte. Eigentlich wollen wir bald heiraten. Glauben Sie, er ist in der ... Na ja, meinen Sie, wir sollten die Hochzeit verschieben?«

»Ah.« Die Frage schien Dr. Devi zu verunsichern. »Was meinen Sie mit bald?«

»Drei Wochen.«

Dr. Devi nickte bedächtig. »Nun. Ich weiß wirklich nicht, was Ihrem Freund fehlt, aber ich glaube, in einem sind wir uns einig: Er ist nicht ganz ... richtig. Das ist der Fachausdruck«, sagte er und lächelte Julie an. »Ich fürchte, im Augenblick kann ich Ihnen keinen sicheren Rat geben, aber ich an Ihrer Stelle? Ich würde mir den Plan gewiss zweimal überlegen.«

»Oh«, stammelte Julie, und ihre Augen füllten sich mit Tränen.

»Vermutlich ist das nicht die Antwort, die Sie hören wollten.« Sie wurden durch seinen Piepser unterbrochen. »Tut mir leid, dass ich nicht weiterhelfen kann.«

Als Jonathan wieder aufwachte, sah er als Erstes Felix. An jeder Hand hatte sie drei große weiße Finger. Jonathan wusste, das konnte nicht sein, aber sosehr er sich auch bemühte, er konnte sie nicht in seine Freundin zurückverwandeln. Ob es ihm gefiel oder nicht, er war mit Felix dem Kater verlobt.

Dann kam noch jemand.

»Hi, Lorenza.« Er hörte Julies Begrüßung. »Es ist nett von dir, dass du kommst.«

»Wie geht es ihm?«

»Er schläft. Immer noch unverändert.«

»Glaubst du, er ist bis zur Hochzeit wieder fit? Wenn nicht, müssen wir uns nach einem Ersatz umsehen.«

»Lorenza, es könnte ein Schlaganfall sein. Oder ein Hirntumor.«

Jonathan konnte ihr Schulterzucken geradezu hören. »Gibt es noch jemanden, den du heiraten könntest? Ich kann das Ganze jetzt nämlich nicht mehr abblasen.«

Ein Hirntumor? Daran hatte er noch nicht gedacht. Aber es war möglich. Gab es einen Tumor, der Menschen in Zeichentrickfiguren verwandelte? Oder Ärzte in Stofftiere? Er öffnete ein Auge. O Gott. Lorenza war Daffy Duck. Wie passend. Keine fröhliche Disney-Figur, nur boshafter Sarkasmus mit einem großen orangeroten Schnabel.

Als Julie sich entschuldigte, um auf die Toilette zu gehen, trat Daffy dicht an sein Bett, beugte sich zu ihm und klapperte ihm mit ihrem grässlichen Schnabel ins Ohr: »Ziemlich raffinierte Art, sich vor einer Hochzeit zu drücken, Jack. Wenn du kalte Füße gekriegt hast, solltest du vielleicht deinen Mut zusammennehmen und Julie sagen, dass es vorbei ist.«

Jonathan schloss die Augen und hielt sich die Ohren zu.

Daffy starrte auf ihn hinab. »Warum nicht? Sie wäre verrückt, wenn sie dich jetzt noch heiraten würde.«

Er kniff die Augen fester zusammen, damit sie ihn nicht mit ihrem großen, furchterregenden Schnabel zu Tode schnatterte. Klack-klack-klack.

Felix kam zurück und setzte sich Daffy gegenüber. Beide beugten sich über ihn.

»Also, Julie. Jetzt mal im Ernst. Hast du keinen auf der B-Liste?« Klackity-klack-klack.

Julie sah sie wütend an. »Ganz ehrlich, Lorenza, nicht mal du kannst doch glauben, dass ich einen Ersatzmann im Ärmel habe.«

Daffy sah nachdenklich aus. »Ich könnte Helen und Ingy fragen. Die machen's vielleicht. Mit ein paar Änderungen würde Ingy der Anzug passen. Lesben ziehen immer viel Publikum an.«

Eigentlich glaubte Jonathan nicht, dass er einen Schlaganfall gehabt hatte. Oder einen Hirntumor. Vermutlich war es etwas Simpleres. Eine Art Systemabsturz. Sein Kopf tat weh. Er wollte seine Ruhe haben, am liebsten für immer.

Er öffnete die Augen, nahm den Stift und kritzelte eine Nachricht an Lorenza. AU HAB.

Sie starrte die Nachricht an und drehte sie zur Seite. Er riss sie ihr aus der Hand.

ZIEH SCHAB, schrieb er. ZIEH SCHAB.

Julie warf einen Blick auf den Zettel. »Ich glaube, er möchte seine Ruhe haben.«

Daffy zuckte die Schultern.

Felix stand auf, küsste ihren Verlobten und versprach, so bald wie möglich zurückzukommen. »Gute Besserung, Jonathan.«

Zieh schab, dachte Jonathan. Auf immer und ewig.

23

Zu Jonathans großer Überraschung signalisierte sein Zusammenbruch einen positiven Wandel in der Beziehung mit Julie alias Felix dem Kater. Sie verbrachte Stunden im Krankenhaus und erwähnte die Hochzeit nicht ein einziges Mal.

Willst du mit dieser Frau den Schund der Ehe schließen? Und ihr die Reue halten, alle Tage ihres Lebens?

Beerenbalsam.

Seine Eltern besuchten ihn als Tom und Jerry verkleidet, und er sah entzückt, wie sie sich gegenseitig durch sein Krankenzimmer jagten. Er war sehr traurig, als sie gehen mussten, aber die Schwester sagte, er habe erhöhte Temperatur und müsse schlafen.

Am nächsten Tag kam Max nach der Arbeit und sah aus wie immer. Jonathan blinzelte. Kein Superman, Spiderman, Elmer Fudd? Hm.

»Wie geht's denn so, Jaybird?«

Jonathan zog eine Grimasse und winkte halbherzig.

»Redest du immer noch komisches Zeug?«

»Orgel.«

»Selber Orgel, Kumpel. Sag einfach nichts. Ich erzähl dir die Highlights. Bei der Arbeit läuft es gut. Das heißt, nicht so richtig. Aber alle finden es super, dass du wegen

Broadway Depot einen Schlaganfall, Zusammenbruch oder was sonst immer hattest. Wir freuen uns natürlich nicht, dass du hier drinliegst, aber die dramatischen Nebeneffekte sind phantastisch. Eduardo verbringt jede wache Stunde unter seinem Schreibtisch und redet mit Anwälten. Er hat Angst, dass du stirbst und er dann wegen fahrlässiger Tötung dran ist. Ich will nicht sagen, dass du sterben sollst, damit die Wetten im Büro eingelöst werden können, aber falls doch, würde ich eine Wahnsinnstrauerfeier für dich schmeißen, versprochen.«

»Patentrezept.«

»Genau. Du stirbst, Eduardo geht pleite, ich gewinne die Bürowette, und alle sind glücklich.«

Eine Weile saßen sie schweigend da. Max rutschte auf seinem Stuhl herum.

»Hör mal, Jay, was ist mit der Hochzeit? Du willst sie doch nicht durchziehen, oder? Vielleicht will dir jemand mit diesem Zungenreden-Quatsch irgendwas sagen. Zum Beispiel, dass du ein Vollidiot bist und das die schlechteste Idee war, die du je hattest. Man soll keinen treten, wenn er am Boden liegt, aber trotzdem.«

Jonathan sah ihn an.

»Metapher, Kumpel: großer glänzender koreanischer Hybrid-SUV mit Wettersensoren und Allradantrieb. Platz für acht, bringt dich mit einer Tankfüllung bis nach Seoul. Sitzheizung, ABS. Das ist Julie. Alles toll. Aber du brauchst ein Fahrrad – das bringt dich überallhin und macht dich unterwegs glücklich. Die Sache ist die – kannst du mir folgen? Du willst wahrscheinlich gar kein Auto. Wenn es regnet, kannst du den Bus nehmen.«

»Ali Baba Forelle.« Jonathan verspürte plötzlich eine tiefe Zuneigung für seinen Freund.

»Du weißt, ich will, dass du glücklich bist. Aber du darfst Julie nicht heiraten. Und im Augenblick hast du eine hieb- und stichfeste Ausrede. Julie ist ... sagen wir mal, ich kenn dich schon ziemlich lange und, ehrlich, ich seh das nicht.«

»Papa Doc Bananenschiff.«

»Klar, okay.« Max zuckte die Schultern. »Niemand schreibt dir vor, was du tun sollst, aber«, er senkte die Stimme, »erst mal verschieben? Abwarten, wie du das Ganze siehst, wenn's dir besser geht?«

»Leipzig.«

»Hör zu, Kumpel.« Er stand auf. »Ich muss jetzt los, aber lass dir die Sache genau durch den Kopf gehen. Ich wollte schon immer einen Deluxe Popcorn Master 5000 haben, ich behalte ihn liebend gern für mich selbst. Oder du kannst ihn haben, auch wenn du nicht heiratest. Egal.«

Jonathan schloss die Augen, und als er sie wieder öffnete, war Max fort.

Drei Tage lang behielt man ihn im Krankenhaus, für Untersuchungen, Tests, Analysen und Befragungen. Seine Symptome waren nicht normal – die Neurologen hatten bisher keinen Patienten gehabt, der Menschen in Zeichentrickfiguren übersetzte. Andere Symptome kamen und gingen, wie etwa die Neigung, Geister atmen zu hören, oder das Unvermögen, die eigenen Hände zu erkennen. Aber seine CTs zeigten nichts Verdächtiges, nichts von allem wies auf ein bekanntes Krankheitsbild hin.

»Normalerweise würden wir Ihre Sprachstörung dahingehend deuten, dass das Verbindungsgewebe zwischen Broca- und Wernicke-Areal im oberen Bereich des Temporallappens, hier«, der Neurologe zeigte auf eine Stelle des Gehirns, die für Jonathan aussah wie Madagaskar, »einen Schaden oder ein Trauma erlitten haben könnte, das zu einer expressiven Aphasie führt. Aber Sie haben nichts von Schlägen auf den Kopf berichtet, und auf den CTs ist nichts zu sehen. Es besteht kein Zweifel, dass bei Ihnen eine Fehlzündung zwischen Denken und Sprechen stattfindet. Die Grammatik scheint relativ intakt zu sein, aber der Inhalt ist beliebig. Manchmal verwenden wir dafür den Begriff ›Wortsalat.‹«

Wortsalat. Hübsch.

Julie meldete sich zaghaft wie ein Kind in der Grundschule. »Hatte er einen Schlaganfall?«

»Der Asciculus arcuatus könnte durch einen Schlaganfall beschädigt werden, aber dafür oder für ein anderes gravierendes Ereignis gibt es keinen Hinweis. Manchmal entdecken wir eine Läsion, aber in diesem Fall finde ich nichts Auffälliges. Das heißt nicht, dass nichts passiert ist, aber aufgrund der geringen Risikofaktoren, die bei Mr Trefoil vorliegen, würde ich vorläufig nicht eingreifen. Wir warten ab und sehen, ob die Symptome verschwinden. In Ihrem Alter«, fügte der Neurologe hinzu und lächelte Jonathan ein wenig erschöpft an, »und ohne klaren klinischen Nachweis ist eine Diagnose reine Spekulation.«

Julies Blick wanderte zwischen dem Arzt und Jonathan hin und her. »Ich will nicht sagen, dass er es erfunden hat oder so, aber könnte das Ganze, Sie wissen schon …«

»Psychosomatisch sein?« Der Arzt zuckte die Schultern. »Ich habe schon Seltsameres gesehen.«

Zu dritt saßen sie schweigend da.

»Was passiert als Nächstes?« Julie umklammerte den Griff ihrer Handtasche so fest, dass ihre Knöchel weiß wurden.

»Er braucht vor allem Ruhe. Ich benachrichtige seinen Arbeitgeber, und wir sehen uns in zwei Wochen wieder. Falls weitere Symptome auftreten, auffällige Symptome, geben Sie uns sofort Bescheid.«

Julie fragte sich, ob es überhaupt noch merkwürdigere Symptome gab als die, die Jonathan zeigte.

Weder Jonathan noch Julie fragten, ob eine expressive Aphasie gegen eine Hochzeit sprach. Jonathan rechnete damit, dass Julie fragen würde, Julie hingegen hoffte, dass sie, indem sie nicht fragte, nichts hören musste, was sie nicht hören wollte. »Absolut keine Hochzeit« wäre vielleicht weniger niederschmetternd als »Kein Grund, nicht zu heiraten«.

Als sie das Wartezimmer verließen, lief ihnen Dr. Devi über den Weg.

»Schwindler«, sagte Jonathan.

Dr. Devi sah ihn ernst an. »Verdreht er immer noch alles?«

Julie nickte.

»Viel Glück mit ... und so weiter«, sagte er und eilte davon.

Vom medizinischen Establishment ausgesetzt, überlegte Jonathan, wie er seinen Lebensunterhalt verdienen sollte. Was, wenn sein Zustand ewig anhalten würde? Wer würde mit einem Mann Sex haben wollen, der das Wort Sex nicht mal aussprechen konnte? *Voulez-vous sauté avec moi?*

Julie brachte ihn nach Hause, wo die Hunde ihn mit wilder Freude begrüßten. Tränen traten ihm in die Augen, und er dachte: *Meine Meute.*

Im Lauf der nächsten Tage kümmerte sich Julie um ihn und die Hunde. Offenbar war sie froh, die Kommunikation auf ein Minimum zu beschränken, bis er wieder normal sprechen könnte, und solange er sich in einem medizinisch abgesegneten Sonderzustand befand, begegnete sie ihm weniger kritisch. Jetzt, da er nicht sprechen konnte, verstanden sie sich besser, und wenn sie im Bett lagen, fühlte er sich ihr näher denn je.

Nach einigen Tagen zu Hause verging Julies Felix-der-Kater-Aussehen, und ihre Züge wurden wieder zunehmend menschlich. Sie sah allerdings immer noch merkwürdig aus, als hätte man durch umfangreiche plastische Chirurgie einer Unbekannten Julie-ähnliche Züge verpasst.

Alles in allem, und trotz der neurologischen Theorie über eine Schädigung des Fasciculus arcuatus, hatte Jonathan das vage Gefühl, dass er eine plötzliche und extrem emotionale Reaktion auf gewisse Aspekte der Welt entwickelt hatte und dass einer dieser Aspekte vielleicht Julie sein könnte.

Er schloss die Augen und träumte von Dr. Clare. Das war überraschend, aber schön.

24

Nach dem akrobatischen Überschwang ihrer Begrüßung tappten Sissy und Dante lautlos wie Schlangen in der Wohnung herum und bewachten ihn abwechselnd.

Seine normale Sprache kehrte nicht zurück.

»Toast oder Eier, Jonathan?«

»Zeppelin.«

Julie brachte ihm Toast, den er eigentlich nicht gewollt hatte, aber er lächelte und hob trotzdem beide Daumen.

»Tark?«

»Die Arbeit? Lief gut. Alle wünschen dir gute Besserung und hoffen, dass du bis zur Hochzeit wieder wohlauf bist.« Sie nahm seine Hand. »Ich will natürlich nicht, dass du aus dem Bett springst, nur damit wir die Ausgabe mit den Mitarbeiter-Hochzeiten durchziehen können, aber wir müssen entscheiden, ob du es schaffst.« Ingy und Helen waren tatsächlich bereit einzuspringen. Ob sie ein Traumpaar waren, darüber ließ sich streiten, aber sie waren durchaus fotogen, standen für gute *Gender Diversity* und passten halbwegs in Kleid und Anzug.

Jonathan schloss die Augen. Sein Bruder würde Sonntag in einer Woche mit dem Flieger ankommen. Seine Eltern am folgenden Tag mit dem Auto. Alle, die er eingeladen hatte, hatten zugesagt. Er musste das durchziehen.

Er rief Max an.
»Hallo?«
»Billigschmuck.«
»Bist du das, Jay?«
»Operation auftauen.«
»Wie geht es dir?«
»Meise.«
»Das ist hart, Kumpel. Kann ich irgendwas tun?«
»Windspiel Freiheit.«
»Hochzeit abgeblasen?«
»Matte Figur.«
Max seufzte. »Tut mir leid, das zu hören, aber du weißt, ich bin für dich da. Ich hoffe, du hast nichts dagegen, aber ich hab deinen Popcorn-Popper benutzt. Nur einmal. Aber heilige Scheiße, das Ding ist toll. Du wirst es lieben.«
»Hutlos.«
»Ach, sei nicht hutlos, Junge. Soll ich vorbeikommen?«
»Teichasyl.«
»Bist du sicher? Ich könnte ein paar Bier und 'ne DVD mitbringen.«
»Kacke im Baum.«
»Na schön, wenn du meinst. Könnte schlimmer sein, weißt du, wenn du zum Beispiel arbeiten müsstest. Ed lässt dich übrigens grüßen. War nur ein Scherz, er hat dich schon völlig vergessen. Bleib stark. Bis später, Alter.«
Jonathan legte auf und fühlte sich etwas besser. Bald würde Julie nach Hause kommen. Sie unterstützte ihn bei der improvisierten verbalen Reha.
»Sag mir nach: Hund.«
»Boudoir.«

»Katze.«

»Glotz.«

Julie machte ein finsteres Gesicht. »Rot.«

Er bemühte sich, wirklich. »Juppidu.«

»Konzentrierst du dich, Jonathan? Platz.«

»Quack-quack-quack!« Mit gerunzelter Stirn, schmalen Augen und verzogenem Mund versuchte er, die Worte zu formen. Selbst Julie musste zugeben, dass er sich anscheinend aufrichtig bemühte. Aber er schaffte es nicht. Manchmal war er sicher, dass das nächste Wort bestimmt genau richtig aus seinem Mund kommen würde, und dann war es doch genau falsch. Juppidu.

»Bastard!«, sagte er, und Tränen der Verzweiflung traten ihm in die Augen.

»O mein Gott, das ist phantastisch!«, sagte Julie und umarmte ihn. »Du hast es geschafft! Weiter so!« Sie nahm einen Apfel aus der Obstschale und hielt ihn hoch.

Jonathan starrte ihn an; Apfel, dachte er, Apfel. Apppfl. »*A ... a ... a ... a-louette!*«

Julie seufzte, legte den Apfel in die Schale zurück und tätschelte ihm den Arm. »Macht nichts. Du hast Bastard gesagt, und ich glaube, das hast du auch gemeint. Für heute war das sehr gut.«

Jonathan übte im Stillen weiter. Er dachte sich ein Wort aus und versuchte es dann leise vor sich hin zu flüstern, doch er war nicht erfolgreicher als bei seinen Stunden mit Julie.

Ja, ich will, wiederholte er immer wieder. Ja, ich will, ich will, ich will.

»Anus«, sagte er.

25

Als Julie am folgenden Tag bei der Arbeit war, stand Greeley plötzlich unangekündigt unten vor der Tür. Jonathan schnellte aus dem Bett, zog ein sauberes Hemd an und spritzte sich kaltes Wasser ins Gesicht. Greeley, die/der Weise! Greeley, der/die Zen-Meister/in! Vielleicht könnte Greeley ihm zu dem dringend benötigten Einblick in sein Missgeschick verhelfen und ihm sagen, wie er weitermachen sollte.

Die Hunde rannten dem Gast entgegen und nahmen ihn in Beschlag, bevor Jonathan sie abfangen konnte. Greeley begrüßte sie gerührt, knautschte ihnen die Ohren und unterhielt sich mit ihnen in einer, wie Jonathan fand, ziemlich fließenden Hundesprache. Als alle schließlich genug hatten, stand Greeley auf und musterte Jonathan.

»Du bist sehr blass. Wie geht es dir?«

Jonathan wollte nicht sprechen, weil er befürchtete, dass das Wortsalat-Ratespiel wieder losgehen könnte, das seine Besucher so erschöpfte und frustrierte. Stattdessen verschwand er in die Küche, holte eine Packung Chai-Teebeutel und zeigte sie ihr fragend.

Greeley lächelte. »Danke.«

Jonathan stellte zwei Becher mit Chai-Tee und eine

Schachtel Zitronenkekse auf ein Schneidebrett und trug es ins Wohnzimmer. Zu zweit saßen sie schweigend da. Greeley sah sich prüfend im Zimmer um.

»Möchte rechen«, sagte Jonathan schließlich.

»Ist schon gut. Du musst nicht reden. Ich wollte mich nur persönlich davon überzeugen, dass du gesund und munter bist.«

Er nickte.

»Wir vermissen dich bei Comrade.«

Jonathan hob eine Augenbraue und fragte sich, wer ihn, abgesehen von Max und Greeley, bei der Arbeit wohl noch vermissen könnte.

»Alles läuft gut, und niemand hat ein Wort über die Broadway Depot-Nummer gehört. Wie nicht anders zu erwarten.«

Jonathan verspürte einen leichten Schock. Er hatte Broadway Depot völlig vergessen.

»Wahrscheinlich hat sie die gute Arbeit verblüfft. Was ja nicht das Schlechteste ist. Wer weiß? Vielleicht werden sie endlich vernünftig.« Greeleys Miene drückte Zweifel aus.

Sie nippten an ihrem Tee.

»Ich nehme an, die Ärzte haben keine Ahnung, wann dein Sprachproblem sich bessern wird?«

Jonathan war dankbar, dass Greeley »wann« sagte. Er schüttelte den Kopf.

»Mach dir keine Sorgen wegen des Jobs. Du bekommst dreizehn Wochen lang sechzig Prozent deines Gehalts, und wenn es länger dauert, finden wir eine andere Lösung. Alle möchten, dass du bald zurückkommst.«

Alle?

Greeley wandte sich ab. »Außer mir.«

Jonathan erstarrte.

»Ich hatte gehofft, dieser Vorfall könnte ein ...« Greeley zögerte. »Ein Katalysator sein.«

Jonathan staunte, dass ein Mensch, der so jung aussah, mit solcher spirituellen Autorität sprechen konnte.

»Ein Warnruf vielleicht.« Greeley sah Jonathan wieder an.

Wie soll ich über meine Zukunft nachdenken, hätte Jonathan gern gesagt, wenn ich nicht mal »komm rauf« in meine Sprechanlage rufen kann?

Er öffnete den Mund, schloss ihn aber gleich wieder.

Greeleys Blick wurde milder. »Ich weiß, es ist nicht leicht für dich. Aber hast du schon mal überlegt, was passiert, wenn du wieder normal sprichst? Was dann? Denk darüber nach, Jonathan. Es ist wichtig.«

Die Kraft in Greeleys Blick schien Jonathan aufrecht zu halten, ihn hochzuheben und ihn voranzutragen. Er nahm ihre Hand, und sie saßen eine Weile schweigend da.

»Worttraum«, sagte er schließlich.

Greeley nickte.

Dann kam Julie nach Hause und tauschte Höflichkeiten über das Büroleben aus mit Greeley, der/die den Tee austrank und sich für die Zitronenkekse bedankte. Die Hochzeit erwähnte niemand.

Als Greeley sich anschickte zu gehen, verspürte Jonathan den überwältigenden Drang, ihr den Weg zu versperren. Stattdessen winkte er nur zum Abschied.

Julie erschien aus der Küche und fragte, ob Greeley ein Mann oder eine Frau sei. »Irgendwie schwer zu sagen«, meinte sie.

Jonathan konnte nur den Kopf schütteln und die Schultern zucken.

»Ich glaube, ein Mann«, sagte Julie.

Und ich glaube, das ist nicht wichtig, dachte Jonathan.

Julie leinte die Hunde an und ging mit ihnen hinaus. Jonathan fand es schön, wie ergeben sie ihr waren, nachdem sie die fürsorgliche Rolle übernommen hatte. Sie spielten nicht mehr jeden Abend das ironische Begrüßungsspiel und bemühten sich sehr, charmant zu sein. Jonathan war dafür überaus dankbar; es verminderte den Stress des Zusammenlebens.

Julie war auf dem Weg zum Hundeauslauf, als Dante sie mit voller Kraft vom Kurs abbrachte.

»Dante, nein!«, rief sie in ihrem strengsten Tonfall.

Er ignorierte sie, zerrte sie die Straße entlang und hielt erst an, als er vor einer hübschen Pointerhündin stand.

»Dante!« Julie versuchte, ihn wegzuziehen. »Ich muss mich für meinen Hund entschuldigen«, sagte sie zu dem Besitzer des Pointers. »Wir wollten zum Auslauf.«

»Wir auch«, erwiderte er. »Ich bin übrigens Mark.«

Gemeinsam schlenderten sie die zwei Blocks entlang und plauderten locker miteinander. Im Auslauf unterhielten sie sich darüber, dass es wärmer wurde, und jetzt sehen Sie bloß, was der für ein Gesicht hat! Dann fragte Mark, was sie beruflich mache, und sie erzählte es ihm, worauf er sagte, er sei Anwalt, und sie erwiderte, das sei ja ein erstaunlicher Zufall, weil sie irgendwann bestimmt mal einen Anwalt bräuchte, worauf sie beide lachten, obwohl das eigentlich nicht besonders lustig war. Sie redeten über das Viertel, das immer teurer wurde, und ob er schon das neue Frühstückscafé kenne, und dann sagte er, er müsse los, weil er mit seiner Freundin zum Abendessen verabredet sei und nicht zu spät kommen wolle, was Julie ein bisschen enttäuschte, eine Regung, die alles andere als logisch war.

Am folgenden Abend fand Dante seine Freundin im Freiauslauf sofort wieder, und Julie wurde schon zu ihr gezerrt, bevor sie ihn ableinen konnte. Mark stand ganz in der Nähe.

»Hallo, da sind Sie ja wieder«, sagte er, während Sissy ihn mit treuherzigem Blick fixierte. Ein unwiderstehlicher Doppelangriff.

Danach wedelten die Hunde jeden Abend um Viertel nach neun mit dem Schwanz, führten Julie eilends aus dem Gebäude und machten den Pointer und Mark ausfindig, der, außer an den Abenden, wenn er mit Mandanten verabredet war, seine festen Zeiten einhielt, wie von einem Anwalt zu erwarten. Zwischen Viertel nach neun und zehn plauderten die beiden Menschen und drei Hunde über dies und jenes und kehrten dann pünktlich zurück, um sich angenehm mit ihren jeweiligen Partnern zu unterhalten oder, in Julies Fall, um die rührenden Kauderwelsch-Ausbrüche ihres Partners falsch zu interpretieren.

Julie, eine Frau von fast zwanghafter praktischer Veranlagung, wehrte sich anfangs gegen ihre Sympathie für Mark, der zwar attraktiv, aber nicht single war. Sie war natürlich auch nicht single. Nach einigen Tagen jedoch genoss sie die Gesellschaft ihres neuen, hundeausführenden Freundes so sehr, dass sie alle Sorgen in den Wind schlug.

»Das sind nicht meine Hunde«, erklärte sie Mark. »Sie gehören dem Bruder von meinem Freund.«

Mark nickte. »Meiner gehört meiner Freundin. Aber wir kümmern uns beide um ihn.«

Auf diese Bemerkung fiel Julie nichts Enthusiastisches ein.

»Ist Ihr Freund nett?« Mark war aufrichtig interessiert.

Julie zögerte kurz, dann erzählte sie ihm alles, was es von Jonathan zu erzählen gab. Sie erzählte von der verstümmelten Sprache und den merkwürdigen Hirngespinsten, den langwierigen, abschweifenden Denkprozessen, die sie als tranceähnlich beschrieb. Und von seiner unpassenden Verwendung des Wortes »Beerdigung«.

»Tja«, sagte Mark, wandte sich ab und sah sie dann von der Seite an. »Hört sich an, als wäre er sehr ... originell.«

Julie seufzte. »So kann man das auch sehen.«

Mark zögerte, als überlege er, ob er fortfahren sollte. »Vielleicht hat er eine Art Zusammenbruch. Stand er in letzter Zeit oft unter Stress?«

Julie legte die Stirn in Falten. »Kennen Sie jemanden in New York, der nicht unter Stress steht? Ich glaube, er mag seinen Job nicht besonders.« Die Hochzeit mochte sie nicht erwähnen. Sie wandten den Blick voneinander ab und konzentrierten sich auf die Hunde. Dante tobte ausgelassen mit Marks Hund herum, während Sissy sich mit einem kleinen Spaniel um einen Ball stritt.

Am folgenden Abend schwieg Julie eine ganze Weile. »Und ... wie ist Ihre Freundin?«

»Sie ist toll. Schön. Richtig klug.«

Julie schrumpfte in sich zusammen.

»Aber irgendwie, ich weiß nicht, verbittert. Sie behauptet, wir sehen uns nie«, fuhr Mark fort. »Sie arbeitet viel. Und ich auch. Ich weiß nicht, was sie erwartet, wie ich das ändern soll. Unsere Zeitpläne überschneiden sich fast nie. Wir hatten seit Monaten keinen Sex.«

Julie horchte auf. »Tatsächlich? Das ist ja furchtbar«, sagte sie. »Sie Ärmster. Was für ein schreckliches Leben. Stellen Sie sich das über Jahre vor. Jahre ohne Sex. Jahre und Jahre. Und Jahre!«

Sie schwiegen wieder. Julie senkte den Blick. »Wir hatten auch schon ewig keinen Sex mehr«, gab sie zu. »Die Hunde sitzen neben dem Bett und starren uns an. Jonathan sagt, ich soll sie ignorieren, aber das kann ich nicht. Und wenn wir sie aussperren, kratzen sie an der Tür und winseln, oder sie starren uns durch die Glasscheibe an.«

Mark bedachte sie mit einem bedauernden Blick.

»Und jetzt natürlich, wo er nicht sprechen kann. Es ist einfach ... merkwürdig.«

Danach sagten beide nicht mehr viel, und sie trennten sich nachdenklich.

Am nächsten Abend trafen sie sich wieder. »Wie läuft es zu Hause?«, fragte Mark.

»Wie immer«, erwiderte sie.

Sie schwiegen eine Weile.

»Wissen Sie ... eigentlich wollen Jonathan und ich bald heiraten.«

»Oh«, sagte Mark. »Eigentlich?«

»Ja.«

»Aber?«

Julie überlegte kurz. »Aber jetzt, ich weiß nicht. Ich bin mir nicht sicher, ob er will. Oder ob ich will.«

Sie beobachteten die Hunde.

»Klingt ziemlich schwierig«, bemerkte Mark.

»Ist es auch«, erwiderte Julie. »Ich meine, wir sind schon so lange zusammen, und die Hochzeit wurde uns von meinem Arbeitgeber angeboten, und, na ja, eigentlich wollte ich schon immer jung heiraten. Ich finde heiraten gut.« Sie lächelte. »Ich weiß, das ist unmodern, aber ich gehöre nicht zu den Leuten, die gern viele Beziehungen haben. Ich will wissen, woran ich bin.«

Mark nickte. »Kann ich gut verstehen. Meine Eltern haben sich im College kennengelernt, und ich dachte immer, dass ich früh heirate.«

»Aber Ihre Freundin?« Julie war mitfühlend und aufmunternd.

Er runzelte die Stirn. »Ich weiß es einfach nicht.«

Die Hunde tobten und jagten sich. Mark und Julie waren sich des jeweils anderen schmerzhaft bewusst.

Mark hüstelte. »Hätten Sie Lust, mal mit mir was trinken zu gehen?« Dann sah er sie ein wenig verstört an. »Ich meine, natürlich nur als Freunde. Schließlich heiraten Sie bald.« Den letzten Teil fügte er hinzu, als könnte sie es vergessen haben.

»Ja«, sagte Julie. »Ja. Als Freunde. Natürlich.«

»Natürlich«, bekräftigte er. »Wir könnten auf Ihre Hochzeit anstoßen.«

»Toll«, sagte sie.

»Toll«, sagte er.

Sie standen dicht nebeneinander und bebten vor Spannung.

»Dann also ein Drink«, sagte Mark, um einen leichten Tonfall bemüht. »Irgendwann, wenn es für uns beide passt?«

Sie nickte, weil sie ihrer Stimme nicht traute.

Nachdem sie beschlossen hatten, irgendwann, wenn es für sie beide passte, auf einen Drink auszugehen, wechselten sie auf dem Nachhauseweg kaum ein Wort.

»Da wären wir.« An der Stelle, wo ihre Wege sich trennten, berührte Mark ihren Arm. »Wir sehen uns morgen.«

»Okay«, sagte sie und trat nicht zurück, als übe sie, mit ihm befreundet zu sein.

Vielleicht erlebte Julie nur dieses voreheliche Nervenflattern, das angeblich so viele in letzter Minute erfasste. Vielleicht liebte sie Jonathan wirklich und würde jeden Moment merken, dass auch sie im Begriff war, vom Weg abzukommen.

Doch irgendwie passierte das nicht. Im Laufe der folgenden Tage wurde das Bild von Mark in ihrem Kopf immer schärfer und der Wunsch, ihn zu sehen, zunehmend dringender. Sie trafen sich jeden Abend, unterhielten sich in ganzen Sätzen und gelangten allmählich zu dem Schluss, dass sie beide der Vision von einer schönen Zukunft nachhingen, einschließlich einer netten Wohnung in Brooklyn, Kindern in Privatschulen und sicheren finanziellen Investitionen. Das verwirrte, quälende und leicht traurige Gefühl, an das Julie sich in Jonathans Nähe gewöhnt hatte, verschwand, wenn sie mit Mark zusammen war.

In der Nacht dachte sie nur an ihn, und er dachte nur an sie. Und das war in Ordnung: Schließlich waren es nur Gedanken. Wenn Jonathan sich im Bett an sie kuschelte, stellte sie sich vor, er wäre Mark; was er natürlich nicht bemerkte, weil er sich seinerseits vorstellte, sie wäre Dr. Clare.

Das ist interessant, sagte Jonathan zu seinem Unterbewusstsein.

Warum?

Na ja, schließlich heirate ich bald.

Tatsächlich?

Tatsächlich.

Das hätte ich jetzt nicht gedacht, sagte sein Unterbewusstsein.

In dieser Nacht schlummerten Dr. Clare und Mark friedlich zusammen, während Julie und Jonathan unruhig schliefen und Geister umarmten. Als sie aufwachten, stellte Jonathan überrascht fest, dass Julie immer noch Dr. Clare war.

Was soll das?, fragte er sein Unterbewusstsein. Wenn du schon alles bestimmst, könntest du zur Abwechslung mal von jemandem phantasieren, der single ist.

Julie ist single, erklärte sein Unterbewusstsein.

Du weißt genau, was ich meine, erwiderte Jonathan.

Ach ja?, fragte sein Unterbewusstsein.

Ich glaube schon.

Gut, sagte Jonathans Unterbewusstsein, und es klang wie ein Schulterzucken.

Gut, sagte Jonathan und verdrehte die Augen.

Danach waren sein Unterbewusstsein und er sich eine Weile entfremdet.

26

Am Freitag kam Julie von der Arbeit zurück, rief Jonathan hallo zu und schlüpfte ins Bad, um ihr Haar glatt zu bürsten, frischen Lippenstift aufzulegen und einen letzten Blick auf sich zu werfen. Die Hunde lagen ruhig in ihren Betten und beobachteten sie.

»Wie geht's dir heute?« Julie küsste Jonathan auf die Stirn.

Er blickte von seiner Zeichnung auf, in der ihn Dante (unerschrockener Border Collie und Naturpoet) durch den ersten Höllenkreis (Vorhölle) führte, wo Touristen in Viererreihen auf dem Gehsteig marschierten, bärtige Architekten aus Brooklyn ihre Jeans hochzogen, um bloße Knöchel zu zeigen, Taxis es schafften, jede rote Ampel zu erwischen und Eltern ihren Kindern Namen wie Horton und Kalliope gaben.

Jonathan nahm Julies Hand und schaute ihr suchend ins Gesicht. Er war niedergeschlagen, machte sich Sorgen um sein Gehirn und seine Zukunft.

Es war nicht, dass er sie mehr (oder weniger) liebte denn je. Aber sie war sein Rettungsanker geworden – energisch, vernünftig, anhänglich, nicht überbesorgt wegen der Ursachen seines Zustands und bereit, mit den Hunden Gassi zu gehen, bis es vorbei wäre. Er fand diese

Haltung so hilfreich, dass er ihre grundlegende Inkompatibilität beinahe nicht als Hindernis für eine erfolgreiche Beziehung betrachtete.

Wozu war eine Frau gut?, fragte er sich. Wofür eine Ehefrau wie Clémence gut war, wusste er. Sie war eine Frau, mit der man im Bett Croissants essen, die Hunde in den Urlaub mitnehmen und lachen könnte, ohne missverstanden zu werden. Aber sie war mit diesem Mistkerl Luc verheiratet. Und eine Frau wie Dr. Clare? Er konnte sie sich nicht recht als Ehefrau vorstellen. Aber manchmal stellte er sie sich in anderen Szenarien vor, und in diesen Szenarien war derjenige, der seine Rolle spielte, immer glücklich.

Natürlich hatte auch sie einen Freund. Einen Mann.

Halt!, sagte er streng zu sich und erinnerte sich an Greeleys Warnung vor Phantasien, die keine Zukunft hatten. Er heiratete Julie, und damit basta. Julie, die eine perfekte Version ihrer selbst war und seinen Versuchen, sich hin und wieder verständlich auszudrücken, viel Geduld entgegenbrachte, und das schon in den Wochen vor seinem willkürlichen Wortgestammel. Das war mehr, als die meisten Frauen vermutlich für ihn tun würden, und dafür war er dankbar. Mittlerweile freute er sich an jedem langen Tag seines Eingekerkertseins auf sie und sah ihre Rückkehr als Erlösung von seinem unsagbar mangelhaften Ich. Er freute sich sogar fast schon auf die Hochzeit und darauf, für immer mit ihr zusammenzuleben.

»Jonathan«, sagte Julie ernst, »wir müssen über die Hochzeit reden.«

Er nickte. Ja, dachte er. Julie war so gut zu mir, ohne

sie wäre ich verloren. Wir werden heiraten, und alles wird gut. Wenn es Probleme gibt, lösen wir sie später. Wichtig ist nur, diesen blöden Schwebezustand zu ändern.

»Gnadenhof«, sagte er.

»Heißt das ja? Bist du sicher? Bist du dir wirklich hundert Prozent sicher, dass es dir gut genug geht?« Julie sah ihn an. Er nickte. »Und dass du auch willst?«

Er nickte wieder.

»Die Sache mit *Bridal-360* ist nämlich unsere freie Entscheidung. Natürlich wäre Lorenza nicht begeistert, wenn wir absagen« – das war die Untertreibung des Jahrhunderts –, »aber wenn wir uns nicht wirklich sicher sind, sollten wir es lassen.«

Jonathan sah sie unverwandt an und ergriff ihre Hände. Dann lächelte er, nickte und sagte: »Regenschirmschlaufe.«

Sie atmete tief durch. »Na schön. Ich rede mit Lorenza. Sie wird sich freuen.« Julie lächelte matt. Neben ein klein wenig Übelkeit verspürte sie auch Erleichterung. Nicht weil sie keine ernsthaften Bedenken hinsichtlich ihrer Zukunft hegte, sondern weil sie die Unterhaltung mit Lorenza mehr fürchtete als ein Leben mit dem falschen Mann.

»Übrigens musst du keine Angst vor dem ›Ich will‹ haben«, fügte Julie hinzu. »Der Trauungsregisseur weiß Bescheid. Du brauchst nur zu nicken.«

Jonathan blinzelte. Trauungsregisseur?

Ich will, dachte er. Ja, ich will.

Julie zählte die Stunden bis zu ihrem abendlichen Rendezvous mit einer Mischung aus Sehnsucht und Angst.

Als es so weit war, konnte sie Dante kaum halten, so zerrte er sie die Straße entlang. Sie kamen fünf Minuten zu früh, und als Mark nicht da war, verließ sie der Mut, und ihr wurde schwer ums Herz, denn plötzlich war sie absolut sicher war, dass ihm klar geworden war, dass seine schöne, kluge Freundin letztlich doch besser zu ihm passte als eine leitende Anzeigenverkäuferin bei *Bridal-360*.

Natürlich spielte das alles keine Rolle. Sie durfte Mark nicht mehr treffen – nicht dass sie sich mit ihm *traf* –, wenn sie Jonathan heiratete. Es war bloß eine Schwärmerei, sie kannte ihn ja kaum. Sie fühlte sich geschmeichelt, weil er sich anscheinend zu ihr hingezogen fühlte. Aber es war nicht real. Durfte nicht sein.

Jonathan war real. Für immer real.

Sie drehte sich um und sah, wie Mark ihr auf dem Gehsteig entgegenrannte. »Sie sind früher gekommen«, sagte er keuchend. »Wollte ich eigentlich auch, aber dann dachte ich in letzter Minute, Sie könnten mich für verzweifelt halten. Und das war ich auch. Bin ich auch. Das heißt, ich musste Sie unbedingt sehen.«

Und dann, genau wie im Film, blieben sie mitten auf dem Gehsteig stehen, ihre Blicke begegneten sich mit unnatürlicher Intensität, und sie küssten sich. Das heißt, sie küssten sich fast. Schließlich durften sie das nicht, nicht in der Öffentlichkeit, und beide mit anderen Partnern und den Hunden als Zeugen; selbst wenn die Hunde es vermutlich nicht verraten würden, war es nicht richtig. Aber die Hunde zogen nicht an den Leinen oder winselten, sie waren kein Hindernis für den Bund zweier sexuell ausgehungerter, etwas prosaischer Seelen, die selbst in den Augen eines Hundes ein perfektes Paar abgeben würden. Und damit gleichzeitig noch ein oder zwei andere Probleme lösen würden.

Julie sah Mark unglücklich an. »Ich heirate bald, Mark.«

Er wirkte erschüttert. »Natürlich, ich weiß. Ich schätze …« Er verstummte und schluckte. »Vielleicht hatte ich gehofft, es wäre nicht wahr.«

In ihren Augen schimmerten unvergossene Tränen.

Er schüttelte den Kopf. »Das Ganze ist so ein Riesenchaos.«

Sie nahm seine Hand, hob sie an den Mund und küsste sie.

»Und wann ist es so weit?«, fragte er ausweichend, darum bemüht, das Bild der Hochzeit zu verdrängen.

»Übermorgen.«

Er verzog das Gesicht, als hätte sie ihm einen Schlag versetzt.

Sie zwang sich, etwas zu sagen. »Das sind nur die üblichen kalten Füße in letzter Minute, Mark. All das hier.« Sie hielt seine Hand noch immer an ihr Gesicht.

Mark sammelte sich. »Natürlich«, sagte er. »Was sonst?«

»Die Hochzeit ist von *Bridal-360* geplant worden, der Zeitschrift, für die ich arbeite. Die Artdirektorin hat alles persönlich arrangiert.« Sie hielt inne und hoffte, er würde lächeln und etwas sagen wie: »Na, dann herzlichen Glückwunsch!« oder: »Nicht, wenn es nach mir ginge!« Doch er sagte nichts von beidem. Und weil er nichts sagte, fuhr sie blindlings fort: »Das Thema ist Frühling. Sie haben den Botanischen Garten in Brooklyn gebucht.« Sie verstummte, ihr Gesicht eine Maske der Niedergeschlagenheit. »Ich bin sehr aufgeregt.«

Er tat so, als betrachte er eine Werbetafel auf der anderen Straßenseite. Sie hielt noch immer seine Hand, und er wollte sie nicht zurückhaben. »Natürlich bist du aufgeregt. Tja, nun. Das ist eine große Sache. Herzlichen Glückwunsch, Julie. Ich will nicht lügen und wünschte, wir hätten uns früher getroffen, aber ich hoffe, du wirst glücklich. Ich hoffe, dein Leben wird«, er schluckte leicht, »perfekt.«

Perfekt?, dachte sie leicht verärgert. Sie gab seine Hand frei. Wie groß ist die Wahrscheinlichkeit, dass mein Leben perfekt wird? Wer hat schon ein perfektes Leben? Trotzdem war es vermutlich ein netter Wunsch.

Er drehte sich um und sah ihr in die Augen, nahm ihre Hand und legte sie auf sein Herz. »Wenn du es dir ... also, wenn du es dir anders überlegen solltest ...«

Sie schloss die Augen.

Er ließ ihre Hand los und entfernte sich. Aber was hatte sie auch erwartet? Was sollte er sonst tun? Die Zeit zurückdrehen? Ein Duell verlangen?

Blind vor Tränen stolperte Julie mit den Hunden nach Hause. Als sie die Tür öffnete, empfing Jonathans Bruder James sie mit einer stürmischen Umarmung.

»Da ist ja die liebliche Braut! Es freut mich, dich endlich zu sehen, Julie!« Er grinste, wurde aber fast im selben Moment von den Hunden beansprucht, die ihn vor Freude fast umrannten. Er ging in die Hocke und versuchte, erst ein zappelndes Tier abzuwehren, dann das andere, dann beide, und zog sie schließlich an sich. »Oh, meine herrlichen Hunde, kommt her! Aua, Platz! Ihr habt mir so gefehlt!« An Julie und Jonathan gewandt, sagte er: »Sie sehen toll aus. Ihr habt euch wirklich gut um sie gekümmert.« Er lachte und hatte Tränen in den Augen. »Ich weiß nicht, wie ich euch danken soll.«

Jonathan machte ein Gesicht wie sieben Tage Regenwetter. »Noah singt Schweinemaschine«, sagte er.

Julie sah James deprimiert an. »Die Hunde freuen sich sehr, dich zu sehen.«

»Ich weiß nicht, wie ich sie je verlassen konnte.« Sissy sprang immer noch wie ein Gummiball an ihm hoch. Er fuhr ihr mit beiden Händen über die Ohren, und sie krümmte sich vor Glück. Dann wandte er sich an Julie. »Aber was hast du mit meinem Bruder angestellt? Er redet noch mehr Unsinn als sonst.« Trotz des heiteren Tonfalls wirkte er besorgt.

»Die Ärzte sind ziemlich sicher, dass er sich erholt. Sie wissen nur nicht, wann.«

»Aber die Hochzeit zieht ihr durch?« James blickte von einem zum anderen.

Julie mied den Blick der beiden Brüder. »Es ist alles geplant. Natürlich ist der Zeitpunkt nicht ideal, aber wir wollen es beide.« Sie zwang sich, Jonathan anzusehen. »Stimmt's?«

Er nickte.

»Okay«, sagte James. »Verstehe. Der Ball ist nicht mehr aufzuhalten.«

»Wie ist es in Dubai?«, fragte Julie. Die Anstrengung, Smalltalk zu machen, schmerzte sie fast.

»Komisch. Man hat mir eben einen neuen Vertrag angeboten. Wenn ich annehme, bin ich noch mal fünf Jahre dort.« Seine Miene war ernst. »Ich hab überlegt, ob ich die Hunde nachkommen lasse. Wir haben eure Gastfreundschaft schon zu lange in Anspruch genommen.«

Jonathans Gesicht stürzte in sich zusammen. »Schlichtung schlaffer Vogel. Angreifender Elchelefant.«

Julie presste die Hände an die glühenden Wangen. »Ich glaube, er will sagen, dass er sie liebt. Und dass du sie ihm nicht wegnehmen sollst.«

James sah Jonathan an. »Wirklich?«

Jonathan nickte langsam. Der Gedanke, dass die Hunde ihn verlassen könnten, war ihm unerträglich. Sobald er Julie heiratete, wäre er völlig allein.

James seufzte. »Ich muss drüber nachdenken. Natürlich wäre es schön, wenn ich sie mitnehmen könnte, aber die traurige Wahrheit ist, ich arbeite viel und würde sie kaum sehen würde. Dann kommt noch die Hitze dazu. Trotzdem, ich hatte von sechs Monaten gesprochen und stehe zu meinem Wort. Ich will euch nicht zur Last fallen.« Er verstummte betroffen, als er merkte, dass alle Augen im Raum auf ihn gerichtet waren. »Wir besprechen das nach der Hochzeit.« Er klopfte auf seinen Kleidersack. »Mein bester Anzug wartet schon auf seinen Einsatz und meine Rede als Trauzeuge auch.«

Julie sah völlig fertig aus. Sie stand auf und verließ das Zimmer. Die Brüder wechselten einen Blick. Im Augenblick waren ungefährliche Gesprächsthemen offenbar dünn gesät.

»Hochzeiten sind anstrengend«, sagte James und stand auf. »Und es ist schon spät. Ich checke jetzt in mein Hotel ein und schlafe meinen Jetlag aus. Morgen Abend gehen wir mit Ma und Pa essen, bis dahin lass ich euch allein. Das Essen geht auf mich. Um halb acht holen wir euch ab. Das Hotel hat einen guten Chinesen in der Third Avenue empfohlen.«

Zusammen allein, folgte Jonathan Julie ins Schlafzimmer, wo sie auf dem Bett saß. Er umarmte sie. »Parabelgefälligkeit«, sagte er, worauf sie seufzte, sich in seinen Armen umdrehte und ihn ansah.

»Es ist nicht deine Schuld, Jonathan. Es ist nur der ganze Druck. Mir geht es gut.«

»Fischadler?« Er küsste sie.

Sie suchte in seinem Gesicht. »Ich liebe dich, Jonathan. Liebst du mich auch?«

»Taumel«, sagte er, und sie lächelte.

»Okay, was immer das heißt. Ich nehme das mal als Ja.«

Am folgenden Tag hatte Julie eine letzte Anprobe, und Jonathan blieb mit den Hunden zu Hause. Nach dem Mittagessen vertrieb er sich die Zeit mit Höllenbildern, während Julie mit Telefonaten und E-Mails beschäftigt war. Sie redeten nicht viel miteinander, doch als James am Abend klingelte, um sie zum Essen abzuholen, lächelten sie sich an wie Kameraden kurz vor der großen Schlacht. Jonathan nahm Julies Hand, und sie gingen zusammen die Treppe hinunter.

Das Familienessen verlief so gut, wie zu erwarten war, auch wenn Julie sich mehrmals fragte, wer am Tisch eigentlich an einer Sprachstörung litt. Jonathans Eltern gaben überschäumende, merkwürdig zusammenhanglose

Bemerkungen von sich, die sie verwirrt blinzeln ließen – sie, die seit Wochen mit einem Mann lebte, der kein vernünftiges Wort herausbrachte.

Als das Essen serviert wurde, klopfte Jonathans Vater an sein Glas, um einen Trinkspruch auszubringen. »Eine Hochzeit also«, setzte er an, hob sein chinesisches Bier, hielt es eine endlos lange halbe Minute hoch und stellte es wieder ab. »Gibt mir bitte jemand die Sojasauce?«, fragte er schließlich, ertränkte eine Teigtasche darin und steckte sie sich sodann ganz in den Mund. Damit war für ihn das Thema Eheschließung erledigt.

Der Rest des Essens wurde mit Gesprächen über das Wetter in Dubai bestritten, über den neuen Aufsitzmäher ihrer Eltern und wie tragisch es war, dass Jonathan jetzt an einer verhängnisvollen Sprachstörung litt, nachdem seine Eltern jahrelang so viel Geld für Essen und Kleidung ausgegeben hatten.

Als Jonathan und Julie an diesem Abend ins Bett gingen, hatten sie alle Bedenken gegen die Hochzeit vergessen. Beide wollten das Ganze nur noch hinter sich bringen.

Wirklich?, fragte Jonathans Unterbewusstsein.

Halt die Klappe, sagte er.

27

Am Morgen des großen Tages war der Himmel grau, und es nieselte. Und es wurde immer trüber.

»Regen am Hochzeitstag bringt Glück«, sagte Julie missmutig und hatte das Gefühl, dass sie schon feucht war, ehe sie in die Limousine stieg. Lorenza saß auf dem Beifahrersitz und wachte über die Zentralverriegelung wie ein Gefängniswärter.

»Der große Tag«, sagte sie mit tonloser Stimme. Und dann, als die Hunde hinter Julie und Jonathan hereinkletterten: »Gütiger Gott. Was wollen die denn hier?«

Niemand machte sich die Mühe zu antworten.

Lorenza hatte kein gutes Gefühl, dabei war es noch nicht mal zehn.

Das Palmenhaus im Botanischen Garten war prachtvoll herausgeputzt und mit hellsten Pastellbändern und Wildblumensträußen geschmückt. Es roch nach Freesien und Orangenblüten. Jede Kameraeinstellung war geplant, und ein Beleuchterteam stellte eifrig Scheinwerfer auf, umspannte Lampen mit Seide und sicherte Elektrokabel mit Gafferband. An der Bar wurden bereits Litschi-Margaritas ausgeschenkt, und die ersten Gäste fragten sich, ob sie womöglich am falschen Ort waren (auf einem Filmset vielleicht oder auf irgendeiner Promi-Preisverleihung), hörten allerdings nach dem ersten Drink auf, sich darüber den Kopf zu zerbrechen.

Die fotogeneren Besucher wurden von der Bar abgezogen und posierten zusammen für Bilder, egal, ob sie mit der Braut, dem Bräutigam oder miteinander verwandt waren. Max, der den in braunes Papier eingewickelten Deluxe Popcorn Master 5000 schleppte, hatte in der Mitte des Raums Position bezogen, um die Redaktionsassistentinnen beäugen zu können. Jonathan nahm ihn beiseite und übergab ihm die Hunde. Beide waren gestriegelt und geschniegelt und geföhnt worden, hatten hellgrüne und blassgelbe Schleifen an den Halsbändern und ins Fell geflochten, und selbst Julie musste zugeben, dass sie festlich aussahen.

Max nahm sie, doch sie starrten Jonathan besorgt hinterher, als er in der Menge verschwand. Julies Mutter und ihr Mann kamen direkt von ihrem Flug aus Hongkong, ignorierten Braut und Bräutigam und stellten sich jedem Mitarbeiter des Technikteams vor. Greeley erschien in einem schmal geschnittenen dunkelorangefarbenen Samtanzug mit weißem Hemd und weißen Chelsea Boots, saß still da, ohne etwas zu trinken, und lehnte sämtliche Bitten ab, sich fotografieren zu lassen.

James ließ sich immer wieder mit seinem Bruder fotografieren. Die beiden sahen gut und elegant aus, was den erschöpften Fotografen freute, nachdem er bereits fünf Mitarbeiter-Hochzeiten mit suboptimalen Bräutigamen hinter sich hatte. Insgeheim verfluchte er das ganze Konzept, echte Menschen als Motiv zu nehmen. Ein Albtraum.

Schließlich riss James sich los und setzte Julies und Jonathans Eltern zusammen, eine katastrophale Kombination, die sie aber, so hoffte er, fest miteinander verbinden würde wie zwei defekte Chromosomenpaare.

Dank des schönen Rahmens und der hervorragenden kostenlosen Cocktails war die Stimmung beschwingt. Mittlerweile hatte auch das HD-Livestreaming begonnen, dank vier junger Filmhochschulabsolventen und ihrer Camcorder mit eingebauten Mikrofonen und 12er Zoomobjektiv. Regen fiel auf die Glaskuppel und rann in Strömen daran herab, was im Innern für eine Art Blasen-Ambiente sorgte, als spiele sich alles unter Wasser ab. Ein Effekt, der bei Jonathan ein leicht klaustrophobisches Gefühl auslöste, und er kämpfte gegen den fast übermächtigen Wunsch an, ein Gesicht wie ein Fadenfisch zu machen und die Lippen an einem Fenster festzusaugen. Da er keine Erfahrung mit Hochzeiten hatte, wusste er nicht, wie er auf seine eigene reagieren sollte. Er fand, es war ein bisschen wie bei der eigenen Beerdigung; man wurde von einer Dynamik mitgerissen, die irgendwie mehr mit den Gästen als mit der Leiche zu tun hatte. Nein, nicht Leiche. Bräutigam.

Unterdessen schluchzte die Braut, während Lorenza letzte Hand an ihr Kleid legte und Cody vom Kamerateam von der anderen Seite der Garderobe ihr unglückliches Gesicht in Nahaufnahme einfing.

Die Artdirektorin war ungerührt. »Wenn auch nur eine Träne auf den Seidenjersey fällt, belege ich deine Familie mit einem Fluch, der bis zur Wiederkunft des Herrn währt«, knurrte sie. »Jade hat schon gesagt, noch mehr

Foundation kann sie nicht auftragen. Und vermutlich müssen wir bei sämtlichen Gästen das Lächeln nachbessern. Ich war schon bei Lynchmorden, die lustiger waren als diese Hochzeit.«

»Ich kann das nicht durchstehen«, schluchzte Julie, während Cody langsam auf die Totale herunterzoomte.

»Doch, du kannst«, sagte Lorenza. »Wir haben die Torte, die Blumen, die Location, die Kameras ... Wenn du diesen geistesgestörten Sonderling nicht genug liebst, um für immer mit ihm zu leben, hättest du mir das vor zehn Jahren sagen müssen.« Lorenza schickte eine stämmige Produktionsassistentin los, um Taschentücher zu holen. »Wir rechnen mit hunderttausend Zuschauern weltweit, ganz zu schweigen von den vier Doppelseiten in der nächsten Ausgabe. Dein Freund ist vielleicht ein Psycho, aber er sieht gut aus. Also reiß dich zusammen.«

Julies Augen schwammen in Tränen. »Ich hab einen anderen kennengelernt«, flüsterte sie.

Lorenza erstarrte. »Nein, hast du nicht.«

Die Braut vergrub ihr Gesicht in den Händen.

»O Himmel hoch zwei, also doch. Na, herzlichen Glückwunsch. Dein Timing ist unschlagbar.« Sie hielt inne. »Und dein neuer Typ ist nicht zufällig bereit, die Tat zu vollbringen? Wie lange kennst du ihn?«

Julie schnäuzte sich laut die Nase. »Eine Woche.«

»Wäre das zu früh? Tja, es ist viel zu spät, um die Sache abzublasen. Wir ziehen sie durch.«

»Ich ... ich bin mir nicht sicher, ob Jonathan damit einverstanden ist. Vor allem, wenn ich ihm die Wahrheit sage.«

»Du hast es ihm nicht erzählt?«

Cody zoomte ganz nah an Lorenza heran. Er hatte noch nie einen solchen Ausdruck auf dem Gesicht der Artdirektorin gesehen und lag richtig in der Annahme, dass die Zuschauer ihn ebenso faszinierend finden würden wie er.

Julie schüttelte den Kopf.

»Also, du erzählst es ihm ganz bestimmt nicht jetzt. Wir ersetzen den Standesbeamten durch einen Schauspieler. Erzähl deinem Verlobten hinterher, dass die Zeremonie nicht echt war und du ihn verlässt.«

Julie starrte Lorenza an, die ein nachdenkliches Gesicht machte. »Oder du ziehst es durch und lässt dich scheiden. Wir können unseren Justitiar bitten, schnell einen Ehevertrag aufzusetzen. Das ist bei weitem einfacher, als alles wieder abzubauen.«

Julie gab einen Laut von sich, der einer in einer Tür eingeklemmten Katze glich, und Cody bedeutete Lorenza, dass sie für die Zweier-Aufnahme einen Schritt näher zu Julie gehen solle.

»DU«, sagte Lorenza und fixierte ihn mit einem tödlichen Blick. »Wenn du dich nicht auf der Stelle vom Acker machst, hau ich dir die Augäpfel platt.« Sie schnappte sich das dampfende Bügeleisen von der Garderobiere und ging drohend auf ihn zu, was eine brillante Nahaufnahme ergab, bis Julie anfing zu heulen und eine Neueinstellung erforderlich machte.

Lorenza drehte sich zu ihr. »Was denn? Es ist also nicht schön? Schluchz! Es ist auch nicht schön, seinen Verlobten vor dem Altar wegen eines anderen Mannes abzuservieren. Es ist doch ein Mann, oder?«

Julie nickte unter Schluchzen. »Kannst du nicht Helen und Ingy holen?«

»Innerhalb von zehn Minuten?« Lorenza sah mittlerweile ungewöhnlich zerfranst aus. »Nicht dass es mich persönlich interessiert, aber wann genau wolltest du es Jonathan denn sagen?«

Das Gesicht der Braut stürzte in sich zusammen, und Cody zoomte es langsam heran.

»Na schön.« Lorenza sah auf die Uhr. »Jetzt denken wir erst mal alle positiv, und um die Einzelheiten kümmern wir uns nach der Hochzeit, ja?«

»Um Himmels willen, Lorenza! Ich kann ihn nicht heiraten.«

»Doch, du kannst.« Lorenza winkte der Visagistin. »Jade, wir brauchen zehn Milligramm Valium, fünf Pfund Eis und einen Spachtel für die Foundation.«

Cody schob sich vorwärts, bis seine Linse fast auf Lorenzas Oberlippe ruhte.

»Geh. Mir. Aus. Den. Augen.« Lorenzas Stimme wurde mit jeder Silbe höher und brachte in der kleinen Küche die Weingläser gefährlich zum Klirren. »SOFORT!«

Der Kameramann zog sich zurück und filmte weiter.

Max, der Jade vor einer Stunde entdeckt hatte und sie seitdem verfolgte, streckte den Kopf in die Garderobe. »Wenn du mit der Braut fertig bist«, sagte er und zeigte sein bezauberndstes Lächeln, »könntest du bei mir …«

Mit einem einzigen raschen Blick sah er alle Assistentinnen entsetzt auf ihre Handys blicken, Julies rote geschwollene Augen und ihre fleckige Haut, den zurückweichenden Kameramann und Lorenzas Gesicht.

O Gott, dachte er. Das ist nicht gut.

Dante und Sissy jagten voraus, vorbei an Legionen von Hochzeitsgästen, die an ihren Handys hingen und das sich abspielende Drama auf der Webseite von *Bridal-360* live verfolgten. Die Hunde zerrten Max zu einem Vorhang neben der Bar, hinter dem sie seinen Freund fanden, die Augen riesengroß und die Lippen an ein Fenster gedrückt.

Max sammelte sich. »Hey, Jay, was machst du denn da? Ich glaube, du solltest vor diesem ganzen *Nimmst-du-diese-Frau*-Zirkus lieber noch mal mit Julie reden.«

Jonathan freute sich anscheinend, die Hunde zu sehen. »Wauderkelsch!«

»Hey, Kumpel. Hast du mich gehört?« Max packte seinen Freund fest am Arm und lotste ihn in Richtung Garderobe; die Hunde flankierten sie wie Bodyguards.

Eine junge *Bridal-360*-Assistentin versuchte, sie aufzuhalten. »Ohne Backstagepass darf niemand rein«, piepste sie. »Tut mir leid.«

Max, der einen Kopf größer und zweimal so breit war wie sie, schob sie mit einer Hand auf jeder Schulter höflich beiseite und stupste Jonathan vor sich her durch die Tür.

»Antwerpen-Ausweg«, verkündete Jonathan als Entschuldigung.

In der Garderobe blockierte Lorenza jegliches Vorankommen mit der schieren Wucht ihrer Wut. »Der Bräutigam bekommt die Braut nicht vor der Trauung zu sehen. Wir reden hier über siebenhundert Jahre Pech.« Sie fixierte Jonathan mit eisigem Blick. »Und weiß Gott, davon brauchst du nicht noch mehr.«

Max trat vor. »Die Übertragung läuft«, sagte er ruhig. »Jeder in der freien Welt weiß, was los ist, nur er nicht.«

Jonathan, der Julie entdeckt hatte, zwängte sich an Lorenza vorbei und folgte seiner Verlobten, die gerade in die kleine Küche flüchtete. Die Hunde trabten hinterher, und zu viert zwängten sie sich in den winzigen Raum, zusammen mit Cody, der es geschafft hatte, sich an die benachbarte Wand zu pressen.

»Ungetüm?« Jonathans Stimme klang flehentlich.

Seine künftige Frau holte tief Luft und schloss die Augen. »Ich hab jemanden kennengelernt«, sagte sie.

»Spielverderber«, sagte Jonathan nervös. »Kickbox Kindermord.«

»Jonathan«, sagte sie. »Ich hab jemanden *kennengelernt*. Einen Mann. Einen, den ich sehr gern mag.« Der Kameramann zoomte auf ihr rechtes Auge, aus dem ein dünnes schwarzes Rinnsal von Mascara und Tränen rann.

»Mogadischu?«

Ihre Tränen flossen jetzt schneller. »Ja, mehr als dich.«

Jonathan blinzelte. Einen Augenblick lang begriff er nicht, wie sie einen anderen Typen lieber mögen konnte als ihn und ihn trotzdem in einer halben Stunde heiraten würde. Das war nicht in Ordnung. »Lippen?«, sagte er. »Unterlage?«, und dann ein qualvolles: »FEIND!«

Sie wollte ihn umarmen, doch er wich taumelnd zurück, während sie ihm zu erklären versuchte, wie es passiert war, dass sie ihn noch immer liebte und sich dagegen gewehrt hatte und sie ihn um nichts in der Welt verletzen wollte, aber dass sie die Sache mit dem Heiraten vielleicht überstürzt hätten und beide mit einem anderen Partner womöglich bessere Chancen hätten, wahres Glück zu finden. Der Kameramann, unsichtbar in diesem gefühlsstarken Augenblick, kauerte mittlerweile zu ihren Füßen und filmte im klassischen Horrorfilmstil von unten nach oben.

»AMPHETAMIN!«, schrie Jonathan.

»Es tut mir leid, Jonathan, wirklich, es tut mir wahnsinnig leid. Ich wusste nicht, wie ich es dir sagen soll. Ich hab mit Mark Schluss gemacht, und ich hab's versucht, ich hab's wirklich versucht, aber ich muss einfach … Ich muss einfach immer an ihn denken.« Unter Tränen fuhr sie fort, dass es in gewisser Hinsicht auch seine Schuld sei, weil es nie so weit gekommen wäre, wenn Dante nicht ständig zu Marks Pointer gewollt hätte.

Pointer? Jonathan hörte gerade lange genug auf zu taumeln, um Dante anzusehen, der mit gespielter Lässigkeit wegschaute.

»Na ja, eigentlich nicht sein Pointer, er gehört seiner Freundin«, sagte Julie. »Er ist Anwalt.« Trotz ihres Kummers schwang ein Hauch von Stolz in ihrer Stimme mit, als müsse ihn die Tatsache, dass ihr neuer Freund einen so wichtigen Job hatte, doch auch ein wenig beeindrucken.

Scheißanwalt, dachte Jonathan. Schon aus Höflichkeit hätte man erwarten können, dass sie den hinterhältigen Mistkerl als nichts Besonderes darstellte, darauf beharrte, dass es nicht Jonathans Schuld sei, dass er etwas Besseres verdiente. Aber nein, er merkte genau, dass Julie es insgeheim als große Leistung empfand, ihren Freund, ja, eigentlich ihren *Ehemann*, verdammt noch mal, für einen Anwalt zu verlassen – und dass es Jonathans Schuld war, dass er auf der Karriereleiter nicht weiter oben stand, ganz zu schweigen davon, dass er nicht geistlos genug war, sein Leben mit dem Lesen von Verträgen und Delikten zu verbringen, und dass er zudem an einer lästigen Krankheit litt, die ihn am richtigen Sprechen und/oder Ausführen seiner Hunde hinderte. Gut, eigentlich nicht seine Hunde; die Hunde seines Bruders, die daraufhin eine unnatürliche Zuneigung zu Marks Hund entwickelt hatten – halt, nein, nicht Marks Hund, dem seiner Freundin. Entschuldigung, kein *Hund*, ein Pointer. Sogar der Hund hatte einen hohen Status.

Vor lauter Wut hätte Jonathan das Palmenhaus am liebsten in Stücke getreten. Die Vorstellung, wie Tausende Quadratmeter Glas in winzigen scharfen Splittern herabstürzten, machte ihn einen Moment lang glücklich.

Plötzlich hielt er inne und ließ die Unterhaltung mit Julie noch einmal Revue passieren. Natürlich, es war Dantes Schwärmerei für Marks Hund gewesen, die zu Julies abendlichen Verabredungen geführt hatte. DU, dachte er laut und starrte Dante an, DU hast das eingefädelt. Dante stand neben der Spülmaschine und erwiderte seinen Blick, ohne auch nur den Anstand zu besitzen, beschämt auszusehen.

»Albatros!« In dem neuen Gedankengang hatte er Julie ganz vergessen. Jetzt wandte er sich ihr wieder zu.

»Ach, Jonathan«, heulte sie gerade. »Es tut mir so wahnsinnig leid, aber unter diesen Umständen können wir nicht heiraten.«

In der Küchentür legte Lorenza die Hände über die

Augen, stampfte mit dem Fuß auf und kreischte einmal laut.

Jonathan schien Cody erst jetzt wahrzunehmen. Er versetzte ihm einen heftigen Tritt, schnappte sich die Kamera und schleuderte sie durch den Raum. Der junge Mann ergriff die Flucht und filmte seinen Rückzug mit dem Handy.

Natürlich konnten sie nicht heiraten. Aber wer sollte nun seinen Freunden und seiner Familie erklären, dass die Hochzeit abgeblasen war? Wer sollte für ihn sprechen? Ohne Julie hatte er keine Stimme. Mit einem Mal fühlte er sich panisch, abhängig, zurückgewiesen und allein.

»Ich will, dass du glücklich bist, Jonathan.«

»Klaviersülze.« Tränen standen ihm in den Augen.

Sie trat einen Schritt auf ihn zu, doch er wich zurück. »Ach, Jonathan. Das meinst du nicht wirklich. Du wirst darüber hinwegkommen und feststellen, dass wir gerade noch mal davongekommen sind. Es hätte nicht funktioniert.«

»PANDEMIE«, knurrte er.

»Ich weiß, du bist wütend, aber ich hoffe, wir können Freunde bleiben.«

»RECKLICH!«, schrie Jonathan.

»Ich glaube, ich geh jetzt.« Sie stürzte aus der kleinen Küche und zerrte dabei schluchzend an dem seladongrünen Hochzeitskleid, während Lorenza sich verzweifelt um Schadensbegrenzung bemühte und mit dem Reißverschluss kämpfte.

»MECK FICH!«

Julie zuckte zusammen, als könnte er sie schlagen, und zog keuchend den Kopf ein. Dann rannte sie zur Garderobentür, öffnete sie und floh, samt Kleid und allem, gefolgt von Make-up, Garderobe, zwei jungen Artdirektorinnen, drei Kameramännern – Cody war nicht darunter –, einem Praktikanten, dem Scriptgirl Jerri und Lorenza. Die Gäste, zunächst verstimmt über die Unterbrechung der Übertragung, jubelten jetzt begeistert, weil sie die Action live miterlebten.

»DRECK MICH!«, schrie Jonathan ihrer entschwindenden Gestalt.

Dann war sie verschwunden.

Max sagte zum ersten Mal seit mehreren Minuten etwas. »Wow.«

Jonathan und die beiden Hunde standen mit großen Augen stumm da.

»Tja«, meinte Jonathan schließlich. »Das war's dann wohl.«

Er runzelte die Stirn.

Um sicherzugehen, dass es kein bloßer Zufall war, wandte er sich an Dante. »Glaub nicht, dass ich nicht weiß, was du getrieben hast. Du wirst ja wohl nicht so tun, als hättest du bei der Romanze meiner Freundin mit diesem Arschloch von Anwalt keine Rolle gespielt. Hm?«

Trotz seiner Wut über diese treulose Version vom sogenannten besten Freund des Menschen war er doch recht stolz auf seine Fähigkeit, wieder fließend Worte verwenden zu können. So stolz, dass sein Zorn sich legte.

Als er sich umdrehte, grinste Max ihn an. »Hey, Kumpel, du kannst wieder reden. Das ist toll.«

Jonathan nickte.

»Weil du jetzt nämlich rausgehen und allen sagen musst, dass die Hochzeit nicht stattfindet.« Max legte seinem Freund den Arm um die Schultern und führte ihn zur Garderobentür. »Ich hab so das Gefühl, dass sie es nach all dem Geschrei und Geheule vielleicht schon ahnen. Los, komm. Wir machen das zusammen.«

Und sie gingen ins Palmenhaus, um die Neuigkeit zu verkünden.

»Entschuldigung, Entschuldigung!« Max klopfte mit einem Messer an ein Glas, was die aufgedrehte Menge jedoch nicht verstummen ließ. Er sah Dante an, der einmal scharf bellte.

Stille senkte sich über den Raum.

Max schob Jonathan sanft in die Bühnenmitte. »Ähm, herzlich willkommen, und vielen Dank, dass ihr zu unserer Hochzeit gekommen seid. Unglücklicherweise wird sie aufgrund einer pathologischen Verkennung meinerseits allerdings weder heute noch, so Gott will, irgendwann stattfinden. Aber feiert ruhig mein knappes Entkommen vor einem Leben voller Verzweiflung und trinkt, so viel ihr wollt, bevor die netten Leute von *Bridal-360* merken, was los ist, und Weihnachten stornieren.«

Seine Rede wurde auf drei Live-Schaltungen und mehreren Hundert Handys festgehalten und mit begeistertem Applaus quittiert.

Als Lorenza ihn eine halbe Stunde später an der Bar fand, einen doppelten Litschi-Margarita in jeder Hand, legte sie das seladongrüne Hochzeitskleid von einem Arm auf den anderen, packte ihn am Kragen seines sehr teuren schokoladenbraunen Samtanzugs und zischte, dass sie ihm persönlich die Lippen abreißen würde, wenn nicht alle in exakt vier Minuten aus dem Palmenhaus verschwunden wären.

Dante räumte den Saal in weniger als einer Minute. Er sah so glücklich aus wie schon seit Wochen nicht mehr.

28

Jonathans Eltern zeigten Verständnis.

»Du warst nicht gut genug für sie«, sagte seine Mutter.

Greeley stand in ihrem orangefarbenen Anzug im Regen, schüttelte Jonathan die Hand und sagte: »Besser spät als nie.« Was sich aus Greeleys Mund anhörte wie die Worte des Orakels von Delphi.

Max, Jonathan und James zogen sich in eine Bar in der Flatbush Avenue zurück, wo sie Bier und Schnäpse tranken und über die guten alten Zeiten redeten, während die Hunde unter dem Tisch lagen und Nachos und Cocktailwürstchen futterten. Max grinste Jonathan an. »In ein paar Tagen wirst du aufwachen und feststellen, wie knapp das war.«

»Dem kann ich nur beipflichten«, sagte James.

»Klar.« Jonathan seufzte. »Kann sein.«

»Nicht kann sein«, sagte Max. »Sogar Greeley und Wes waren dagegen. Und denen bist du so wichtig wie ein Sack Kartoffeln.«

»Echt? Ein Sack Kartoffeln? Greeley?«

»Eine Kartoffel.«

»Gut zu wissen.« Jonathan starrte melancholisch in den Regen hinaus.

»Jay, Kumpel, vergiss sie. Wir lieben dich über alles.

Ich komme mir vor, als ob ich die gottverdammte Auferstehung von Lazarus miterlebe. Trink noch ein Bier. Hey, James. Wie ist es denn so in Dubai?«

»Man würde nicht unbedingt freiwillig dort leben wollen. Aber als Ingenieur kann man dort gut arbeiten. Nur meine Familie fehlt mir natürlich.«

Jonathan war fast schon gerührt von diesem Geständnis, bis er sah, dass sein Bruder zu Dante und Sissy blickte. Mit Familie meinte er die Hunde. Jonathan spürte Panik in sich aufsteigen. Was wäre, wenn James sie nach Dubai mitnehmen würde?

Max sah von James zu Jonathan. »Hoppla. Habt ihr das schon geklärt? Mir scheint, hier entwickelt sich eine Tauzieh-Situation.«

Die Brüder sahen sich nicht an.

»Du kannst sie nicht mit nach Dubai nehmen«, sagte Jonathan. »Die politischen Verhältnisse sind schrecklich. Sie haben Sklavenarbeit. Muslime mögen keine Hunde. Außerdem ist es dort höllisch heiß, und sie hassen Hitze.«

»Ach, und für mich ist das okay?« James warf einen leeren Nachokorb nach seinem Bruder, der sich duckte. »Es dauert sechs Monate, um die Sache zu organisieren, uns bleibt also Zeit zum Nachdenken.«

»Das hab ich schon.« Jonathan griff unter den Tisch und streichelte Sissys Kopf.

»Schade, dass sie keine Kinder sind«, sagte Max und öffnete das nächste Bier. »Dann hätten wir einen Bestseller an der Hand. Oder zumindest einen Auftritt bei *Judge Judy*.«

Jonathan sah bedrückt aus. »Können wir bitte über was anderes reden? Mein Tag war schon schlimm genug.«

»Es war der beste Tag deines Lebens, du wirst sehen.« Max hob die Flasche. »Bei neunundneunzig Prozent aller Zurückweisungen sagt einem jemand, den man gar nicht so gern mag, wie man denkt, etwas, das man schon längst hätte wissen sollen.«

Jonathan verdrehte die Augen. »Ach ja?«

Max nickte ernst. »Ja.«

»Seit wann bist du so schlau?«

Sein Freund grinste. »Abendschule.«

James legte den Arm um seinen Bruder. »Wenigstens kannst du wieder reden. Im späteren Leben wird sich das als nützlich erweisen.«

Jonathan ließ den Kopf hängen. Die Kombination aus Stress auf Achterbahnniveau und starkem Alkohol machte ihn benommen. James und Max winkten ein Taxi herbei und ließen den Fahrer unterwegs bei einem Spirituosenladen anhalten, um eine Flasche Jack Daniel's und zwei Sixpacks zu holen. Zu Hause setzten Max und James eine Unterhaltung über Zurückweisung, Sex, Frauen und das Leben fort, die vor über einem Jahrzehnt begonnen hatte, während Jonathan seinen Samtanzug auf den Boden warf und ins Bett fiel. Bevor er die Augen schloss, setzte er sich auf und wandte sich an Dante.

»Sag mir eins, du elender Hund. Was ist aus deiner Beziehung zu Marks Hund geworden? Hat er dich wirklich gereizt? Denn eigentlich glaube ich das nicht. Ich seh dich nicht mit einem Pointer. Schau nicht weg. Ist das dein Ernst? Du wolltest etwas mit so einer biederen Hündin anfangen? Ich wette, sie hat nicht den geringsten Sinn für Humor. Los, sag's mir. Das Ganze war eine Verschwörung, stimmt's? Um unsere Beziehung zu beenden? Um mir das Herz zu brechen? Du warst scharf auf den Besitzer, nicht auf den Hund. Ein Pointer, Dante? Du denkst wohl, ich bin von gestern!« Er ließ sich zurückfallen und stützte sich dann auf einen Ellbogen. »Und außerdem, warum hast du Julie verkuppelt? Wenn dir unsere Beziehung nicht gefällt, warum hast du nicht *mich* verkuppelt, mit einer gottverdammten Hirnchirurgin vielleicht oder mit einer Richterin? Eigentlich müsstest du auf meiner Seite sein und an *mein* Glück denken. Böser Hund.«

Doch sowohl Dante wie Sissy und Jonathan wussten, dass er im Grunde genommen nicht sauer war, nur müde und von dem sehnlichen Wunsch erfüllt, den Tag endlich zu vergessen.

Dante kehrte zu seinem Bett zurück, während Sissy den Hochzeitsanzug zu einem bequemen schokobraunen Samthaufen zusammenscharrte, sich dreimal darauf umdrehte und sich dann fallen ließ und einschlief.

Nachdem er die meisten Probleme des Universums gelöst hatte, kehrte James um vier Uhr morgens in sein Hotel zurück.

Max blieb und schlief auf der Couch, falls Jonathan ihn in der Nacht brauchen würde.

29

Am nächsten Morgen schlug Max bei zwei Tassen starkem Kaffee vor, dass Jonathan den Rest seines Genesungsurlaubs aussitzen sollte. Nur ein Idiot würde sofort wieder zur Arbeit gehen, sagte er, besonders wenn es sich bei dieser Arbeit um Werbung handelte. Aber Jonathan war unnachgiebig. Erneut gesegnet mit der Kraft der Sprache, wollte er sich so schnell wie möglich wieder der Menschheit anschließen, auch wenn es die Rückkehr zu Comrade bedeutete, wo der Klatsch über seine geplatzte Hochzeit (ganz zu schweigen von den paar Millionen Zugriffen auf YouTube) ihn mit Sicherheit zu einer gewaltigen Lachnummer gemacht hatte. Steh deinen Mann, sagte er sich. Steig wieder aufs Pferd.

Max, der nach Hause gehen und sich umziehen wollte, verabredete sich mit Jonathan und versprach, ihm die Hand zu halten, falls es von Seiten der Kollegen Hohn und Spott hageln sollte.

Zuerst ging Jonathan zu Le Grand Pain, wo Clémence ihn erleichtert und mit großer Freude empfing. »Ich dachte schon, Sie sind tot! Oder in ein anderes Land gezogen!« Sie kam hinter der Theke vor und umarmte ihn. »Wo waren Sie denn?«

Er zuckte verlegen die Schultern. »Ich weiß nicht so

recht. Ich hatte einen Zusammenbruch, und dann ist meine Hochzeit implodiert.«

»O nein!« Clémence war voller Mitgefühl. »So viel Drama! Aber jetzt geht es Ihnen besser?« Sie runzelte die Stirn. »Und ihr reizenden Hunde! Ihr habt mir so gefehlt.«

»Haben wir Ihnen wirklich gefehlt? Heiraten Sie mich jetzt, nachdem meine Freundin mich abserviert hat?«

»Luc wäre böse, mein Schatz. Und ich weiß noch nicht mal Ihren Namen. Sagen Sie ihn mir jetzt, dann weiß ich ihn, wenn Sie das nächste Mal *une dépression nerveuse* haben.«

»Eigentlich wollte ich es bei einer belassen.«

Sie reichte ihm lächelnd seine Croissants.

Jonathan steckte die Nase in die Tüte und atmete genussvoll ein. »Würden Sie mich heiraten, wenn Luc sterben würde?«

»Dummer Junge«, schimpfte sie. »Wenn Luc etwas passiert, stürze ich mich ins Meer.«

»Und wenn er nur ein blaues Auge und zwei gebrochene Beine hätte?«

»Geh«, sagte sie. »Nimm deinen Kaffee und komm bald wieder.«

»Ich heiße Jonathan.«

»Okay, Jonathan«, sagte sie und winkte. »Wiedersehen, Jonathan! Wiedersehen, Hunde!«

Bei der Arbeit machten alle viel Aufhebens um Dantes und Sissys triumphale Rückkehr und bis zu einem gewissen Grad auch um seine, obwohl er auf einer deprimierenden Anzahl von Bildschirmschonern sah, wie er Julie in Endlosschleife immer wieder »*Dreck mich*!« entgegenschrie.

Greeley lächelte ihm zu, legte es aber nicht auf eine Nachspielanalyse an, worüber er erleichtert war. Wes begrüßte ihn so warmherzig und aufrichtig, wie seine Persönlichkeit es zuließ.

»Willkommen zu Hause, Jonathan. Es ist nie schön, wenn ein Teammitglied unpässlich ist. Wir leiden alle, bis unser Kamerad zurückkehrt. Also, willkommen zurück bei Comrade, Kamerad. Bist du bereit, Broadway Depot wieder in Angriff zu nehmen?«

Mit einem Mal war Jonathan heiß. Ein Nervenzusammenbruch und die schlimmste Zurückweisung seines Lebens genügten also nicht, um ihn von diesem höllischen Albtraumkunden abzuziehen?

»Tut mir leid«, sagte er. »Ich kann Broadway Depot nicht mehr bearbeiten.«

Wes klopfte ihm auf die Schulter. »Vergiss es. Reden wir nicht jetzt darüber. Heute Vormittag haben wir eine Mitarbeiterbesprechung, danach gehen wir beide essen.«

Alle kamen zu der Mitarbeiterbesprechung, aber Jonathan verdrückte sich auf die Herrentoilette. Den Kopf in den Händen, setzte er sich auf eine Klobrille und merkte, dass er nicht an der Besprechung teilnehmen konnte. Bei dem Gedanken, ein Comrade-Kamerad zu sein, musste er sich fast übergeben. Seine Hände und Füße fühlten sich taub an. Wenn ich aufstehe, dachte er, breche ich zusammen.

Er hörte die Tür aufgehen.

»Jonathan?« Es war Greeley.

Er sagte nichts.

»Jonathan?« Greeley klopfte leise an seine Kabine.

»Verschwinde.«

»Jonathan, hör zu. Du musst weg von Comrade.«

Jonathan fasste sich entsetzt an den Kopf. »Du feuerst mich? Ich habe einen Zusammenbruch, meine Freundin verlässt mich am Altar, und dann *feuerst* du mich? Wer macht denn so was?«

»Niemand feuert dich. Nicht solange du dir nichts Schwerwiegendes zuschulden kommen lässt, Büromaschinen klaust oder Geld unterschlägst. Du wirst wieder für Broadway Depot arbeiten müssen, und ehe du dichs versiehst, verdienst du jede Menge Geld und kaufst dir eine Wohnung, die du dir eigentlich nicht leisten kannst. Irgendwann hast du eine nette neue Freundin, und ihr wollt teure Urlaube in Ländern machen, die im Reiseteil der *New York Time*s angepriesen werden, dann wollt ihr ein Kind, also braucht ihr Kindermädchen und Privatschulen und Bionahrung und *Baby Mozart*, weil alle deine Arbeitskollegen das auch haben. Dann brauchst du einen Range Rover, um euch durch die Gegend zu kutschieren, dazu ein Haus auf dem Land und einen Prius für das Kindermädchen, und irgendwann stellst du fest, dass du nicht glücklich bist, also brauchst du einen Seelenklempner, und deine Kinder haben Lese- und Rechenschwäche, also brauchen sie Nachhilfelehrer, und für ihre Angststörungen müssen Kinderpsychologen her. Du wirst deinen Job mehr denn je hassen, aber du musst weiterhin Riesensummen anschaffen, um die Kosten für dein elendes Leben zu decken. Du zählst die Tage bis zur Rente und bis die Kinder mit dem Studium fertig sind, damit du deinen verhassten Job aufgeben und endlich in Ruhe und Frieden etwas tun kannst, irgendetwas, das du schon immer tun wolltest, wie Malen oder Schreiben oder Angeln gehen oder einfach nur dasitzen und ein Buch lesen.«

»Hör zu, Greeley …«

»Um dein elendes Dasein zu verbessern, verliebst du dich schließlich in jemand völlig Unpassenden und hast eine Affäre, oder du kommst dahinter, dass deine Frau eine hat, oder du stehst ein bisschen zu sehr auf Kokain, und am Ende bist du total abgedreht und geschieden, hast dein ganzes Geld verloren, was dazu führt, dass deine Kinder nicht mehr mit dir reden. Und genau dann, wenn dir klar wird, dass du viel zu alt bist, um einer sinnlosen Arbeit wie Werbung nachzugehen, versinkst du in einem Pfuhl der Verzweiflung, nimmst deine Altersversorgung und reduzierst deine Lebenskosten, und eines Tages, viel zu früh, nachdem du jahrzehntelang das Falsche gemacht hast, bist du tot.«

Jonathan lehnte den Kopf an die Wand der Kabine und sagte ziemlich lange nichts.

»Greeley?«

»Ja?«

Er öffnete die Toilettentür einen Spalt. »Du glaubst nicht wirklich an dieses ganze Comrade-Ethos, oder?«

Greeley zuckte die Schultern. »Ich habe einen Drei-Monats-Vertrag. Danach mache ich ein Berufspraktikum bei der Forstverwaltung. Ich arbeite hier für meine Studiengebühren.«

»Tatsächlich?«

»Tatsächlich was?«

»Du gehst bald wieder?«

»Ja.«

»Was soll ich tun, Greeley?«

»Es ist dein Leben.«

»Ich weiß. Was würdest du mit meinem Leben anfangen?«

Greeley seufzte. »Ich würde erst mal aufhören, alle ungelösten Probleme klären zu wollen. Ich würde mich nicht zwanghaft fragen, was als Nächstes passiert. Und in der Zwischenzeit würde ich mir eine sinnvolle Beschäftigung suchen.«

Jonathan war sprachlos. Was könnte er Sinnvolles tun? Natürlich wollte er nützlich sein, etwas darstellen. Aber was? Vermutlich musste er mehr er selbst sein, wenn er denn herausfinden könnte, was das nach sich zog. Vielleicht war er ja nichts. Vielleicht würde er nie etwas sein.

Er sah Greeley an. »Zum Beispiel?«

»Das ist die Eine-Million-Dollar-Frage. Aber du hast keine Hypothek, keine Partnerin, keine Kinder. Du verabscheust dein Leben. Warum willst du es nicht ändern?«

Jonathan dachte darüber nach. »Ich könnte Leere, Elend und Selbsthass hinter mir lassen, nur um Leere, Elend, Selbsthass und Armut zu finden.«

Greeley lächelte. Jonathan musterte sein/ihr Profil – den glatten Hals, das kurze Haar, die weiche Haut. »Du bist sehr schön, Greeley, was immer du bist.«

»Junge«, sagte Greeley und küsste ihn.

Jonathan küsste ihn zurück. »Ich hoffe, du siehst das nicht als sexuelle Belästigung am Arbeitsplatz.«

»Julie ist eine Idiotin.« Greeley küsste ihn wieder und sagte dann leise: »Die Besprechung findet deinetwegen statt.«

Jonathan seufzte, stand auf und kam aus der Kabine. Greeley trat beiseite, um ihn vorbeizulassen. Beide sagten nichts mehr. Als Jonathan in den Konferenzraum kam, applaudierten alle.

Hoch über den neun Kreisen der New Yorker Hölle hielten er und Greeley sich unter einem Palmenbaldachin an den Händen, während seine magischen Hunde miteinander am Himmel tanzten und die Menschen jubelten.

30

Dante wollte nicht fressen.

Diese neue Entwicklung versetzte Jonathan in eine merkwürdige Panik. Was war nur mit diesem Tier? Hunde hörten nicht einfach auf zu fressen, nicht, wenn sie gesund und glücklich waren, viel Auslauf hatten und ihre Mahlzeiten aus Filetresten bestanden. Jonathan befühlte die Ohren seines Hundes auf Fieber, überprüfte die Nase auf Trockenheit – oder war es Nässe? Er googelte *hund verweigert futter* und suchte auf veterinärmedizinischen Webseiten nach möglichen Ursachen. Die meisten berichteten, dass Hunde zu Magen- und Darmstörungen neigten und vierundzwanzig Stunden ohne Futter das Problem gewöhnlich lösten.

Doch so war es nicht. Nach dem ersten Tag probierte Jonathan es mit Reis und leicht gedünstetem Hühnchen, doch wenngleich es lecker aussah, ließ Dante es stehen. Jonathan mischte eine Handvoll rohes Hackfleisch darunter. Er bot ihm ein halbes Croissant an.

Nichts. Nicht mal ein kleiner Bissen.

Er rief in der Tierarztpraxis an, bekam einen Termin für den nächsten Tag und sah der Begegnung mit Dr. Clare nach seiner gescheiterten Hochzeit und ihrer ständigen Präsenz in seinen Träumen leicht nervös entgegen.

Er und die Hunde waren pünktlich und wurden wie alte Freunde begrüßt.

»Hallo«, flötete Iris, und Jonathan fragte sich, ob es normal war, wenn ein Hund im Laufe weniger Monate so oft zum Tierarzt musste.

Nach zehn Minuten rief Dr. Clare sie ins Sprechzimmer. Auch sie wirkte etwas mitgenommen.

»Hallo«, sagte sie und schaute ihn eindringlich an. »Wie geht es Ihnen?«

Jonathan seufzte. »Das wollen wir lieber nicht vertiefen. Es ist eine lange und hässliche Geschichte.«

»Okay«, sagte sie nachdenklich. »Was ist mit den Hunden?«

»Hund«, sagte er. »Dante will nicht fressen.«

»Das ist nicht gut«, sagte sie. »Ich seh ihn mir mal an.«

Jonathan hob Dante auf den Untersuchungstisch, wo Dr. Clare seine Temperatur maß, seine Drüsen befühlte, mit einem kleinen Gummihammer auf jeden Zahn klopfte, seine Mandeln mit einer Lampe beleuchtete, seinen Bauch abtastete und die Ohren untersuchte. Jonathan, der ihn währenddessen festhielt, stand notgedrungen ziemlich nah bei Dr. Clare, die nach etwas Rätselhaftem und Warmem roch: Kardamom und Gewürznelken, mit einem Hauch von Hund, wie Chai-Tee, serviert von einem Labrador.

»Haben alle Hunde so viele Probleme?«

»Wir sehen uns tatsächlich ziemlich oft, nicht wahr, mein Junge?«

Jonathan warf einen Blick auf Sissy, die stoisch zu seinen Füßen saß. Sie war nie krank.

Dr. Clare wirkte ratlos. »Ich kann nichts finden«, sagte sie. »Du scheinst immer an etwas Mysteriösem zu leiden, stimmt's, Dante? Ich glaube, wir lassen sein Blut untersuchen, nur um sicherzugehen.« Sie rieb ihrem Patienten die Ohren. »Sie haben nicht sein Futter umgestellt oder ihm etwas Falsches gegeben?«

Jonathan schüttelte den Kopf. »Er war immer ein guter Esser, der sein Futter gierig verschlingt.« Er zögerte kurz. »Ich weiß, Sie glauben nicht wirklich an Hundepsychologie ...«

Dr. Clare strich sich das Haar aus dem Gesicht. Die Geste zeigte, wie müde sie war. »Es ist nicht so, dass ich nicht an Hundepsychologie glaube. Hunde werden durchaus depressiv, wenn sie zu oft allein gelassen werden, zu wenig Auslauf haben oder misshandelt werden. Aber es ist nicht vergleichbar mit einer menschlichen Depression. Hunde neigen naturgemäß zum Glücklichsein. Darum leben die Menschen ja mit ihnen.«

Er wartete darauf, dass sie fortfuhr, doch sie schwieg.

»Ich war im Krankenhaus«, sagte er.

Sie sah überrascht auf. »Das tut mir leid. War es ernst?«

Jonathan zuckte die Schultern. »Wie bei meinem Hund. Schwer zu diagnostizieren.«

»Waren Sie lange dort?«

»Ein paar Tage. Meine Freundin hat sich um die Hunde gekümmert, während ich das Bett hüten musste. Das hat gut funktioniert, bis sie einen anderen kennengelernt hat.«

Ihr Gesichtsausdruck zeigte pures Mitgefühl. »Wie furchtbar für Sie. Ihre Freundin scheint schrecklich zu sein, wenn ich das sagen darf. Hat Dante sie sehr gemocht?«

»Ich bin ziemlich sicher, dass er sie gehasst hat. Alles in allem gab's sehr viel psychische Unruhe.« Er zögerte. »Aber was ist mit Ihnen, Dr. Clare? Geht es Ihnen gut? Ich hoffe, Sie nehmen es mir nicht übel, aber Sie wirken ein bisschen neben der Spur.«

»Wenn Sie schon fragen«, sagte sie müde, »ich hatte auch nicht gerade den besten Monat meines Lebens.«

Er überlegte, ob er weiterbohren sollte. »Das ist schrecklich. Ich mag es nicht, Sie anders als glücklich zu sehen.«

»Anders als glücklich.« Sie lachte ein wenig bitter. »Das kann man wohl sagen.« Sie sah von ihm zu Dante und bemühte sich, wieder eine professionelle Basis herzustellen. »Natürlich nehmen Hunde emotionale Zustände wahr. Wenn Sie krank und unglücklich waren, könnte Dante sich ebenfalls krank und unglücklich fühlen. Bei Sissy würde mich das weniger überraschen. Aber Dante ist für mich ein sehr selbstbewusster Hund.«

»Der vielleicht sogar Ziele verfolgt?« Sie sahen beide den Collie an, der sich streckte und wegschaute. »Manchmal habe ich den Verdacht, dass ihm alles Mögliche durch den Kopf geht.« Jonathan machte eine Pause. »Gelegentlich scheint er schwer an irgendeiner Verantwortung zu tragen.«

Dr. Clare musste lächeln. »Welche Art von Verantwortung?«

»Es könnte die Hochzeit sein, die ehrlich gesagt eine Katastrophe war. Oder seine Zukunft. Er weiß nicht, ob er bei mir bleibt oder mit meinem Bruder nach Dubai zieht. Was möchte er? Vielleicht fühlt er sich hin- und hergerissen zwischen ihm und mir. Was ist, wenn er denkt, sein Beschützer kriegt sein Leben nicht auf die Reihe, und er hat für immer einen Loser am Hals?«

»Ich bezweifle sehr ...«

»Natürlich, aber wir wissen es nicht genau. Vielleicht hat er eine Midlifecrisis und weiß nicht, was er als Nächstes tun soll. Was, wenn sein Leben im Argen liegt, und vor lauter Ungewissheit kann er nicht mehr essen? Was, wenn der existentielle Schmerz ihn so überwältigt, dass alle körperlichen Bedürfnisse verschwunden sind ...«

Sie musste lachen und hielt sich rasch die Hand vor den Mund, und er war so erleichtert, sie fröhlich zu sehen, wenn auch nur kurz und auf seine Kosten, dass er ebenfalls lächelte.

Dr. Clare räusperte sich und betrachtete ihn ernst. »Sie übertragen nicht zufällig Ihre Sorgen auf Ihren Hund?«

»Vermutlich schon. Aber sehen Sie ihn an, Dr. Clare, er ist klüger als die meisten Menschen. Nur weil er keine Steuern zahlt, heißt das nicht, dass er nicht bestens auf die Welt eingestimmt ist. Wenn Sie mit ihm leben würden, wüssten Sie, was ich meine. Dr. Clare?«

»Ja, Jonathan?«

»Bei all dem Chaos in unserem Leben, sehen Sie da nicht auch manchmal Ihren Hund an und fragen sich, ob er nicht viel mehr vom Leben versteht, als man ihm zutraut?«

»Nein, eigentlich nicht.«

»Vielleicht verdrängen Sie das. Aber auf ihre Weise ist

Wilma ein Genie. Allein am Geruch könnte sie jeden identifizieren, der heute an Ihrer Wohnung vorbeigekommen ist. Sie könnte sich den Weg von der Bronx nach Hause erschnüffeln. Hunde können Tränen und Krebs riechen. Sie würde als Erste wissen, wenn Sie schwanger sind.«

»Nun, ich bin nicht schwanger.« Dr. Clares Gesicht wurde verschlossen.

Plötzlich war Jonathan geknickt. »Ich frage mich, ob Hunde riechen können, wenn eine Beziehung nicht gut läuft. Sie riechen einen Tsunami eine halbe Stunde, bevor er kommt; vielleicht riechen sie auch ein zum Scheitern verurteiltes Paar.«

Ihr Mund wurde schmal, und sie drehte sich weg.

»Ähm ... hoffentlich habe ich nicht ... Ich habe von Dante gesprochen. Und mir natürlich.« Sie sahen beide Dante an, der ihren Blick tiefgründig und gleichmütig erwiderte.

Dr. Clare seufzte. »Dante ist ein sehr intelligenter Hund. Aber er ist trotzdem ein Hund. Wir lassen sein Blut untersuchen und warten, was sich ergibt. Ich möchte ihn nicht als Hypochonder bezeichnen, wenn er tatsächlich krank ist.« Sie holte eine Spritze aus einer Schublade und riss die Verpackung ab. Dann hielt sie Dantes Kopf mit der linken Hand fest, tastete am Hals nach der Vene, setzte die Nadel an und zog den Kolben zurück. Als die Spritze gefüllt war, zog sie sie heraus und streichelte Dante.

»Du bist ein braver Junge«, murmelte sie und wandte sich an Jonathan. »Geben Sie ihm morgens und abends eine kleine Portion leichtes Futter. Die meisten Hunde fressen, wenn sie hungrig sind. Rufen Sie mich –« sie warf einen Blick auf den Computer »– Ende der Woche an. Freitagnachmittag. Dann sagen Sie mir, wie es ihm geht, und mir liegen die Testergebnisse vor.«

Jonathan machte keine Anstalten zu gehen.

Sie atmete langsam aus. »Hört sich an, als hätten Sie eine schlimme Zeit hinter sich.«

»Sie auch«, sagte er, worauf sie nickte.

»Rufen Sie am Freitag an«, sagte Dr. Clare schließlich, und da ihm nichts anderes übrigblieb, stand er mit den Hunden auf und ging.

Nach der Rückkehr vom Tierarzt fraß Dante eine herzhafte Portion. Am Freitag rief Jonathan wegen der Testergebnisse an, und Iris berichtete, dass alles normal sei. Dr. Clare ließ ihm nichts ausrichten, und sie nahm den Anruf auch nicht selbst entgegen.

31

Jonathans bester Freund seit der vierten Klasse kam am Samstagmorgen mit Bagels, einem Frisbee und je zwei Flaschen Wodka und Bloody Mary vorbei. Zusammen gingen sie zum East River, machten ein Picknick und beobachteten die Schiffe an einem dieser glitzernden blauen Sonnentage in New York, die einem pure Lebensfreude vermitteln.

»Hey, Jay. Es geht uns gut, oder?«

Jonathan nickte, und eine Weile saßen sie schweigend da.

»Hey, Max. Warst du schon mal in zwei Frauen gleichzeitig verliebt?«

»Wer war das nicht?«

»Meine lieben beide einen anderen.«

»Bitte sag mir, dass sie einander lieben.«

»Die eine ihren Freund, die andere ihren Mann.«

Max setzte sich halb auf und stützte den Kopf in die Hand. »Es gibt noch viele Fische im Teich, John-Boy. Und du willst hoffentlich nicht den Psycho mit 'ner Knarre ärgern, der deine SexMS auf dem Handy seiner Frau entdeckt. Ich stimme also für Nein.«

»Nein?«

»Es sei denn, sie betrinkt sich und gesteht dir, dass sie

sich wünscht, sie wäre dir zuerst begegnet. Macht das eine von beiden?«

»Nein.«

Max zuckte die Schulter. »Dann nein.«

»Wirklich?«

»Ja. Klares Nein.«

Jonathan beneidete seinen Freund um sein vollendetes Verständnis für Beziehungsetikette. Er fragte sich, woher Max so viel wusste. Wenn es doch bloß eine App gäbe, die man herunterladen könnte. LOVE **GUY**DE. Mit einer solchen App könnte man ein Vermögen verdienen.

Nach einer Weile sagte Max: »Julie fehlt dir doch wohl nicht, oder?«

»Nein. Aber mir fehlt ein Schicksal. Im Augenblick schwebe ich irgendwie im Raum.«

»Hat es dich nicht gestört, dass dein Schicksal total beschissen war?«

»Eigentlich nicht.«

»Hey, Mann.« Max stieß ihn mit dem Fuß an. »Du bist der verrückteste Kerl, den ich kenne, aber du hast dich in letzter Sekunde gerettet, und nur das zählt.«

Jonathan bremste sich gerade noch, Max zu gestehen, dass er die ganze Zeit recht gehabt hatte. »Du denkst vielleicht, ich war total bescheuert, aber Julie zu heiraten war wenigstens eine Aufgabe. Jetzt bleibt mir nur noch ein Job, den ich hasse, und eine Wohnung, die ich mir nur leisten kann, wenn ich weiter in dem Job arbeite, den ich hasse.«

»Das ist hart«, sagte Max. »Aber du vergisst das Entscheidende.«

»Ach ja?« Jonathan sah mit zusammengekniffenen Augen in den Himmel. »Dann erinnere mich .«

»Alles kann sich von einer Sekunde zur anderen ändern. Du weißt nicht, was als Nächstes passiert.«

»Wirklich?« Jonathan trank einen großen Schluck Bloody Mary. »Ich glaube, das weiß ich sehr wohl. Wahrscheinlich passiert nichts, solange ich meinen Arsch nicht hochkriege und etwas unternehme. Wahrscheinlich könnte ich ewig in diesem beschissenen Job bleiben und beschissene Sachen machen.«

»Nee.« Max lehnte sich zurück, den Kopf auf den verschränkten Händen, die Ellbogen abgespreizt. Er schloss die Augen vor der Sonne.

»Was meinst du mit nee? Hast du irgendwelche geheimen Kenntnisse in Sachen Zukunft?«

»Ja.«

Jonathan sah ihn an. »Nun, das freut mich zu hören, denn hoffnungstechnisch ist mein Tank leer.«

»Es ist die Schönheit von New York«, sagte Max. »Überall wirbelt das Leben um dich herum. Du weißt nicht, wann es dich erfasst.«

Jonathan verdrehte die Augen. »Ach ja?«

»Ja. Und wenn dich so ein Wirbel erfasst, trägt er dich irgendwohin, womit du nicht rechnest.« Sissy schlich sich an und leckte Max blitzschnell übers Gesicht. Er schob sie weg und stützte sich auf einen Ellbogen. »Komm her, du grässliches kleines Biest, komm ...«

Er und Sissy sahen sich knurrend an, bis Sissy es nicht mehr aushielt und sich auf ihn stürzte, ihm die Pfoten auf die Brust pflanzte und zu einer Guerilla-Attacke ansetzte. Max wehrte sie mit wedelnden Händen ab, bis er nicht mehr konnte, dann packte er sie um die Mitte und hielt sie auf Armeslänge hoch wie einen zappelnden Medizinball. Dante, der gelassene Elder Statesman, beobachtete das Gerangel, bis Sissy sich schließlich mit einem spektakulären Satz befreite.

Jonathan sah zufrieden zu. Die Sonne schien, seine besten Freunde verstanden sich gut, und vielleicht steckte er ja doch nicht in einer Teergrube fest. Vielleicht musste er nur, wie Max sagte, auf einen Wirbel warten, der ihn erfasste und in eine andere Richtung trug.

»Hey, Max. Noch mal wegen der beiden Frauen, die ich eben erwähnt habe.«

»Was ist mit ihnen?«, fragte Max.

»Ich mag sie wirklich beide, aber eine kommt nicht in Frage, ganz gleich, wie ich die Sache betrachte.«

»Und die andere?«

»Sie hat auch einen Freund.« Er überlegte kurz. »Allerdings wirkt sie nicht sehr glücklich.«

»Unglücklich ist gut«, sagte Max. »Nicht für sie natürlich.«

»Und was soll ich tun?«

Max schloss die Augen. »Ich würde dir liebend gern helfen, Alter, aber jede Situation ist einzigartig. Du musst es selbst herausfinden.«

»Danke.«

»Wer ist die Frau?«

»Du kennst sie nicht.«

»Na dann«, sagte Max, »musst du eben auf einen Wirbel warten.«

»Okay«, sagte Jonathan nach einer Weile.

»Was ist okay?«

»Was du gesagt hast. Ich warte auf den Wirbel. Ich hoffe nur, dass es nicht allzu lange dauert.«

Max schloss erneut die Augen und streckte seine langen Beine in Richtung Fluss. »Ich bin wirklich froh, dass du das sagst. Denn wie ich die Sache sehe, hast du keine Wahl. Es könnte sein, dass der Wirbel dich schon erfasst hat.«

»Würde ich das nicht merken?«

»Nicht unbedingt.«

»Was für ein Glück, dass du hier bist und dein umfangreiches Wissen mit mir teilst.«

»Du musst mir nicht danken.«

Jonathan zog Sissy mit dem linken Arm an sich. Dante drehte sich mit einem knurrenden Seufzer im Sonnenschein auf die Seite, und so blieben die vier Freunde, bis die Sonne so tief sank, dass sie Schatten warf und der Nachmittag kalt wurde. Dann gingen sie nach Hause.

32

Als Jonathan am Montag bei Comrade durch die Tür trat, warteten Wes und Ed auf ihn, um über die Broadway Depot-Kampagne zu sprechen. Wider besseres Wissen überlief ihn ein freudiger Schauder.

»Also, Jonathan«, setzte Ed an, »wir haben ein paar sehr gute Nachrichten für dich. Das gesamte BD-Team war von der Quantität und Qualität deiner Arbeit schwer beeindruckt.« Er machte eine Pause. »Sie wünschen dir außerdem schnelle Genesung von deinem, ähm, Zustand. Louise hat dir diese Karte geschickt.«

Jonathan öffnete den Umschlag. Auf der Vorderseite der Karte war ein Streifenhörnchen mit einem Verband um den Kopf. Ohne zu lesen, ließ er sie in den Papierkorb fallen.

Wes fuhr fort. »Bedauerlicherweise haben sie beschlossen, ihre Arbeit weiterzumachen wie bisher.«

So eine Überraschung.

»Allerdings haben sie Bereitschaft signalisiert, deine hervorragende Idee irgendwann später in Erwägung zu ziehen.«

Mit anderen Worten, niemals.

Ed grinste nicht sehr überzeugend und boxte ihn auf den Arm. »Tja, Kleiner, man kann nicht immer gewinnen.«

Jonathan rührte sich nicht.

»Ich fürchte, das ist alles. Es war eine tolle Präsentation. Gehen wir wieder an die Arbeit?«

»Nein.«

»Jonathan?«

»Ich will keine Sekunde meines Lebens mehr mit der Arbeit für Broadway Depot verschwenden.«

Ed gluckste. »Ach, weißt du, das gehört nun mal dazu, fürchte ich. Auf absehbare Zeit wirst du dabeibleiben müssen – der Kunde schätzt dein kreatives Talent, und Louise Crimple ist total scharf auf dich.«

Wes unterbrach ihn. »Langfristig werden wir bestimmt etwas finden, das deinen Fähigkeiten besser entspricht, und einen Teil deiner Aufgaben für BD einem anderen Team übertragen. Aber fürs Erste? Es geht um einen jährlichen Vier-Millionen-Dollar-Etat. Geld regiert die Welt. Traurig, aber wahr.«

»Mein Hund könnte solche Werbetexte schreiben.« Jonathan warf Sissy einen entschuldigenden Blick zu.

Ed funkelte ihn böse an. »Was willst du damit sagen?«

Er wusste nicht, was er sagen wollte. Er wollte, dass einer der beiden nachgab, ihm auf die Schulter klopfte und sagte: »Gut, gleiches Recht für alle. Wir verstehen deinen Standpunkt. Jemanden mit deinem Talent lassen wir nicht verkümmern, wir regeln das irgendwie für dich.«

Doch das taten sie nicht. Wes wirkte missmutig. Eduardo seufzte ungeduldig und sagte dann: »Wir reden später weiter.«

Aber Jonathan wusste, dass es nicht mehr wichtig war, wann sie redeten. Ed würde dieselbe Frage stellen (»Gehen wir wieder an die Arbeit?«), und er würde dieselbe Antwort geben (»Nein.«).

»Nein«, sagte Jonathan. »Das tun wir nicht.«

»Wie bitte?« Eduardo starrte ihn jetzt leicht aggressiv an.

»Es ist zwecklos. Ihr und eure Klitsche von Agentur samt euren beschissenen Kunden könnt mich verdammt noch mal …«

Niemand war sich ganz sicher, was als Nächstes geschah, aber alle waren sich einig, dass Ed ein irgendwie drohendes Geräusch von sich gab und mit seinem vollen Gewicht auf Sissys Vorderpfote trat. Sissy jaulte empört auf und stürzte sich mit weit aufgerissenem Maul und funkelnden Augen auf das angreifende Bein. Als ihre Zähne zuschnappten, heulte Ed auf, Wes schaltete sich ein, um eine Katastrophe zu verhindern, die vielleicht schon passiert war, vielleicht aber auch nicht, und Jonathan rief: »Nein!« Max packte seinen Freund am Kragen und den Hund seines Freundes am Halsband, Dante hielt ihm das Team der Geschäftsleitung vom Hals, und zu viert zogen sie sich so schnell wie möglich vom Schauplatz des vermutlich noch nicht begangenen Verbrechens zurück.

»DU BIST SO WAS VON GEFEUERT!«, kreischte Eduardo, als Jonathan die große Tür zur Freiheit aufstieß, das Geländer umrundete und schleunigst die Treppe hinunter verschwand.

»NIMM DIESES BÖSARTIGE TIER UND VERSCHWINDE!«

»Geh einfach weiter«, zischte Max, als sie nach unten

sausten, angetrieben vom Schock und dem überwältigenden Verlangen, Abstand zwischen sich und Ed zu bringen.

»Sie hat ihn nicht mal gebissen«, keuchte Jonathan. »Ich hab es genau gesehen. Sie hätte es tun sollen, aber sie hat es nicht. Sie hat kaum seine Jeans gezwickt.«

Max lotste Mann und Hunde aus dem Gebäude und weg vom Eingang, weil er sicher war, dass Ed gerade aus irgendjemandes Designerunterhose einen provisorischen Druckverband bastelte und jede Sekunde hinter ihnen herhumpeln könnte, mit Schaum vor dem Mund und eine Zwangsvorladung schwenkend, während er versuchte, sich selbst hundeähnliche Bisswunden an der Wade zuzufügen.

Sie schafften es bis zur Ecke und blieben schwer atmend stehen. Max ließ Sissys Halsband los und sah dem freundlichen Hund mit unverhohlener Bewunderung in die sanften Augen.

»Gut gemacht, Sissy, du stilles Wasser. Das war einer der schönsten unverwirklichten Hundeattacken, die ich zu sehen jemals das Privileg hatte.« Er zauste ihr grinsend das Fell. »Du, mein hübscher, friedliebender kleiner Spaniel, bist ein überaus mutiges und furchtloses Tier.«

Sie leckte ihm das Gesicht.

Ich bin trotzdem gefeuert, dachte Jonathan. Auch wenn ich nicht wegen Besitz eines gefährlichen Hundes im Gefängnis lande, auch wenn Sissy dank Eds Zeugenaussage nicht in einer Polizeizelle landet und ohne viel Federlesens hingerichtet wird, auch wenn das Allerschlimmste, das heute passiert ist, war, dass mein Hund meinen Chef fast, aber nicht ganz angegriffen hat und ich ohne auch nur ein Beratungsgespräch mit dem Firmenanwalt oder einem Penny Abfindung gefeuert worden bin – auch *wenn* all das, ach, was soll ich jetzt tun? Wovon soll ich leben?

»Geh nach Hause«, sagte Max. »Nimm die Hunde und verhalte dich still. Ich rede mit Wes. Er liebt Sissy. Alle lieben sie. Gerichtlich belangen kann man sie ja wohl nicht; sie ist ein Cockerspaniel, verdammt noch mal. Keine Zeitung im Land würde die Geschichte für noch so viel Geld bringen. ›Werbechef von reizendem Hund attackiert‹? Und wenn sie ihn *wirklich* gebissen und er Tollwut bekommen hätte oder verblutet wäre, würde die Stadt eine gottverdammte Konfettiparade abhalten. Also geh weiter, weg von hier. Mach dir keine Sorgen. Ich ruf dich später an.« Er winkte einem Taxi, öffnete die Tür und nannte dem Fahrer die Adresse. »East Fifth Street, bitte, und fahren Sie um Himmels willen vorsichtig; dieses unscheinbare kleine Wesen hat meinem besten Freund eben das Leben gerettet.«

Der Taxifahrer winkte sie herein. »Solange keiner kotzt.«

Max schloss die Tür hinter ihnen, und Jonathan fuhr mit den Hunden nach Hause.

33

Du bist immer noch gefeuert, aber sie erstatten keine Anzeige, weil es nichts anzuzeigen gibt. Auf einen Hund zu treten, der dich dann fast, aber nicht ganz beißt, wird von keiner städtischen Verordnung New Yorks gedeckt.« Max klang absolut fröhlich. »Jedenfalls tut Ed so, als wäre das Ganze nicht passiert, und wenn jemand nach dir fragt, begründet er dein Verschwinden mit einer kreativen Umstrukturierung innerhalb der Abteilung. Beängstigend ist nur, dass er das wirklich glaubt. Die Fähigkeit dieses Typs, sich selbst was vorzumachen ist fast schon furchterregend.«

Später rief Max noch mal an. »Ohne dich ist es hier die Hölle, Jay«, sagte er. »Aber du solltest die freie Mitarbeiterin sehen, die sie als Ersatz für dich angeheuert haben. Was Attraktivität angeht, ist sie dir um Längen voraus. Nichts für ungut.«

»Kein Problem.«

»Und was jetzt, Kumpel? Du kannst dich nicht nur auf deinen Lorbeeren ausruhen.«

»Welche Lorbeeren?«

»Eben.«

»Ich schätze, ich besorge mir einen anderen Job.«

»Schon irgendwelche Ideen?«

»Nicht wirklich. Ich mag Comics.«

»Wer nicht? Du fehlst mir schon jetzt«, sagte Max und legte auf.

Jonathan überdachte seinen Lebenslauf. Er enthielt einen Job, einen Nervenzusammenbruch, eine Abfuhr vor dem Traualtar. Er brachte sein schönes handgefertigtes Fahrrad zum Laden im East Village, und drei Stunden später verkauften sie es knapp unter dem Preis, den er gezahlt hatte. Hätte es sich nicht wie ein Relikt aus einem anderen Leben angefühlt, wäre ihm die Trennung vermutlich schwerer gefallen. Etwas zusätzliches Geld war gut, aber die Flut an Ausgaben, die das Leben in New York mit sich brachte, ließ sich damit nicht eindämmen. Und noch etwas nagte an ihm. Er schaute aufs Datum. Es war der 17. des Monats, und seine Mietrechnung war noch nicht gekommen. Jonathan sah Dante an.

»Hast du irgendwelche Rechnungen vernascht, von denen ich wissen sollte?«

Dante ließ sich nicht mal herab, den Blick vom Fenster zu wenden, wo eine Taube auf einer Telefonleitung Seiltanzen übte.

»Nein? Nichts?« Hmm, dachte er. In den vergangenen Monaten war Frank mit seinen Mietforderungen bewundernswert pünktlich gewesen. Jonathan ging die Wohnungsunterlagen durch und stellte fest, dass es im Grunde keine Unterlagen gab.

Als er die mit »Miete« beschriftete Mappe durchblätterte, fand er zehn linierte Seiten mit Mietforderungen, eine für jeden Monat, seit er hier wohnte, jede mit rotem Kugelschreiber geschrieben, jede versehen mit Datum und der geforderten Geldsumme, zusammen mit den Kontonummern und einem schnörkeligen *Vielen Dank!* ganz unten. Auf keinem Blatt stand eine Telefonnummer, Nachname, Straße oder E-Mail-Adresse.

Er müsste einfach warten und hoffen, dass die Rechnung nicht verloren gegangen war. Ihm missfiel der Gedanke an eine letzte Mahnung, besonders wenn sie einen schlecht gelaunten Frank auf den Plan rufen würde, der mit einem Schlagring und einem schwer bewaffneten Gorilla an der Tür erschien und wissen wollte, wo sein Geld blieb. Oder noch schlimmer, wenn der Wohnungsbesitzer in mieser Stimmung auftauchen würde, während er noch hier wohnte.

Die Freude über den erstaunlichen Deal mit der Wohnung verblasste; er fing an zu schwitzen. War das jetzt die zweite Kündigung innerhalb von vierundzwanzig Stunden? Könnte er jeden Moment auf der Straße sitzen? Ohne Job, ohne Freundin, ohne Wohnung?

Verletzt, verstümmelt, tot?

Er erinnerte sich daran, wie er als Kind Domino gespielt und stundenlang schwarze Rechtecke in schön geschwungenen Reihen aufgestellt hatte, bevor er mit ekstatischer Vorfreude das erste antippte. Schon komisch, wie anders es sich anfühlte, wenn jeder Aspekt des eigenen Lebens klackernd ins Verderben kippte.

Fürs Erste verdränge ich das Ganze einfach, dachte Jonathan, und konzentriere mich darauf, mich frei zu fühlen. Frei von Comrade, frei davon, irgendwelchen Mist zu verkaufen, um Eduardo reich zu machen. Nach nur vierundzwanzig Stunden aus dem Geschäft konnte er sich kaum noch erinnern, warum er das alles überhaupt gemacht hatte oder wie es gewesen war. Außer natürlich, dass er damit Geld verdient hatte, um seine Rechnungen zu bezahlen. Keine Kleinigkeit, jetzt, da er kein Einkommen mehr hatte.

Er suchte im Internet nach möglichen Berufen, gab jedoch schon bald in einem Nebel von Gleichgültigkeit auf.

»Habt ihr Lust auf einen Spaziergang?« Die Antwort war herrlich vorhersehbar. Hunde hatten immer Lust auf einen Spaziergang. Er leinte sie an, schnappte sich eine Jacke und schloss die Tür hinter sich ab. Am Eingang des Gebäudes schlug er den Kragen hoch und schaute nach beiden Seiten, ob Frank womöglich mit einem Baseballschläger an der Ecke lauerte, aber die Luft war rein. Aus keinem besonderen Grund, außer dem, dass er es sonst nicht tat, ging er gesenkten Kopfes mit den Hunden in Richtung Norden, bog links in die Twentyeighth Street und dann auf dem Broadway wieder zurück und landete in der Buchhandlung Strand, wo Dante und Sissy sich fallen ließen und dösten, während er stöberte, verführt vom Geruch ferner Sägewerke und Tinte.

Am nächsten Tag gab es ein ähnliches Programm, ebenso am nächsten und übernächsten. Sie marschierten und marschierten und standen vor Schaufenstern, ohne etwas zu kaufen. Das an sich fühlte sich schon radikal an, als hätte er sich aus dem gesamten Konsumterror ausgeklinkt, der New York vorwärtstrieb – ein überteuertes Sandwich, ein handgefertigtes Stück Seife, hergestellt von jemandem, der früher mal Börsenmakler war, zwölf neue Sachen aus der Apotheke. Jeder Tag brach mit der Möglichkeit an, der alles verändernde zu werden, der Tag, an dem ein Wirbel ihn erfasste und in eine Richtung zwang, die alle seine Probleme – Arbeit, Leben, Liebe – auf wundersame Weise löste.

Jonathan wartete ergeben auf einen solchen Wirbel. Er suchte die Straßen ab und hoffte von einer Sekunde zur nächsten auf ein Zeichen.

Nichts. Kein Job, keine Liebe und zu Hause keine Aufforderung, die Miete zu zahlen.

»Du musst schon ein bisschen Geduld haben«, sagte Max. »Man gibt nicht einfach eine Bestellung auf. *Ein Eimer voll Liebe, bitte, und als Beilage ein bedeutsamer Job?* Warum die Eile? Du bist jung. Der Weg ist das Ziel. Versuch es einfach mal mit bedeutungslosem Sex.«

Jonathan hatte keine Lust auf bedeutungslosen Sex. Sein Leben war schon bedeutungslos genug.

»Hey, Max, was hältst du von dieser Mietsache?«

Max schüttelte den Kopf. »Du kannst nicht zahlen, wenn du nicht weißt, an wen. Ich würde abwarten und beten, dass es so bleibt.«

Finanziell gesehen war es ein Glücksfall, aber Jonathan konnte sich nicht entspannen. Sein Vermieter konnte jede Minute mit einer Fünfundvierziger auftauchen und ihm verkünden, dass er noch zwei Sekunden zu leben hätte. Er fing an, schlecht zu schlafen, und träumte von Frank, der über ihm stand, ihn an der Schulter schüttelte und schrie: »Hunde?! Sie halten *Tiere* in meiner Wohnung?«

Ein klingelndes Telefon weckte ihn. Er riss sich aus tiefem Schlaf, um ranzugehen. *Frank?*

»Jonathan?« Es war Julie. »Ich muss meine restlichen Sachen holen. Ich hoffe, du hast nichts dagegen.«

»Doch.«

»Ich kann kommen, wenn du nicht zu Hause bist, falls das besser ist.«

Am liebsten hätte er geschrien: »Kauf dir neue Sachen« und den Hörer aufgeknallt. Am liebsten hätte er geschrien: »Ich hab sowieso alles von dir verbrannt.« Und den Hörer aufgeknallt. Am liebsten hätte er nur den Hörer aufgeknallt, ohne ein Wort zu sagen, oder sich vielleicht eine Hundertzwanzig-Dezibel-Trillerpfeife gekauft und bei ihrem nächsten Anruf hineingeblasen, dass ihr das Trommelfell platzte. Er war versucht, sie zu allen möglichen Tages- und Nachtzeiten anzurufen und ohne ein Wort den Hörer aufzuknallen, nur um sie zu ärgern und zu verunsichern. Oder sie zu entführen und in ein Aquarium voller hungriger Seesterne werfen zu lassen, wie bei Bond.

Doch das tat er nicht. Weil er dachte, wenn er zwanzig Minuten lang einigermaßen höflich sein könnte, müsste er sie vielleicht nie wiedersehen. »Klar, komm vorbei. Ich freu mich schon auf dich.« Er hoffte, sein Sarkasmus war deutlich genug, um sie zu treffen. Das Dumme war nur, Julie war ziemlich sarkasmusresistent.

Als sie später am Nachmittag kam, war er nicht auf die Wirkung vorbereitet, die ihre Nähe auf ihn ausübte. Sie sah blendend aus, und ihre allgemeine Nettigkeit – als wäre er ein alter Bekannter oder ein Arbeitskollege – brachte ihn auf die Palme.

»Letztendlich war alles ziemlich komisch«, meinte sie. »Die Hochzeit hat sechshunderttausend Live-Zuschauer angezogen, und seither hatten wir über zwölf Millionen Online-Zugriffe. Sie haben mich zur Leiterin im Anzeigenverkauf befördert, mit einer dicken Gehaltserhöhung. Außerdem entwickeln wir eine Reality-TV-Serie – *Verrückte Hochzeiten*. Das Interesse ist riesig.«

Jonathan fand es schwieriger als erwartet, sich an seinen Plan zu halten, der damit anfing, alles zu ignorieren, was sie sagte. »Dann ist am Ende ja alles gut geworden. Freut mich unglaublich, das zu hören.«

»Du kannst wieder sprechen«, stellte sie fest.

»Ich glaube, meine Krankheit war vielleicht eine Allergie«, entgegnete er. »Gegen dich.«

Neugierig (da es nun nicht mehr wichtig war) erkundigte er sich nach dem Inhalt der Jonathan-Datei. Sie antwortete, sie hätte sie gelöscht.

»Natürlich«, sagte er bitter. »Inzwischen hast du ja eine Mark-Datei.«

Julie sah ihn mitleidig an und kauerte sich neben Dante. »Deine Freundin vermisst dich«, flüsterte sie ihm ins Ohr. Und dann, zu Jonathan: »Sie haben sich sehr gemocht.«

Jonathan schaute sie mit großen Augen an. »Wie tragisch. Vielleicht sollte ich uns mit Marks Hund zum Spielen verabreden.«

»Das könntest du nicht mal, wenn du wolltest. Seine Ex erlaubt ihm nicht mehr, sie zu sehen.« Sie tätschelte Dantes Kopf. »Nicht mal am Wochenende. Das ist ungerecht gegen Mark. Und gegen Wilma.«

Der arme Mark, der Freundinnendieb, war jetzt also … Moment. *Wilma*?

Dante wandte sich von Julie ab und fixierte Jonathan mit einem Blick, den Jeeves vielleicht benutzt hätte, um Bertie Wooster auf eine wichtige Wendung der Dinge aufmerksam zu machen.

Die Welt kam ruckelnd zum Stehen. Jonathan erstarrte mitten im Gedanken.

Sein Herz flatterte in der Stille wie eine Plane im Sturm. Konnte es zwei Hunde im Viertel – auf der Welt – geben, die Wilma hießen?

Sein Blick schwenkte von Dante zu Julie und wieder zurück. Die Zeit verstrich quälend langsam. Dante sah seinen Herrn weiterhin unverwandt an.

Langsam wie schmelzendes Glas drehte sich Jonathan zu Julie. »Marks Hund heißt Wilma?« Es dauerte fast ein Jahrhundert, die Frage auszusprechen.

»Eigentlich ist sie nicht mehr sein Hund, seit diese schreckliche Ex das alleinige Sorgerecht hat. Die Menschen können so grausam sein. Er denkt über gerichtliche Schritte nach.«

Denk, denk, denk! Jonathans Verstand erwachte stotternd zum Leben. »Ist seine Exfreundin zufällig Tierärztin?«

Julie sah ihn entgeistert an. »Du stalkst die beiden? Das ist so was von krank.«

Jonathans Herz hüpfte aus seinem Körper und drehte vierzehn Runden durch die Wohnung. Seine Augen schnellten wie auf Spiralfedern aus den Sockeln. Sein Haar stand zu Berge. Seine Ohren sprangen an Bungeeseilen vom Kopf und federten wieder zurück.

Julie erschrak. »Ich hol meine Sachen.«

Jonathan drehte sich zu Dante, der den Blick nicht abgewandt hatte und jetzt leicht den Kopf neigte. O mein Gott, dachte Jonathan. Die ganze Romanze zwischen Julie und Mark – sie war geplant, damit ...

»Dante, Dante, Dante«, flüsterte er. »Du wunderbares, wunderbares Geschöpf.«

»Weißt du, wo meine Schaffellhausschuhe sind?«, rief Julie aus dem Schlafzimmer, halb unter dem Bett.

»Versuch's mal im Müll«, antwortete er.

Sie erschien mit einer Tasche voller Sachen. »Also, ich geh jetzt. Der arme Mark ist allein. Die Trennung war sehr hart für ihn.«

Nicht so hart, wie so was sein könnte, dachte Jonathan. Nicht annähernd so hart, wie es wäre, wenn ich eine ganze Piratengang anheuern würde, die dem armen Mark die Augen ausstechen, ihn in Ketten legen, ihn bis zur Besinnungslosigkeit in den Arsch ficken, ihm sämtliche Knochen brechen und ihm dann den Bauch mit einer verrosteten Klinge rasieren würde. *Earl-ey in the morning.*

Einen Moment lang standen sie schweigend da, dann schaute sich Julie noch mal in der Wohnung um. »Es tut mir leid wegen unserer Hochzeit, Jonathan«, sagte sie schließlich.

»Mir nicht«, erwiderte er. »Ich wollte sowieso nie eine Beerdigung.«

Ihr Gesicht nahm sofort einen triumphierenden Ausdruck an. »Siehst du, du hast es wieder gesagt. Beerdigung!«

»Ich weiß«, sagte er und machte ihr die Tür vor der Nase zu. »Genau das hatte ich auch die ganze Zeit gemeint.«

34

Er musste sie sehen. Er rief an, aber Iris meinte, Dr. Clare sei nicht zu sprechen; ob er eine Nachricht hinterlassen wolle? Jonathan sagte Nein, wartete fünf Minuten, rief zurück und fragte in seiner allerbesten knarrigen Alter-Engländer-Stimme nach Dr. Clares Handynummer.

»Ich bin ihr alter Paterfamilias und rufe, äh, aus Ommpet-upon-Avon an, um ihr zum Geburtstag zu gratulieren«, krächzte er.

Am anderen Ende der Leitung herrschte Schweigen. »Ihr Geburtstag war schon vor Monaten«, sagte Iris.

»Natürlich, ich weiß«, knurrte Jonathan, der alte Engländer. »Genau deswegen muss ich sie sprechen. Schrecklich, dass ich ihn vergessen habe.«

Wieder Schweigen. »Tut mir leid, aber wir dürfen keine persönlichen Daten von Mitarbeitern herausgeben. Ich sage ihr, dass Sie angerufen haben.«

»Und was ist mit ihrer Adresse? Ich habe einen Kuchen …«

Iris legte auf.

Er rief mit seiner normalen Stimme zurück, um einen Termin zu vereinbaren.

»Hallo, Jonathan«, sagte Iris. »Ist es wegen Dante? Lebensbedrohlich wie immer?«

»Ja«, sagte er, ohne groß herumzureden.

Iris klang ungerührt. »Geht es heute Abend um halb sechs? Das ist unser einziger freier Termin.«

Er nahm ihn an.

Der Tag dauerte fünfhundert Stunden. Jonathan kam zu früh in der Tierklinik an, nachdem er zweimal geduscht, sechs Tassen Kaffee getrunken und mit den Hunden vier lange Spaziergänge gemacht hatte. Eine Minute vor halb sechs wollte er wissen, warum er so spät dran käme. Um Viertel vor sechs teilte man ihm mit, es würde noch zwanzig Minuten dauern. Um sechs streckte ein junger Australier namens Dr. Mick Barnes den Kopf heraus und bat Jonathan, mit den Hunden zu kommen.

Jonathan starrte wie versteinert geradeaus. »Ich warte auf Dr. Clare.«

»Tut mir leid.« Mick Barnes grinste völlig unverdrossen. »Dr. Clare hat diese Woche frei. Sie ist erst Montag wieder da. Aber ich habe viel Erfahrung mit Hunden ... Kommen Sie doch einfach rein.«

»Sie verstehen das nicht.« Er war verzweifelt. »Ich muss zu Dr. Clare. Wir gehen immer zu ihr. Dante hat wahnsinnige Angst vor Tierärzten. Er regt sich immer unheimlich auf.«

Der australische Tierarzt, Iris die Empfangsdame und Jonathan – alle starrten sie auf Dante, der zu Jonathans Füßen lag. Im folgenden Schweigen rollte sich der Collie auf die Seite und fing an, leise zu schnarchen. Sissy seufzte, schloss halb die Augen und wedelte leicht mit dem Schwanz.

»Los kommt, Hunde«, sagte Jonathan und steuerte

den Ausgang an. »Nehmen Sie's nicht persönlich, aber hier geht es um große Dinge.«

Sie gingen.

Er musste sie sehen. Aber was sollte er sagen? Wissen Sie was? Ich träume mit verstörender Regelmäßigkeit von Ihnen, unsere Hunde sind tatsächlich befreundet, die Frau, die Ihnen Ihren Freund ausgespannt hat, ist meine Exfreundin, ihretwegen sind Sie single, also würden Sie bittebittebitte mit mir ausgehen?

Das klang unheimlich. Mehr als unheimlich. Stalkerhaft und unheimlich. Verzweifelt, stalkerhaft und unheimlich. Verzweifelt, stalkerhaft, unheimlich und großspurig. Absolut unheimlich.

Und wenn sie gar nicht single war? Wenn sie den armen Mark für einen anderen Mann abserviert hatte und er sich mit Julie über sie hinwegtröstete?

»O bitte, sei single«, sagte er laut im Deli. »Bitte verliebe dich in mich.«

Der junge Mann, der ihm den Kaffee machte, drehte sich mit ausdruckslosem Gesicht um. »Sonderwünsche kosten einen Dollar.«

Und was wäre, wenn sie ihn nicht mochte? Wenn sie nicht auf einen Drink mit ihm ausgehen wollte? Wenn sie nach Dantes subtilen Machenschaften (inzwischen hatte er es kapiert, er hatte es kapiert!) doch die Falsche war? Wenn er nicht den Mut aufbrachte, ihr seine Gefühle zu gestehen? Wenn er alles auf einmal herausposaunen und sie entsetzt zurückschrecken würde?

Dies war einer der Gründe, warum er Julie hatte heiraten wollen, damit diese entsetzliche Lebensphase vorbei war. Vielleicht sehnten sich manche Menschen (rückblickend) nach den guten alten Zeiten, in denen sie herauszufinden versuchten, ob jemand wirklich in sie verliebt war. Wenn man Johnny Depp, Frank Sinatra oder Mick Jagger war, wurde man vielleicht nicht jedes Mal schrecklich nervös, wenn man vorhatte, ein Mädchen zu fragen, ob es mit einem schlafen möchte. Vielleicht gehörte die lähmende Angst für manche Leute zu dem ganzen Spaß.

Er versuchte es mit einer SMS an Julie, dass Dante Wilma vermissen würde, und ob er Wilmas Telefonnummer haben könnte? Als er jedoch nachsah, warum sie nicht antwortete, war die Nachricht als nicht verschickt markiert. Sie hatte ihn blockiert, diese miese Hyäne.

Er rief bei Dr. Clare an, um einen Termin zu machen.

»Also, ich glaube, Sie haben Dr. Barnes wirklich gekränkt, und wir müssen Ihnen den nicht wahrgenommenen Termin in Rechnung stellen. Aber ich weiß, Sie möchten zu Dr. Clare«, piepste Iris. »Kann Dante bis Montag warten?«

Hatte er eine Wahl?

In der Zwischenzeit lag er im Bett und quälte sich mit Gedanken, die ihn wach hielten. Samstag- und Sonntagnacht schlief er kaum. Als er am Montag drei Stunden vor dem Termin ankam, sah er ungepflegt und angespannt aus.

»Sie sollten gehen und etwas zu Mittag essen«, schlug Iris vor. »Heute ist ihr erster Tag, sie hat sehr viel zu tun. Sonst sitzen Sie nur herum und lesen alte Zeitschriften.«

»Das ist schon okay«, sagte Jonathan, fuhr sich mit der

Hand durchs Haar und merkte, dass er sich schon wer weiß wie lange nicht mehr gekämmt hatte. Seine Kleider fühlten sich an, als hätte er darin geschlafen, und irgendwie war ihm, als habe er ein leichtes Zucken entwickelt. Er wünschte, jemand hätte wissenschaftliche Experimente durchgeführt, um festzustellen, ob zwischenmenschliche Anziehung vollkommen einseitig sein konnte. Was, wenn sie in seiner Nähe nichts empfand? War dieses Thema schon mal gründlich erforscht worden? Blieb noch Zeit, das zu googeln?

Als sie herauskam und sagte, es würde etwas später werden, wollte er sie anlächeln, aber sein Gesicht verzog sich zu etwas zwischen Grimasse und finsterem Blick. Sah sie etwa sonnengebräunt und glücklich aus, als wäre sie mit einem neuen Freund in Griechenland gewesen? Eigentlich nicht, dachte er und musterte sie. Sie hatte dunkle Schatten unter den Augen.

Seine Hände zitterten, also setzte er sich darauf. Im Wartezimmer war es kühl, aber er schwitzte. Er liebte sie auch mit dunklen Schatten unter den Augen, wenn nicht noch mehr.

»Jonathan. Sie können jetzt reinkommen.« Ihr Lächeln wirkte blasser als sonst.

Er folgte ihr ins Sprechzimmer.

Sie sah ihn an, und ihm fiel auf, dass ihre Augen rotgerändert waren. »Frisst Dante immer noch nicht?«

»Doch, doch. Er frisst.«

»Hat er Husten?«

Er schüttelte den Kopf.

»Hinkt er?«

»Nein, nichts. Eigentlich geht es ihm gut.«

Ein Schweigen senkte sich herab, das irgendwie sehr lange dauerte. Er bemühte sich, zu sprechen. Sie wartete.

»Dr. Clare, hatten Sie einen schönen Urlaub?«

»Nicht besonders.« Ihre Stimme klang gereizt. »Ich war in London, bei meinen Eltern.«

»Eltern«, sagte er und nickte nachdenklich, als wäre ihm die Vorstellung fremd. »Sind sie nett?«

»Nett?« Sie verzog das Gesicht und schüttelte leicht verwirrt den Kopf. »Jonathan, bitte. Warum sind Sie hier?«

Er holte tief Luft. »Dr. Clare«, sagte er. »Ich habe etwas herausgefunden.«

»Wie bitte?«

»Ich habe herausgefunden, dass Ihr Exfreund Mark ist.«

»Mein was?« Sie wirkte aufrichtig verblüfft.

»Ich habe herausgefunden, dass meine Exfreundin mich wegen Ihres Exfreundes verlassen hat. Mark. Meine Exfreundin ist die neue Freundin Ihres Exfreundes.«

»Entschuldigung?« Verwirrung gefolgt von Schock.

»Nein, ich muss mich entschuldigen. Sehr sogar. Das wollte ich nicht. Wirklich nicht.«

»Reden wir über Julie?«

»Julie. Genau.«

»Sie sind Julies Freund?«

»Exfreund.«

»Wie um alles in der Welt haben Sie sie ertragen? Sie ist grässlich.«

»Sie kennen sie?«

»Mr Arschloch hat uns einander vorgestellt. Als würden wir alle zusammen einen verdammten Lesezirkel gründen.«

»Sie mögen ihn nicht mehr?«

Ihr Gesicht verlor die wenige verbliebene Farbe. »Ihn *mögen*? Was denken Sie?«

»Ich weiß von ihm nur, was Julie mir erzählt hat, und das klang so, als wäre er eine Kreuzung zwischen Nelson Mandela und Mahatma Gandhi. Ich dachte, Sie wollen ihn vielleicht wiederhaben.«

»Da haben Sie falsch gedacht.«

»Die Sache ist die«, Jonathan suchte in ihrem Gesicht nach Ermunterung, »Julie meinte, die Hunde würden Wilma vermissen. Ich dachte mir, dass es in New York mit Sicherheit keine zwei Hunde gibt, die Wilma heißen. Zumindest war das ziemlich unwahrscheinlich.«

»Dann waren Ihre Hunde also der Auslöser für die Trennung.«

»Nicht unbedingt.« Er war leicht verzweifelt. »Ich glaube nicht, dass man sie als Auslöser bezeichnen kann. Im Übrigen wäre Wilma nach dieser Logik auch nicht ganz unschuldig. Es sind Hunde. Sie hatten keine Ahnung, dass sie Beziehungen zerstören, nur weil sie zusammen sein wollen.«

Dante, der auf dem Boden lag, hob den Kopf, aber Jonathan mied seinen Blick.

»Sie waren im Begriff, sie zu heiraten.«

»Ich wollte ihre Gefühle nicht verletzen.«

Sie starrte ihn entgeistert an. »Deswegen wollten Sie heiraten?«

»Ich musste mein Leben ändern.« Die Sache lief nicht gut. »Hören Sie, es ist unglaublich kompliziert, aber ...«

»Wenn Sie auf Veränderung aus waren, warum dann nicht vor einen Zug werfen? Das wäre genauso effektiv. Und schneller.«

»Ich konnte nicht klar denken. Das geht mir oft so. Es ist nicht meine große Stärke.«

Dr. Clare legte die Hände vors Gesicht und ließ sie dann langsam wieder sinken. »Wenn es keine medizinischen Probleme gibt, sollten Sie besser gehen. Es warten noch Patienten.«

»Ich habe meinen Job gekündigt«, sagte er.

»Was?«

Jonathan seufzte. »Ich habe für eine Marketingfirma der dritten Welle gearbeitet, Comrade. Es war die Hölle.«

»Warum erzählen Sie mir das alles? Ich habe keine Ahnung, was eine Marketingfirma der dritten Welle ist.«

»Das weiß niemand«, sagte er. »Es ist ein schrecklicher Job, aber er hat die Rechnungen bezahlt. Ich weiß nicht genau, was ich jetzt machen soll. Ich, ich dachte einfach, Sie sollten das wissen. Wahrscheinlich hatte ich gehofft, dass ... Ich hatte gehofft, wenn ich Ihnen von meinem katastrophalen Leben erzähle, geht es Ihnen mit Ihrem etwas besser. Mit Ihrer Trennung, meine ich.« O Gott. »Dr. Clare?«

»Ja?«

»Ich fände es schön, wenn ich dafür sorgen könnte, dass es Ihnen besser geht. Dann ginge es mir auch besser.«

Sie fuhr sich mit der Hand über die Augen. »Ich glaube, Sie sollten jetzt gehen.« Weinte sie etwa?

»Ich finde es schrecklich, dass ich mit Ihrem Unglück in Verbindung stehe. Ihr Leben sollte voller Freude sein.«

Sie lachte ungläubig. »Freude?«

»Freude, Liebe, Glück. Hochgefühl. Ich entschuldige mich für meine Hunde, die Ihnen alles verdorben haben. Und für meine Exfreundin.« Er schaute auf und begegnete ihrem Blick. »Sie sollten überschäumend glücklich sein. Eine tolle Frau wie Sie! Sie verdienen es, immer glücklich zu sein.« Was könnte er als Nächstes sagen? Sollte er sich ihr zu Füßen werfen? Referenzen anbieten? Ihr die Spendenliste aus seiner Steuererklärung schicken?

Das Schweigen wurde drückend. Er war fertig. Es blieb nichts mehr zu sagen.

»Bitte, Jonathan.« Ihr Tonfall war sanfter. »Bitte. Gehen Sie einfach.«

Er hatte sich getäuscht. Seine Träume hatten ihn irregeführt. Sie hatte sich nicht für ihn erwärmt. Er war der Feind. Er war der Verrückte mit den hypochondrischen Hunden oder vermutlich einem psychologischen Problem, das auf zwei absolut unschuldige Tiere projiziert wurde. Er war der Idiot, der beinahe die Hyäne geheiratet hätte, die Zerstörerin ihrer glücklichen Beziehung mit dem Anwalt.

Er stand auf, nahm die Leinen und hoffte bis zur letzten Sekunde, sie würde ihn zurückrufen.

Sie tat es nicht.

35

Jonathan ging mit den Hunden zum East River. Lange saßen sie da und beobachteten im weichen Licht des Sommernachmittags die vorbeifahrenden Schiffe. Er holte sein Handy heraus, starrte es an und überlegte, ob er Max eine SMS schreiben sollte. Aber Max war vermutlich bei der Arbeit, und später würde er mit seiner hinreißenden neuen Freundin ausgehen und sich prächtig amüsieren. Wahrscheinlich mit seiner Nachfolgerin. Der schönen Frau mit der Festanstellung.

Er steckte das Handy wieder in die Tasche und dachte an Dr. Clare.

Er dachte an Julie.

Er dachte an das schwindende Geld auf seinem Bankkonto.

Und er dachte an die dubiosen Figuren, denen seine Wohnung gehörte, und fragte sich, ob die Mafia sie ausgelöscht hatte oder ob sie nur darauf warteten, bis er mit der Miete so weit im Rückstand lag, dass es seine Ermordung rechtfertigte.

Stunde um Stunde saß er da und dachte über sein Leben nach, bis das Licht schwächer wurde und die untergehende Sonne Schatten über den Fluss warf.

Plötzlich brach eine Welle der Angst über ihn herein.

Seine Lunge machte dicht, und sein Herz pochte in einem hektischen Rhythmus. Trotz der Abendkühle lief ihm Schweiß über Gesicht und Nacken. Sissy sah ihn an und winselte.

Ich habe einen Herzinfarkt, dachte er, oder etwas Schlimmeres. Ich bekomme keine Luft, gleich muss ich ersticken.

Er konnte nicht mal um Hilfe rufen. Er kippte nach vorn, presste den Kopf auf den Boden, sein Atem ging in verzweifelten Schüben.

Nach fünf schrecklichen Minuten legten sich die Symptome wieder. Seine Lunge wurde frei, Luft strömte in seine Brust. Er hätte am liebsten vor Erleichterung und Elend geschluchzt. Das war ja toll. Erst ein hysterischer Anfall, jetzt eine fast tödliche Panikattacke. Was kam als Nächstes?

Er rief Greeley an.

»Hallo«, sagte Greeley. »Wie geht's?«

»Phantastisch«, sagte Jonathan. Eine lange Pause folgte. »Eigentlich geht es mir ziemlich beschissen, Greeley. Ich weiß nicht, was ich tun soll.«

»Was möchtest du denn tun?«

»Was soll die Frage? Wenn ich das wüsste, würde ich nicht fragen, oder?« Manchmal konnte Greeley der Weise eine richtige Nervensäge sein.

»Hast du Lust, am Wochenende mit mir in den Wald zu fahren?«

Jonathan seufzte. »Ich frag mal eben.« Er sah die Hunde an, die erwartungsvoll zurückblickten. »Habt ihr Lust auf einen Ausflug aufs Land? Mal vom Weg abkommen?

Über einen lebensverändernden Wirbel stolpern? Habt ihr Lust auf lange Spaziergänge im Wald, wollt ihr einem Elch begegnen und euch von Onkel Greeley dem Weisen den Sinn des Lebens erklären lassen? Wir können natürlich auch in einem Zustand selbstmörderischer Verzweiflung hierbleiben und darauf warten, dass die Mafia uns kaltblütig über den Haufen schießt.«

Sissy wedelte mit dem Schwanz.

Jonathan wandte sich wieder seinem Handy zu.

»Okay«, sagte er. »Wir kommen gern mit.«

»Gut. Am Samstagmorgen um sieben hole ich euch ab. Montagabend muss ich zurück sein, aber da oben dehnt sich die Zeit.«

»Okay.«

»Und leichtes Gepäck. Mein Auto ist ziemlich klein.«

»Nur Leinen zum Wechseln und eine Zahnbürste«, sagte Jonathan.

Vor seinem geistigen Auge sah er Greeley nicken.

»Wir werden startklar sein«, versprach Jonathan und legte auf. »Na schön«, sagte er zu den Hunden. »Wir gehen auf Bärenjagd. Wir haben keine Angst.«

Was nicht ganz der Wahrheit entsprach.

Am Samstagmorgen kam Greeley um fünf vor sieben und parkte in der zweiten Reihe, während Jonathan und die Hunde nach unten eilten.

»Ich hoffe, die Betten nehmen nicht zu viel Platz weg«, sagte Jonathan und legte sie auf die Rückbank, wo sie genau hinpassten. Die Hunde sprangen auf den Sitz, machten es sich bequem und sahen Greeley erwartungsvoll an.

»Sie sind so weit«, sagte Jonathan. »Fahren wir los.«

Jonathans Rucksack enthielt Hundefutter, einen Pullover, ein T-Shirt zum Wechseln, saubere Socken und Unterwäsche, Zahnbürste, iPad, Ladegerät, Buch. Er ließ ihn an einem Finger baumeln, und Greeley nickte anerkennend. Drei Minuten später fuhren sie in Richtung Norden zur 17 East nach Monticello, wo sie nicht das Haus von Thomas Jefferson besichtigten, sondern nur auf einen Kaffee anhielten und sich alle zwölf Beine vertraten.

Die Landschaft wurde wilder; Zeichen menschlicher Besiedlung wurden seltener, bis es nur noch Bäume gab, mit gelegentlichen Ausblicken auf ein Tal und dahinterliegende Berge. Jonathan dachte an seine verspielte Chance bei Dr. Clare und suhlte sich so lange in Selbsthass, bis ihn sein Kummer schläfrig machte. Da Greeley sich offenbar nicht unterhalten wollte, gönnte er sich ein Nickerchen, begleitet vom Geräusch des Motors und dem Strom der Musik, die ihm durchwegs gefiel, auch wenn er kaum ein Stück kannte.

Beim Wegweiser zum Finger Lakes National Forest bogen sie von der Hauptstraße auf eine schmale Nebenstraße und von dort auf eine schlecht geteerte Fahrspur, die sich zu einem Schotterweg gabelte, der schließlich an einem sandigen Parkplatz endete. Dahinter standen am Rand eines Seeufers mehrere gut instandgehaltene Hütten. Ein quadratisches Gebäude stand wie ein Punkt am Ende der Reihe.

Greeley parkte. Sie wurden von einem Mann Mitte dreißig begrüßt. Er trug ein schlichtes grünes Hemd und eine Khakihose und beugte sich durch das offene Fenster.

»Eigentlich hatte ich schon gestern mit dir gerechnet«, sagte er.

»Ich auch«, erwiderte Greeley. »Das ist mein Freund Jonathan.«

Der Mann reichte ihm über Greeley hinweg die Hand. »Randall«, sagte er, und Jonathan schüttelte ihm die Hand. »Wenn ihr euch beeilt, könnt ihr noch was zu Mittag essen.«

Dante und Sissy schossen aus dem Auto und rannten zum Wasser hinunter. Sissy watete hinein und fing an zu schwimmen; als Jonathan sie rief, kehrte sie in einem eleganten Bogen zum Ufer zurück.

Sie stellten ihre Sachen in Greeleys Hütte ab und gingen zum Essen, das vegetarisch oder vegan war: Bohnen-Chili oder Kürbis-Risotto mit grünem Salat und Walnussbrot.

»Ist das eine Sekte?«, flüsterte Jonathan Greeley zu. »Ich frage nur, weil, na ja, wegen allem. Der Schotterweg, die freundlichen Leute …«

Greeley kaute auf einem Stück Brot. »Wissenschaftler. Sie wirken nur etwas sektenhaft.«

Einige Nachzügler plauderten bei Kaffee und Tee; die meisten kamen vorbei und wechselten ein paar Worte mit Greeley. Alle wirkten gelassen und beschäftigt; Jonathan fragte sich, ob man seinen Blutdruck überwachen lassen musste, um für eine Mitgliedschaft in Frage zu kommen, oder ob es an dem Essen und dem Umgang lag, dass der verschrobene Normalneurotiker mit immer wiederkehrendem Dauerneid und -verdruss sich dem Zen zuwandte. Es war aufregend, als würde man die Quelle des Nils entdecken, aber er sah sich nicht als einer dieser heiter-gelassenen Menschen und vermutete, dass es irgendwo hinter dem Haus einen Komposthaufen voller fluchender Abgewiesener gab.

»Mich würde man hier nicht aufnehmen«, sagte er. »Ich gehöre psychologisch zur falschen demographischen Gruppe.«

Greeley lächelte. »Du bist in Ordnung.«

Jonathan überlegte kurz, ob die Einladung hierher Teil einer Verführung sein sollte. Greeley machte heute auf Feldlagerschick: Jeans, Stiefel und eine Baseballkappe. Sein einziges Zugeständnis an individuellen Stil war ein hellblauer Kaschmirpullover. Jonathan hielt inne, um die Luft auf Schwingungen zu überprüfen, spürte keine und entspannte seine Kiefermuskeln. Es war ungewohnt, aber angenehm.

Greeley stellte ihm alle Teammitglieder vor: Lucy, Ende zwanzig, ernste Miene, helle Augen. Elaine, Mitte fünfzig, schlank, kompetent. Ben, groß, breit und freundlich. Macca, rotbraunes Haar, runde Brille, träges Lächeln. Kahlo, junges Gesicht, kurzes Kleid, muskulöse Waden. Kahlo fragte, ob er vorhabe zu bleiben.

Hatte er vor zu bleiben? Natürlich nicht. Vielleicht. Eigentlich hinderte ihn nichts daran, bis auf die Tatsache vielleicht, dass es für ihn keinen Grund der Welt gab, hier zu sein und er nichts zu tun hatte. Seine Wohnung konnte er jederzeit aufgeben, und es überraschte ihn selbst, wie erleichtert er bei diesem Gedanken war.

Greeley lächelte sein Mona Lisa-Lächeln. »Denk nicht so viel.«

Sie gingen los, um einen Anhänger mit gefällten Baumstämmen zu beladen, und arbeiteten, bis ihm Arme und Rücken wehtaten. Aber das Ergebnis war befriedigend, und er musste dem Drang widerstehen, ein Foto auf seinem Handy zu machen.

Greeley verbrachte die restliche Zeit bis zum Abendessen mit der Eingabe von Projektdaten in seinen Laptop, während Jonathan auf einem etwas staubigen Sofa lümmelte. Die Hütte hatte zwei kleine Schlafzimmer, ein Wohnzimmer, eine Kochnische und ein winziges Arbeitszimmer. Einfach, aber perfekt.

»Wir testen die DNA benachbarter Pflanzenarten, um die Evolution von Ökosystemen zu verfolgen«, erklärte Greeley. Jonathan bemühte sich, interessiert zu wirken.

In der Abenddämmerung machten sie im schwindenden Licht einen langen Spaziergang durch den Wald. Kahlo, die sich ihnen anschloss, ging voraus und unterhielt sich ununterbrochen mit den Hunden.

»Heißt sie wirklich Kahlo?«, flüsterte Jonathan. »Wie Frida? Sie sieht eher aus wie eine Beth.«

Greeley zuckte die Schultern. »Flüchtling aus einer schlimmen Familie. Ich bezweifle, dass sie als Kahlo geboren worden ist.«

Jonathan überlegte, ob man ihn wohl auch als Flüchtling betrachten würde, wenn er hierbliebe. Flüchtling vor einer demütigenden Karriere, einer gefährdeten Wohnsituation und dem Misserfolg dessen, was sich zweiundsiebzig Stunden lang angefühlt hatte, als wäre es das Richtige.

Als er spät am Abend im Bett lag, versuchte er sich vorzustellen, sechs Monate oder ein Jahr hier zu leben, als Assistent des einen oder anderen Forschungsteams, oder vielleicht als Küchenhilfe. Er kniff die Augen zusammen und sah sich in rustikalen karierten Hemden herzhafte vegane Eintöpfe zubereiten oder Holz hacken – ein Leben im Wald, inmitten einer Gemeinde geistig Geläuterter und mit einem Forstarbeiter-Transvestiten als bestem Freund.

Er mochte lehmigen Waldboden, natürlich. Aber er liebte auch Menschen, Gedränge und Lärm. Er liebte New York im Regen, unter einer weichen Schneedecke, knöcheltief im Matsch. Ihn störte nicht die unerträgliche Hitze im Sommer, denn irgendwo gab es immer einen kühlen Ort, außerdem gehörte es in New York zum guten Ton, sich ständig zu beschweren. Er mochte die Spinner im Viertel, die Restaurants mit Straßenverkauf, wo er und die kaum des Englischen mächtigen Kellner sich mit Vornamen begrüßten. Er liebte den blauen Himmel und die roten Sonnenuntergänge, die sich in schmalen Streifen auf den Gebäuden widerspiegelten. Es gefiel ihm, dass er genau wusste, wie lange es dauerte, zehn Blocks weit zu gehen, dass er die Straßenmärkte und die koreanischen Gemüsehändler kannte und dass trotz Netflix alle ins Kino gingen. Er mochte sogar den scharfen Geruch in den Straßen am Tag der Müllabfuhr.

Der Wald war schön, dunkel und tief, aber hatte er mit New York abgeschlossen?

Greeley hielt ihn fast den ganzen Sonntag mit einer Bergwanderung und einer ausführlichen Besichtigungstour seiner DNA-Teststellen auf Trab, und als endlich

Cocktailstunde war und sie sich in die Hütte auf ein Bier zurückzogen, erinnerte ihn ein leises Summen daran, dass er sein Handy seit der Ankunft auf stumm gestellt hatte. Es war schön, nicht an Technik zu denken, wenn auch nur für ein oder zwei Tage. Er schaute auf das Display.

Eine neue Nachricht von einer unbekannten Nummer: *Was ist Ihre große Stärke?*

Sein Herz klopfte wie wild, als er zurückschrieb: *Dr. Clare?*

Sie haben gesagt, klar zu denken sei nicht Ihre große Stärke. Was dann?

Er zitterte heftig und tippte: *Falsche Entscheidungen zu treffen und mich dann auf ungeschickte Weise aus der Affäre ziehen.*

Wow, schrieb sie. *Ziemlich beeindruckend für eine große Stärke. Und Ihre große Schwäche?*

Verrate ich erst, wenn ich Sie zehn Jahre kenne, schrieb er. Es folgte eine lange Pause.

Tut mir leid, dass ich neulich so schrecklich war, schrieb sie. Es folgte eine weitere Pause. Sein Handy zeigte ihm, dass sie noch tippte. *Damit hatte ich nicht gerechnet.*

Er holte tief Luft. *Selbst wenn Sie wollten, könnten Sie nicht schrecklich sein.*

Wieder eine längere Pause.

Und dann: *Danke*. Und: *Gute Nacht, Jonathan.*

Gute Nacht, Dr. Clare.

Nicht lange darauf kam eine weitere. *Zoe*, stand da nur.

Zoe, dachte er. Zoe Clare. Zoe, Zoe. Clare, Clare, Clare.

Immer wieder las er ihre Nachrichten. Nach einiger Zeit stupste ihn eine Nase an, und er streichelte sie sanft.

»Brave Hunde«, sagte er zu Sissy und Dante. »Ihr seid wirklich brave Hunde.«

Sie wedelten gelassen mit dem Schwanz, weil sie wussten, dass es stimmte.

36

Am Montagmorgen machte Jonathan mit den Hunden einen langen Spaziergang durch den Wald und zum See hinunter, wo sie zu dritt schwammen und zitterten und sich trocken schüttelten. Anschließend frühstückten sie üppig mit frisch gebackenem Brot, Obst aus der Umgebung, Biojoghurt und fair gehandeltem Kaffee. Jonathan zeichnete alle Personen in seinem Notizbuch, die er im Laufe der letzten vierundzwanzig Stunden kennengelernt hatte, mit Kommentaren und Dialogfetzen, bis er es, nachdem er sich so lange wie möglich gezügelt hatte, schließlich nicht mehr aushielt und sie anrief. Es war noch nicht mal sieben.

»Meine große Schwäche ist, dass ich in üble Situationen gerate und zum Beispiel einwillige, jemanden zu heiraten, mit dem ich mich gar nicht verstehe.«

»Du verkaufst dich nicht gut«, sagte sie und gähnte.

»Hab ich dich geweckt?«

»Nein. Doch. Aber ich muss sowieso aufstehen.« Im Hintergrund hörte er Wilma bellen. »Komme gleich, du Tyrannin«, sagte sie zu ihrem Hund und zu ihm: »Ich muss los.«

»Wirklich?«

»Wirklich.«

»Okay, bis bald.«

»Bis bald.«

Er legte nicht auf. »Bist du noch da?«, fragte er.

»Nein«, antwortete sie lachend und war weg.

Den ganzen Tag lang dachte er nur an sie. Um vier Uhr nachmittags, Stunden nachdem seine Selbstbeherrschung kollabiert war, schrieb er ihr schließlich eine SMS.

ER: Es tut mir leid, dass meine Freundin deine Beziehung kaputtgemacht hat.

SIE: Mir nicht.

ER: Hast du Mark je geliebt?

SIE: Hast du Julie je geliebt?

Statt weiterzuschreiben, rief er sie an. »Um ehrlich zu sein«, sagte er, als sie ranging, »war ich irgendwie erleichtert, dass es schiefging.«

»Ich hab gerade einen Patienten«, sagte sie.

»Oh«, sagte er.

»Aber wenn du schon fragst, ich war außer mir«, sagte sie. »Dass es schiefging.«

»Das ist nicht ganz dasselbe wie am Boden zerstört. Oder?«

»Nein.«

Jonathan schloss die Augen und dachte an ihren ausdrucksvollen Mund, die lange Nase, das kurze dunkle Haar. Dann atmete er tief durch.

»Ich hätte dich nicht wegen Julie verlassen«, sagte er.

»Wirklich?«, sagte sie und dann: »Ich muss weitermachen.«

Die Praxis schloss um sieben. Zwei Minuten nach sieben schrieb er ihr wieder eine SMS. *Gehst du jetzt mit Wilma Gassi, nachdem Mark es nicht mehr macht?*

Eine Minute später antwortete sie: *Ja.*

Wollen wir uns zu einem Hundespaziergang treffen?

Es folgte eine Pause, ehe die Antwort kam. *Wann hast du gedacht?*

Ich bin in upstate New York, schrieb er. *Komme aber heute Abend spät zurück.*

Nach gefühlten Äonen antwortete sie. *Irgendwann diese Woche?*

Okay, schrieb er. Und dann: *Morgen?*

Ruf mich an, schrieb sie.

Er wollte sie jede Minute jedes einzelnen Tages anrufen, und zwar für den Rest seines Lebens.

»Du wirkst gelöster«, sagte Greeley und musterte ihn mit leicht zusammengekniffenen Augen.

»Könnte sein, dass ich eine Sache geregelt habe«, sagte Jonathan.

Greeley nickte.

»Das ist ein Anfang«, sagte Jonathan. »Danke.«

»Wofür?«

»Dafür, dass du mein spiritueller Mentor bist. Du hattest recht. In einigen Punkten jedenfalls.«

»Schön«, sagte Greeley.

Jonathan war traurig, als sie in der Hütte ihre Sachen packten. Ihm gefiel es in diesem ruhigen rauschenden Wald, mit Eulen und Fischen und Erde aus kompostierten Kiefernnadeln, Blättern und jahrhundertealten organischen Abfällen. Kurz bevor sie aufbrachen, begann es zu regnen, und er roch den Regen schon, ehe er einsetzte, ein kalter, scharfer Geruch, der ihm in New York noch nie aufgefallen war, gefolgt von leisem Rascheln der einzelnen Tropfen auf Zweigen und Blättern. Vor seinem geistigen Auge sah er sich eng aneinandergekuschelt mit Dr. Clare unter dicken Decken liegen, sein Körper an ihren geschmiegt.

Die Rückfahrt verbrachte er halb träumend, halb wach und wünschte sich aufgeregt und ängstlich zugleich, sie wäre bei ihm. Was wäre, wenn, was wäre, wenn, was wäre, wenn, dachte er, und dann ließ er es sein und stellte sie sich nur noch in tausend verschiedenen Situationen vor, vor allem aber fragte er sich, wie es sich anfühlen würde, mit den Händen durch ihr Haar zu streichen und ihr Gesicht halten zu dürfen, während er sie küsste, eine große strenge Dr. Clare ganz für sich haben zu dürfen.

Greeley gegenüber erwähnte er sie nicht, denn er wollte sich nicht irgendwelche Warnungen von ihr anhören oder Weisheiten, die gegen das sprachen, was er sich als Wahrheit erhoffte, für die er jedoch keine Beweise hatte und auch keine Erfahrung, die ihn leiten könnte.

Nach Mitternacht kamen sie an, und er widerstand der Versuchung, sie anzurufen, aber nur mit großer Mühe.

37

Es war ein Abend im Spätsommer wie die meisten Spätsommerabende in New York – voller Hitze, Licht und Lärm, Bars, Unterhaltungen mit Anfang und Ende, Taxis, Gehsteigen und Menschen und Hunden, die miteinander spazieren gingen, darunter auch Menschen und Hunde, die noch nie miteinander spazieren gegangen waren.

»Warum bist du aus London weg?«, fragte Jonathan.

Sie überlegte kurz. »Ich habe mein ganzes Leben in West-London verbracht; alle, die ich kannte, haben dort gelebt. Es war wie in einem kleinen Dorf. Wo sollte man also hin? New York fand ich aufregender als Leeds.«

»Willst du bleiben?«

»Ich weiß nicht«, sagte sie. »Es ist noch zu früh. Aber hier ist natürlich was los, die Leute, das Essen. Und alle haben mir verschwiegen, wie schön New York eigentlich ist. Es ist voll und laut und teuer, und das Gesundheitswesen ist schrecklich, und die vielen Obdachlosen …« Sie sah ihn an. »Aber es ist auch freundlich und nachbarschaftlich und herrlich anzusehen. Und spannend. Man hat das Gefühl, in New York ist alles möglich.«

Jonathan dachte kurz darüber nach. »Es ist hilfreich, dass du Engländerin bist. Alle New Yorker wären lieber Engländer.«

Sie lächelte. »Ob man mich deswegen in Bars immer zu Drinks einlädt? Allerdings nicht so oft, wenn Mark dabei war.«

»Mit Julie ist mir das nie passiert.«

Zoe hob bedeutungsvoll eine Augenbraue. »Wo wir gerade dabei sind, ich hab mir vorgenommen, mal was anderes zu machen, um den grässlichen Mark und die alberne Julie endlich aus dem Kopf zu kriegen.« Sie sah Jonathan an. »Albern sollte ich nicht sagen. Obwohl, ganz ehrlich, eigentlich ist sie genau das.«

»Albern trifft es bestens.«

»Ich dachte, vielleicht steige ich auf einen Berg.«

»Berge sind gut«, erwiderte er. »Irgendeinen bestimmten?«

Sie schüttelte den Kopf. »Einen hohen vielleicht.«

»Wie stehst du zu Lehmboden?«

»Lehmboden?« Zoe runzelte die Stirn. »Ich weiß gar nicht genau, was das ist. Sollte ich dazu eine Meinung haben?«

»Vergiss es.« Sie gingen eine Weile im Gleichschritt. »Weißt du, welcher Tag heute ist?«

»Nein.«

»Heute vor drei Wochen war meine Nicht-Hochzeit.«

»Du wolltest an einem Dienstag heiraten?«

Jonathan zuckte die Schultern. »An dem Tag hatte die Filmcrew Zeit.«

»Die Filmcrew?« Sie musste lachen und hielt sich die Hand vor den Mund. »Entschuldige«, sagte sie. »Das ist natürlich nicht lustig.«

Er sah gequält aus. »Noch nicht.«

»Wie stehst du inzwischen dazu?«

»Zu meiner Hochzeit? Dämlich.«

»Du bist glücklich davongekommen.«

»Ich bin mir ziemlich sicher, dass ich unter posttraumatischem Stress leide wie jemand, der eine terroristische Entführung hinter sich hat.« Er blieb stehen. »Zoe?«

»Ja?«

»Wäre es okay, wenn ich dich küsse?«

Sie drehte sich zu ihm. »Ja«, sagte sie nach einer Weile mit ernster Miene. »Nur zu.«

Und so küsste er sie, hielt ihr Gesicht zwischen seinen Händen, so, wie er es sich vorgestellt hatte, und wünschte, sie würden niemals aufhören.

Als er schließlich zurücktrat, lächelte sie. »Schön.«

»Ja, schön«, sagte er glücklich und sah sie an, als hätte er sie noch nie richtig gesehen. Sie trug ein weißes T-Shirt und hellgrüne Jeans mit grünen Sneakers. Sie kam ihm vor wie ein seltenes, wunderbares Waldgeschöpf, das vielleicht gerne in Lehm gegraben hätte. Auf ihren Wangen waren zwei rosa Flecken, und als er ihrem Blick begegnete, schaute sie nicht weg.

Er hakte sich bei ihr unter, und sie gingen schweigend ein paar Blocks. An der Kreuzung Fifth Avenue blieb Dante am Rinnstein stehen und starrte auf die kleine rote Hand auf der Ampel. Als sie zu einem laufenden Männchen wurde, trat er auf die Straße. Zoe beobachtete ihn.

»Das ist wirklich ein intelligenter Hund. Sogar für einen Collie. Als ich Praktikum gemacht habe, hatten wir auch so einen Hund. Halb Pudel, halb Schäferhund. Er hatte Augen wie ein Mensch.« Dante sah sie über die Schulter hinweg an. »Genau so.« Sie verstummte. »Wobei Menschsein nicht unbedingt ein Zeichen für Intelligenz ist.«

»Er ist klüger als ich.«

»Eindeutig.«

»Dein Hund hat Schwimmfüße«, sagte er. »Ich hab's nachgeschlagen.«

»Tatsächlich?« Sie lächelte leicht, und diesmal küsste sie ihn.

»In den letzten Monaten habe ich viel über Hunde gelernt«, sagte Jonathan. »Und kaum etwas über Menschen. Hör zu, warum gehst du nicht Bergsteigen, oder was immer du willst, und lässt Wilma bei mir? Die Hunde mögen sich, das wäre gut. Dann musst du dich nicht um Hundehotels kümmern.«

»Das würdest du tun?«

»Natürlich.« Er zögerte. »Dr. Clare?«

»Ja?«

Jonathan schloss die Augen und atmete tief durch. »Ich würde alles für dich tun. Das ganze Wochenende habe ich an dich gedacht. Bevor ich losfuhr, habe ich an dich gedacht. Ich habe schon von dir geträumt, als ich noch gar nicht wusste, dass ich dich mag.«

»Dein Frauengeschmack wird eindeutig besser.«

Er blieb stehen. »Aber was ist, wenn mein Geschmack besser wird … und aufgrund von, sagen wir, kulturübergreifenden Missverständnissen hält das Objekt meines Geschmacks das Ganze für einen Witz oder für eine flüchtige Affäre?« Er drehte sich etwas von ihr weg und tat so, als interessiere er sich für einen Raubüberfall auf der anderen Straßenseite.

Sie folgte seinem Blick.

»Gütiger Himmel!«, sagte sie und rannte über die Straße, wo zwei Männer einen dritten verprügelten. Jonathan rannte hinterher und schrie: »POLIZEI!«, und alle drei Hunde bellten aufgeregt. Die Annahme, dass sich ihnen ein Mob aus bedrohlichen Hunden und wütenden Menschen näherte, ließ die Täter von ihrem Opfer ablassen und die Flucht ergreifen.

Das Opfer war jung, betrunken und gut gekleidet, seine Brille kaputt, die Nase blutete. Zoe und Jonathan packten jeweils einen Arm und zogen ihn auf die Füße, doch er schüttelte sie ab und behauptete, er könne gehen. Ein Bus kam; er stieg torkelnd ein und war verschwunden.

»Heilige Scheiße«, sagte Jonathan keuchend. »Irgendwie war er nicht sehr dankbar.«

»Er war betrunken«, sagte Zoe. »Und hat sich vermutlich geschämt. Wie es aussah, stand er ziemlich unter Schock.«

Jonathan tätschelte Sissy, die vor Aufregung zitterte. Dante hatte seine Fassung wiedergefunden. »Ein typischer Abend für die furchtlose Hundetruppe.«

Zoe lachte. »Lass uns irgendwo draußen hinsetzen, etwas trinken und unsere Teilnahme an einem Verbrechen überdenken.«

»Prävention.«

»Verbrechens*prävention*.«

»Ja«, sagte Jonathan. »Wir können auch einfach dasitzen und über unsere Exe lästern.«

»Noch besser«, sagte sie.
»Aber … Dr. Clare? Meine Frage von vorhin?«
Sie nahm seine Hand und küsste ihn wieder.
»Vergiss es«, sagte er.

38

Sie tranken eine Flasche Wein und streiften dann durch die Stadt, trunken von dem Gefühl, in der Gesellschaft des anderen vielleicht etwas absolut Weltbewegendes entdecken zu können.

Irgendwann standen sie mit drei müden Hunden vor seinem Gebäude, gingen nach oben und bestellten sich etwas vom Chinesen, denn plötzlich waren sie beide hungrig. Als das Essen kam, aßen sie und sahen sich einen schlechten Film an, bei dem sie immer an denselben Stellen lachten, und dann küssten sie sich erneut und wollten wieder nicht aufhören. Schließlich gingen sie noch einmal mit den Hunden um den Block. Hinterher bot Jonathan halbherzig an, Zoe nach Hause zu begleiten, aber da sie die Idee im Grunde beide nicht gut fanden, küssten sie sich erneut, und wider beider besseres Wissen blieb sie bei ihm und Wilma auch.

Die Hunde waren die ganze Nacht ungewöhnlich still. Sie kratzten nicht an der Tür, winselten nicht, weil sie hinauswollten – nein, sie machten sich fast gänzlich und angemessen rar.

Als Jonathan am nächsten Morgen aus dem Bett kroch, um Kaffee zu machen, ging er mit den drei Hunden nach unten, und sie verhedderten weder ihre Leinen noch hockten sie sich gleichzeitig hin, um ihr Geschäft zu machen, oder jagten etwas in entgegengesetzten Richtungen, es war also kein Problem.

»Deine Wohnung ist schön«, sagte Zoe etwa eine halbe Stunde später, eine Tasse Kaffee in der einen Hand und die *New York Times* in der anderen, während die zitronengelbe Sonne das Zimmer durchflutete.

»Ja«, sagte Jonathan bedrückt. »Aber ich habe jetzt schon sieben Wochen lang keine Miete mehr gezahlt.«

Sie sah ihn fragend an.

»Niemand fordert sie ein. Alle sagen, ich soll die Klappe halten, es wäre der Deal meines Lebens, und ich könnte vielleicht ewig umsonst wohnen, aber ich glaube, der Typ, dem die Wohnung gehört, sitzt im Knast. Er könnte jederzeit entlassen werden und mich kaltmachen.«

»Dich kaltmachen?« Sie kicherte.

»Umbringen. Plattmachen.«

»Ich weiß, was das heißt.« Sie sah ihn kritisch an und zählte seine Vorzüge an den Fingern ab. »Job, nein. Frau, nein. Wohnung, nicht wirklich. Vermögend?«

Er schüttelte den Kopf.

»Schade. Trotzdem. Jung, ehrgeizig, ja, und nicht unbedingt unattraktiv. Du könntest es immer noch aus dem Feuer reißen.«

»Du hast die schöne Dr. Clare in meinem Bett vergessen.«

»Das zählt nicht zu deinen Vorzügen.«

»Für mich schon«, sagte er und koste ihr Ohr.

Etwas später, als Jonathan die schöne Dr. Clare in seinem Bett betrachtete, konnte er kaum fassen, dass er fast so etwas wie Gelassenheit empfand, als hätte er die ganze Zeit nur auf sie gewartet, damit alles wieder eine Normalität erlangte, die es vorher nie gegeben hatte.

Sie streckte sich genüsslich wie eine Katze. Hätte sie einen Schwanz gehabt, hätte sie vermutlich damit geschlagen. »Was machen wir jetzt?«

»Wir könnten«, Jonathan wagte kaum, das für ihn geradezu absurd Naheliegende auszusprechen. »Wir könnten einfach so bleiben.«

»Im Bett?«

»Nicht unbedingt im Bett.«

Sie wartete.

»Ich meine.« Er zögerte. »Wir könnten glücklich bleiben.«

»Hmm«, sagte sie.

»Hmm?«

»Gute Idee. Aber ich muss zur Arbeit.« Sie verschränkte die Arme hinter dem Kopf. »Ich arbeite viel.«

»Meinetwegen kannst du so viel arbeiten, wie du willst.«

»Und was ist mit dir?«

Jonathans Gesicht verdüsterte sich. »Ich suche mir einen anderen Job.«

»Irgendwelche Ideen?«

»Nicht wirklich.« Depression durchströmte ihn wie Gift.

»Gibt es denn nichts, was du schon immer machen wolltest?«

»Comics«, sagte er. »Ich mag Comics. Ich habe Dantes *Inferno* gezeichnet, mit Dante dem Hund als Virgil.«

»Wirklich?«

»Aber von Comics kann man nicht leben.«

»Kann man nicht?«

»Nein.«

Sie zuckte die Schultern und strich sich eine Haarsträhne aus den Augen. »Okay. Was noch?«

»Ich weiß nicht.« Jonathan wirkte bedrückt. »Wahrscheinlich möchtest du einen Freund, der reich und mächtig ist, einen Freund mit einem richtigen Job.« Er sah sie von der Seite an. »Zum Beispiel einen Anwalt.«

»Seit wann bist du mein Freund?«

»Ich spreche rein hypothetisch.«

»Hm. Also rein hypothetisch? Nein.«

»Aber wahrscheinlich willst du einen, der wenigstens irgendwas macht.« Er seufzte. »Um ehrlich zu sein, ich weiß nicht, was ich als Nächstes tun soll.«

Sie nippte an ihrem Kaffee, verlagerte ihre langen Beine zur Seite und legte sich zurück. Sein Herz machte einen Satz.

»Keine Werbung«, sagte sie.

Er nickte. »Keine Werbung.«

»Zeig mir Dantes *Inferno*.«

»Musst du nicht zur Arbeit?«

»Bald.«

Er kroch unters Bett, zog eine große Schachtel hervor und holte einen Stapel Notizbücher heraus, auf denen INFERNO stand.

Sie schlug das erste auf und begann zu lesen. »Du hast doch nichts dagegen?«

Er schüttelte den Kopf.

Langsam blätterte sie das erste Kapitel durch, meistens ernst, aber manchmal prustete sie vor Lachen.

Er beugte sich zu ihr, um zu sehen, worüber sie lachte. »Die Geschichte von der Hochzeit und Julie und Mark kommt erst kurz vor dem Schluss.«

»Ich kann es kaum erwarten«, sagte sie und blätterte weiter.

39

Du bist nicht unbegabt«, sagte Dr. Clare am folgenden Abend, als sie im Park den Hunden beim Spielen zusahen.

»Schmeichlerin.«

»Aber Talent allein ist nicht genug.«

»Ich weiß. Ich muss erwachsen werden.«

»Das wird man nicht einfach so«, sagte sie. »Soweit ich die Regeln verstehe, trifft man hier eine Entscheidung und da eine Entscheidung, und irgendwann stellt man fest, man ist auf einem Weg.«

»Du hörst dich an wie mein spiritueller Mentor. Der sagt auch solche Sachen.«

Sie runzelte die Stirn. »Du hast einen spirituellen Mentor?«

»Es ist eine inoffizielle Beziehung.«

Sie schwiegen kurz.

»Wenn ich an die Sache mit der Wohnung denke, kriege ich Panikattacken.«

»Dann fang mit der Wohnung an.«

Er nickte.

Am nächsten Morgen rief er bei Comrade an und bat darum, Greeley zu sprechen.

»Ist heute dein letzter Tag?«

»Ja.«

»Greeley?«

»Ja?«

»War es ernst gemeint, dass ich in den Wald mitkommen kann?«

»Ja.«

»Müsste ich als etwas Bestimmtes mitkommen?«

»Wir brauchen jemanden, der die Küche schmeißt. Und manchmal brauche ich Hilfe beim Dateneingeben.«

»Könnte ich das?«

Greeley überlegte. »Ich weiß nicht. Könntest du?«

»Ich könnte es lernen. Nur so lange, bis ich weiß, wie es weitergehen soll.«

»Die Bezahlung ist unterirdisch.«

»Hör auf, die Sache zu beschönigen. Kann ich darüber nachdenken und dich zurückrufen?«

»Ja.«

»Ich wünsche dir einen schönen letzten Tag.«

»Danke, Jonathan.«

Jonathan legte auf. Er schaute sich in der Wohnung um und musterte Sissy, die seinen Blick erwartungsvoll erwiderte. Dann begegnete er Dantes wachen, unergründlichen Augen. »Was würdest du machen, Dante?«

Welchen Rat könnte Dante ihm wohl geben? Ausgerechnet in dem Moment, als er sich in eine schöne aparte Tierärztin verliebte, hatte er keinen Grund mehr, in New York zu bleiben. Vermutlich könnte er eine andere Wohnung und einen anderen Job finden. Doch als was? Etwas weniger Nervtötendes als Werbung und etwas Lukrativeres als Comics. Vielleicht sollte er aus New York weggehen und irgendwo anders leben, wo es nicht so teuer war. Aber was wäre dann mit Dr. Clare? Sein ganzes Leben hatte er darauf gehofft, sich zu verlieben, richtig zu verlieben, und jetzt? Er kam zu dem Schluss, dass Verliebtsein einem das Leben ebenso leicht ruinieren wie in Ordnung bringen konnte. Es konnte einen daran hindern, wichtige Entscheidungen zu treffen und einen zur unpassenden Zeit an einen falschen Ort binden. Mit Zoe zusammen zu sein war ganz anders, als mit Julie zusammen zu sein, aber in gewisser Hinsicht war das noch schlimmer. Liebe hielt einen in der Umlaufbahn der geliebten Person gefangen. Er wollte jede freie Minute seines Lebens mit Zoe verbringen. Er wollte jede Nacht mit ihr schlafen, das sanfte Heben und Senken ihrer Brust spüren, ihren gleichmäßigen Herzschlag. Aber was war tagsüber? Wenn er die Nerven behielt und sein Glück andauerte, könnte er in seiner mietfreien Wohnung bleiben. Eine mietfreie Wohnung würde ihm Zeit zum Nachdenken verschaffen, Zeit, den Rest seines Lebens zu regeln, sich einen Job zu suchen oder zumindest herauszufinden, was für einen Job er wollte.

Eine mietfreie Wohnung in New York und wahre Liebe: Welcher Idiot würde das aufgeben?

Dante starrte ihn an, und Jonathan wusste, was Dante tun würde.

Er rief Greeley zurück.

»Das ging aber schnell.«

»Ich hab mich entschieden«, sagte Jonathan.

»Gut«, erwiderte Greeley.

40

Jonathan packte den letzten Karton in den gemieteten Van. Max machte ein Bier auf und warf auch seinem Freund eines zu. Sie stießen mit den Dosen an.

»Es lebe die Veränderung«, sagte Max, worauf Jonathan nickte und das Bier in einer Kühltasche verstaute.

»Es lebe die Veränderung.«

»Wenn ich Comrade leite wie Willy Wonkas Schokoladenfabrik«, sagte Max, »kommst du dann zurück und arbeitest für mich?«

»Nee.«

»Okay, Kumpel. Finde deinen eigenen Weg. Aber komm nicht angekrochen, wenn du nur noch eine Handvoll Essensmarken dein Eigen nennst.«

Er schrieb Zoe eine SMS. *Zehn Minuten?*

Sie schrieb zurück: *Okay.*

Er drehte sich zu Max. »Kannst du kurz beim Van bleiben?«

Max nickte, und Jonathan rannte noch einmal die Treppe zu seiner Wohnung hoch, betrachtete den leeren Raum und zögerte einen Moment, dann legte er die Schlüssel auf dic Küchentheke und zog die Tür hinter sich zu. Er machte kehrt und rannte wieder nach unten.

»Danke für deine Hilfe, Max. Melde dich mal.«

»Ganz bestimmt«, sagte Max und war ausnahmsweise mal nicht sarkastisch. »Wann kommst du zurück?«

Sein Freund zuckte die Schultern.

»Na ja, bleib nicht zu lange im Wald. Da gibt's Termiten.«

Jonathan öffnete die Seitentür, und die beiden Hunde sprangen hinein. Er ging um den Van und stieg auf den Fahrersitz, drehte den Zündschlüssel und schwenkte auf die Ninth Street, winkte Max aus dem Fenster zu und zeigte ihm den Stinkefinger. Max hielt beide Daumen hoch.

Er holte Zoe und Wilma ab. Zoe gab Jonathan ihren Rucksack, an dem unten ein Schlafsack angeschnallt war, und er warf ihn zu den anderen Sachen in den Van. Außer einer Matratze und Büchern hatte er nur einen Karton mit Küchenutensilien mitgenommen, einen mit Kleidern, Schuhen und einen, der mit VERSCHIEDENES beschriftet war. Sein Zeichenbrett hatte er auseinandergenommen und obendrauf gelegt. Der Küchentisch aus den 1950ern war zusammengeklappt, nur die beiden Stühle hatte er zurückgelassen.

Wilma sprang zu Dante, und sie begrüßten sich liebevoll. Sissy quetschte sich zwischen die beiden, Zoe stieg als Letzte ein. Jonathan beugte sich zu ihr und küsste sie.

»Was für ein Abenteuer«, sagte sie. »Ich freu mich schon auf den Wald.«

»Hoffentlich gefällt es dir«, sagte er, und sie fuhren los.

Bei ihrer Ankunft am Nachmittag wurden sie von Greeley begrüßt, der heute, abgesehen von einem Hauch rosa Lipgloss, äußerst jungenhaft wirkte. Er führte Jonathan zu einer Hütte, die nicht weit von seiner entfernt war. Der quadratische Hauptraum, von dem eine kleine Küche, Bad und Schlafzimmer abgingen, erinnerte ein wenig an Jonathans New Yorker Wohnung, nur dass die meisten Wände aus Fenstern bestanden, aus denen man zumeist nur Bäume sah.

Jonathan machte das Bett zurecht, stellte sein Zeichenbrett auf, legte seine Kleider auf die Borde im Schrank und stapelte Bücher entlang den Wänden. Eine Stunde später fühlte er sich fast wie zu Hause, und nach einem langen Spaziergang mit Schwimmen im Fluss und anschließendem Abendessen gingen er und Zoe ins Bett und die Hunde auch. Sie lagen unter gestreiften Wolldecken und rochen die Bäume, die frische Luft und den rohen Kieferndurft der Hütte, genau, wie er es sich vorgestellt hatte, und ihr Körper lag eng an seinen gepresst, genau, wie er es sich vorgestellt hatte. Er verspürte eine vage Melancholie und wünschte schon jetzt, sie würde nicht gehen.

»Wann willst du los?«, fragte er.

Sie zog seinen Arm um ihre Taille. »Nicht sofort.«

»Was ist, wenn du dich auf halbem Weg verirrst?«

»Tu ich nicht«, murmelte sie, »ich hab eine Karte.«

»Ich passe gut auf Wilma auf.«

»Ich weiß.«

»Aber das heißt nicht, dass du uns nicht fehlen wirst.«

»Ich komm ja wieder«, sagte sie schläfrig.

Und während sie langsam einschlief, sah Jonathan sich um und stellte fest, dass viele Dinge, die er in der Vergangenheit meist verkürzt und zweidimensional gesehen hatte, allmählich etwas Substanz gewannen, eine leichte Wölbung hier, ein Schatten dort. Zoe war beileibe nicht die Sorte zweidimensionales Wesen, die er gewohnheitsmäßig als Objekt der Liebe akzeptiert hatte, und die Hunde hatten mehr Charakter als die meisten Menschen, die er kannte, reich an Facetten, die er noch längst nicht alle kannte, während die Welt um sie herum nuancierter wirkte, weniger hoffnungslos und flach.

Dante legte den Kopf auf die Vorderpfoten und schloss halb die Augen. Wilma seufzte zufrieden und nutzte den gewölbten Rücken ihres Freundes als Kissen. Sissy jagte im Traum Raufußhühner.

Während er wach im Bett lag, fing Jonathan an, in Gedanken eine neue Geschichte zu zeichnen. Darin verlängerte James seinen Vertrag mit Dubai um weitere zehn Jahre, sodass die Hunde für immer bei ihm blieben, und nach sechs Monaten im Wald kehrte er mit einem Buch nach New York zurück, in dem es darum ging, jung und single und verwirrt zu sein und in New York City nach Arbeit und Sinn und Liebe zu suchen. Das Buch verkaufte sich besser als erwartet, und auch wenn es ihn nicht steinreich machte, brachte es ihm doch genug Geld ein, um weiter zu schreiben und zu zeichnen und nie wieder in der Werbebranche arbeiten zu müssen. Was Zoe betraf, so liebten sie sich weiterhin und lebten glücklich bis ans Ende ihrer Tage. Oder war es Greeley, mit dem er glücklich bis ans Ende seiner Tage lebte?

In diesem besonderen Augenblick spielte es keine Rolle, wie das Ganze ausging. Es war seine Geschichte. Er konnte schreiben, was er wollte.